JN250958

ルイス・フロイス戦国記

ジャパウン

清涼院流水

Seiryoin Ryusui

幻冬舎

ジャパウン

ルイス・フロイス戦国記

序章　信長《ノブナガ》の死

信長《ノブナガ》（Nobunaga＝織田《オダ》信長）が死んだ――。

我らエウロパ人《エウロペウ》（europeu＝ヨーロッパ人）の暦《カレンダーリウ》（calendário）における一五八二年六月二十一日――すなわち、ジャパウン（Japão＝日本）の暦《カレンダーリウ》における、天正《テンショウ》十年六月二日。

そのたった一日を境に天下《テンカ》（Tenca）の情勢が一変してしまった、と評しても過言ではない。ジャパウンの歴史《イシュトーリア》（história）が変わった。

十八年前（一五六五年）、私が初めて拝謁してから間もない時期に公方様《クボウサマ》（Cubosama＝将軍・足利義輝《アシカガヨシテル》）が暗殺されて以後、ジャパウンは、混沌の極みにあった。そうした中、圧倒的な武力で秩序を取り戻してきたのが、信長《ノブナガ》であった。彼の死は、この国がふたたび暗黒の世へと逆戻りしてしまう、悪夢の予感を我らに与えた。

信長《ノブナガ》はジャパウンの新たな覇者《コンキスタドール》（conquistador）というだけでなく、我らイエズス会《クンパニア・デ・ジエズーシュ》（Companhia de Jesus）の善き隣人《プロッシム》（próximo）であり、最大の庇護者《グアルディアウン》（guardião）であった。

その彼が権力の絶頂において暗殺されたことの意味は、我らにとっても計り知れないほど巨《おお》きい。

ジャパウンで多くの者が伝統的に信じてきた仏《ホトケ》や神《カミ》を信長《ノブナガ》は常に全否定し続けたが、元は彼自身が神道の家系の出であり、最後には、みずからを「生ける神」に見立てようとしたことからも、禅が説くすべては無に帰する虚無思想ではなく、彼の中には何らかの信仰（fides）の光が、たしかに存在していたように私には思える。だからこそ、異教徒（gentio）でありながらデウス（Deus＝キリスト教の唯一神）の教えを庇護してくださり、デウスのご加護（Ajuda Divina）も、亡くなる寸前まで、常に彼の頭上にあった。また、私にとっては、個人的に、彼は最良の友（melhor amigo）でもあった。

一五六九年――永禄十二年の四月、新しい公方様（足利義昭）のための宮殿（paço）が建てられていた都（Miaco＝京都）の工事現場で、数千人の日本人（Japonês）たちに遠巻きに観守られながら彼と初めて対面し、二時間（hora）ほど語り合ったあの時のことは、今でも忘れられない。

「そうか。貴僧の名は、ルイス・フロイス――であるか」

家臣（vassalo）のさす日傘（sombrinha）の下にどっしりと座し、しげしげと私を観察してから、彼は興味深げに微笑した。その時の彼の涼しげな笑みの中に、私は聖霊（Espírito Santo）の光をたしかに見たような気がしたことを、よく憶えている。

「では、『ルイス』と呼ぼう。予のことは『信長』と呼ぶが良い」

以来、「ルイス」、「信長（ノブナガ）」と互いに呼び合いながら、私たちは親しく交流し、信頼関係を少しずつ育んできた。初対面の三か月後、信長（ノブナガ）みずからが岐阜城（フォルタレーザ・デ・ギフ）（fortaleza de Guifu）を案内し、盛大に歓待してくれた時のこと。一五八一年――天正（テンショウ）九年、都（ミヤコ）の本能寺（ホンノウジ）（Fannoji）という寺院（テンプル）（templo）に彼を訪ねた時のこと（まさか、一年数か月後に彼がその場所で死を迎えることになるとは……）。そして、最後に会った安土城（フォルタレーザ・デ・アヅチ）（fortaleza de Anzuchi）で、彼と笑顔で手を振って別れた時のことは特に、今も鮮明に記憶している。あの本能寺（ホンノウジ）も安土城（フォルタレーザ・デ・アヅチ）も焼き尽くされ、今や地上に存在しない――ということが信じられない。

信長（ノブナガ）には、他人を信用しない傾向があった。多くの家臣（ヴァッサル）たちを率いる主君（セニョール）（senhor）として、それは必要な資質であっただろう。だが、彼は、いつでも私の言葉に全幅の信頼を寄せてくれ、私たちイエズス会（クンパニア・デ・ジェズーシュ）が苦境に陥った時には、常に味方してくれた。

「予は、デウスのことは、よくわからぬ。だが、ルイス、おぬしは信じられる」

日本人（ジャプネーシュ）たちが「魔王（サタン）」（Satan）のように恐れ続けた信長（ノブナガ）は、我らからすれば、「ジャパゥンの覇者（コンキスタドール）となるべくデウスより選ばれた御方」に、ほかならなかった。だが、最終的に彼がデウスから突然の死を賜（たま）わったのは、信長（ノブナガ）が最後に自分自身を人々の崇敬の対象にしようとした赦（ゆる）されざる重大な罪（ペカードウ・モータウ）（pecado mortal）に対しての、デウスのお裁き（ジュイーズ・デイヴィーヌ）（Juízo Divino）であろうか。

全能なるデウスのなさることは、我ら卑小なる人類の理解を超越している。「Fiat lux.」《フィアトゥ・ルクス》（＝光あれ）の一言からデウスが天地を開闢《かいびゃく》された『旧約聖書』《ヴェトゥス・テスタメントゥム》（Vetus Testamentum）「創世記」《ゲネシス》（Genesis）の起源より、デウスのみわざ《アートゥ・ディヴィーヌ》（Ato Divino）は常に、人智の及ばぬところにあった。短い期間の視野で見れば、デウスが魔王《サタン》や悪魔《デイモーニウ》（demónio）の暗躍を許しているかのような、理解に苦しむ事件も起こりうる。だが、「ヨブ記」《リベル・イオブ》（Liber Iob）に描かれているように、悪霊《シュピリトゥ・マリグヌ》（espírito maligno）たちはデウスの許可した範囲内にしか活動できないのであり、決して全能ではない。我ら人間が悪魔の誘惑《テンタサウン》（tentação）に屈しなければ、奴らは何もできない。罪《ペカードゥ》（pecado）を犯すのは我ら人間であり、悪魔《デイモーニウ》は、そのきっかけをつくっているにすぎないのだ。

堕天使《アンジョ・カイードゥ》（anjo caído）であるそうした悪魔《デイモーニウ》たちによって引き起こされる我ら人類の数々の悲劇《トラジエーディア》（tragédia）もまた、最後には必ず、デウスの大いなる計画――摂理《プロヴィデンスイア》（Providência）の必然として再構築される。ただし、デウスの時間においては、事の成就《じょうじゅ》に数百年、あるいは数千年を必要とすることもあるのであるが。

かつて公方様《クボウサマ》が暗殺され、我らが都《ミヤコ》を追放されたあの時にも、先ゆきへの不安があった。だが、公方様《クボウサマ》の暗殺があったからこそ信長《ノブナガ》の台頭が実現し、我らの活動は彼の庇護を受けることができた。あれも、まさしく摂理《プロヴィデンスイア》であった。

信長《ノブナガ》亡きあとの数か月、新たな覇権争いが続いていた中、年が改まった今年――一五八三年

(天正《テンショウ》十一年)、大きないくさ《ゲーハ》(guerra＝ここでは賤《しず》ヶ《が》岳《たけ》の合戦)の勝利者となった羽柴筑前殿《ハシバチクゼンドノ》(Faxiba Chicugendono)なる人物が頭角を現しつつあるという。羽柴筑前殿《ハシバチクゼンドノ》は、信長《ノブナガ》に謀叛を起こした明智《アケチ》(Aquechi)を討った人物でもある。それ以前は無名であったが、このまま羽柴《ハシバ》筑前殿《チクゼンドノ》が信長《ノブナガ》に代わって天下《テンカ》の統一を進めていくのか。あるいは、まだ我らが知らない別の者が、今後どこかから現れるのか。デウスは数百年、数千年先の未来まで——過去、現在、未来のすべてをご存知であるが、全能ならざる我らは、今、我らが与えられしこの時代、この世界を全力で生きることしかできない。

ジャパウンが新たな歴史《イシュトーリア》の局面を迎えつつあるこの時期に、私個人もエウロパ《ヨーロッパ》(Europa)の本部より、たいへん重要な指令を受けた。かの上級神父《パードレ・メストレ》(Padre Mestre)フランシスコ・シャヴィエール(Francisco Xavier)がこの国の地を踏んで以後、こんにちに至るまでの我らイエズス会《クンパニア・デ・ジエズーシュ》のジャパウンでの活動全記録、そして、これから起こる出来事もすべて、体系としてまとめよ、という指令である。

シャヴィエールがジャパウンに到着したのは、三十四年前(一五四九年)——、私のジャパウン到着から数えても、既に二十年が経過したことになる。これまで多くの同志《クンパニエール》(companheiro)たちがいのち懸けで積み重ねてきた我らの活動、また、今後起きることも含めて私が「ジャパウンの歴史《イシュトーリア・デ・ジャパウン》」(Historia de Japão)を執筆するというのは、身に余る光栄であり大役だが、これこそが、デウスから賜りし我が使命《ミッサウン》(missão)——私は、このためにジャパウンにやってきたのだという確信が、ついに得られた思いだ。

信長(ノブナガ)亡きあと、この国の歴史(イシユトーリア)がどのような道を辿るのかはわからない。しかし、それがどのようなものであれ、私は記録し続けるだろう。我がいのちがデウスによって召される、最期のその時まで――。

ちょうど二十年前、私が初めてジャパウンの地を踏んだあの日の情景は、今でも昨日のことのように思い出せる。私が「ジャパウンの歴史(イシユトーリア・デ・ジヤパウン)」を語る上では、まずは、あの日のできごとから詳述すべきであろう。

序文　四百年の時を超えて

十六世紀にイエズス会のポルトガル人宣教師ルイス・フロイス（一五三二―一五九七）が書き遺（のこ）した『日本史（イシュトーリア・デ・ジャパウン）』（Historia de Japão）は、我が国の戦国時代を数十年という長期間に亘（わた）り「異国人からの視点」で客観的に捉えた史料として唯一無二の存在感を放ち、歴史的な価値も非常に高いものです。織田信長、豊臣秀吉、徳川家康の戦国三英傑が世に出る以前から天下人となっていくまでの、日本史上もっとも波瀾に満ちた時代についての、それは、信じられないほど克明な記録なのです。

健筆で知られたフロイスの遺したこの原稿は史料として精確であるものの、現存する写本は二千五百ページ以上、日本語のテキストに換算すると二百四十万字もの（一般的な書籍なら十数冊、あるいは二十冊以上に相当する）分量、しかも濃密な文体で書かれているために、表面をなぞって歴史的事実をざっと流し読みするだけでも数か月かかります。内容をきちんと吟味しながら精読するのであれば、全編を読み終えるのに一年以上の時間が必要となるでしょう（筆者自身は、他の文献も並行して参照しつつノートを取りながらでしたので、すべて熟読し終えるのに三年三か月を要しました）。

まさにフロイス畢生（ひっせい）の大著であるこの『日本史（イシュトーリア・デ・ジャパウン）』は、作成された当時、イエズス会においても「あまりに長く、詳細すぎる」との理由で刊行が見送られ、完成してから百年以上ものあいだは誰にもその存在を知られず、マカオの文書館で眠り続けていました。その後、十八世紀に発掘されて写本がつくられたものの、原著は十九世紀に焼失。写本も、イエズス会が弾圧されていた時期に、世界中に散らばってしまいました。すべての原稿が収集されるまでに、さらに百年の時を要し、ようやく写本がフロイスの母国ポルトガルで刊行されたのは、原稿が執筆されてから四百年近く経過した、二十世紀後半のことです。フロイスは亡くなるまでずっと、この大著の刊行を渇望していましたが、その夢が叶わぬ絶望の中で天に召されました。彼ら宣教師にとって、導かれた人生をまっとうした上での自身の死は悲しいことではないものの、原稿が未刊のまま逝くことについては非常に無念であった心情は、書簡にも記録として遺されています。それから実際に刊行されるまでに四百年もの時を要すると は、長崎の地で最期の時を迎えたフロイスにも、とても想像できなかったでしょう。ですが、原著が焼失してしまった中で、世界中に散らばっていた写本がふたたび収集されて本来の完成形に戻ったことは、我々、後世の読者としては僥倖(ぎょうこう)というほかありません。天国のフロイスも、その奇蹟を、きっと喜んでいるはずです。

このように数奇な運命を辿った『日本史(イシュトーリア・デ・ジャパウン)』の内容においては、時系列の前後する事件が混在し、人物の通称(役職名や洗礼名など)が誰のことを記しているのか特定できない場合が多くあります。さらに、写本をつくる際の転写ミスにより、どの言語にも存在しない単語が混入している場合も目立ち、原文を読み解くのが非常に難解である点でも知られています。そのため、熱心な歴史研究家や愛好家を除いて、フロイスの記録した「日本史の意外な真実」の多くが、これまであまり巷間(こうかん)には知られていない面もあったことは否(いな)めません。

専門家の多くは、「フロイスの記述は日本側の史料とも見事に一致しており、一貫して極めて精確である」と絶賛していますが、中には、「フロイスは、好意を持った人物のことは良く書いて、自分たちの弾圧者については故意に悪く書いているのではないか」と疑問を呈する見方もあります。

実際には、フロイスは、自分たちイエズス会に対して好意的な人物についても否定的なことを書いていますし、弾圧者についても、客観視して部分的に評価している場合もあります。また、「フロイスは好意を持った相手の名前には『殿』をつけ、嫌いな相手には『殿』をつけていない」という指摘が出ることがあります。そのような印象を受ける方が出てくることも理解できるものの、事実は少し違うようです。フロイスは、自分たちに敵対する相手にも『殿』をつけており、逆に、信長のように親密だった相手にも『殿』をつけないことはあります。それらは純粋に、「当時、そう呼ばれていた通り精確に記録している」と解釈できます。一例として、フロイスは、自分たちの弾圧者である松浦隆信(まつらたかのぶ)のことを常に「ヒシュウ」(Fixu)と書いています。これは、悪意があって呼び捨てにしているわけではなく、「肥州(ヒシユウ)」(=肥前守(ひぜんのかみ))というのが当時の松浦隆信の通称だったからです。フロイスが個人的な好みにより『殿』の有無を区別した例は、実は、ひとつも確認できません。

そのように、フロイスはニュートラルなスタンスを常に堅持しており、記録者として極めて誠実です。しかし一方で彼の記録が「人物の評価など、部分的に事実を歪曲しているのではないか」と時に評されるのは、そう解釈しないと、これまでの歴史の常識が根底から覆されてしまうほどの驚愕の事実を多く含んでいるからです。たとえば、「織田信長は潔癖症で、お酒が飲めなかった」、「豊臣秀吉は多指症（たししょう）であった（片方の手の指が六本あった）」といった事実などが一例として挙げられます。こうした「事実（史実）」を知っている日本人は、今現在は決して多くはないかもしれません。

フロイスと運命的な結びつきのあるフランシスコ・シャヴィエール（いわゆるザビエル）の肖像画は、あまりにも有名です。日本でよく知られている肖像画のシャヴィエールは円頂（コロア）（＝頭頂部）を剃っていますが、ヨーロッパに伝わるシャヴィエールの肖像画は、どれも円頂（コロア）を剃っておらず、「当時のイエズス会には円頂（コロア）を剃る習慣はなかった」とする説もあります。実際、教科書などでおなじみのあのシャヴィエールの肖像画は後世に描かれたものであるため、近年は「シャヴィエールは円頂（コロア）を剃っていなかった」とする説が支持されつつあるようです。しかしながら、フロイスの記録によれば、当時の宣教師たちが聖職者の証しとして円頂（コロア）を剃っていたことは明記されていますので、そちらが事実のようです。

このように、我々日本人が信じている「歴史上の事実」の多くは、あるものは恣意的（しいてき）に歪められ、あるものは後世に伝えられる過程で情報内容が変化してしまい、「真の史実」とは、だいぶ異なっているのです。特に、時の為政者（いせいしゃ）にとって不都合な真実の多くは、抹殺されるのが歴史の常です。そうした歴史上の勝者たちの「圧力」によって葬られた史実は、「異国人による異国人のための記録」でしか後世に遺されえませんでした。それも、筆者が本書の執筆に強い使命感を抱いた理由のひとつです。

フロイスの記録は、日本の史料と照合できる部分は驚くほど精確であり、私情による歪曲などは、いっさい含まれていません。当時の状勢からして、イエズス会に都合の悪い記述のほうがむしろ大半ですが、それらも正直に、ありのままに書いている、という事実も指摘できます。フロイスの記録が詳細かつ精確であることに議論の余地はないものの、その一部は、「日本側に同じことを伝えた史料が存在しない」という理由だけで、これまでは参照がためらわれてきました。ですが、フロイスの記録者としての一貫した誠実さを信ずるならば、そうした「新しい事実」といえる部分にこそ、まさに着目すべきではないかと筆者は考えています。

フロイスが人生を懸けてまとめたこの偉業を、何とか娯楽作品として、気軽に愉（たの）しめる歴史小説として昇華させられないだろうか――という着想が初めて浮かんだのは二〇〇九年のことでした。その時から、「史料」を「歴史小説」に生まれ変わらせる上で、さまざまな障壁が筆者の前に立ちはだかりました。具体的には、史料の原書にあたるためのポルトガル語とラテン語の知識、フロイスが用いる宗教的な表現を理解するためのキリスト教カトリックおよびイエズス会の知識、そして、当然ながら、戦国時代の風俗の知識――などです。

フロイスの『日本史（イシュトーリア・デ・ジャパウン）』は、松田毅一（まつだきいち）先生と川崎桃太（かわさきももた）先生による決定版とも言える翻訳がありますので、幸いなことに日本語でも内容を参照できますが、フロイスが何を意図して記述したのかを精確に理解するためには、ポルトガル語の原文でどう書かれているかを、逐一、確認する必要がありました。一例をあげると、日本語版には「信長は他の者を『貴様』と呼んでいた」という一文があります。フロイスの原文に「kisama」と書いてあれば話は単純なのですが、原文には、ポルトガル語の二人称である「tu（トウ）」としか書かれていません。ポルトガル語の二人称には二種類あり、丁寧な呼びかけが「você（ヴォセー）」で、対等か目下の者への呼びかけが「tu」です。ただ、「tu」はさまざまな日本語に置き換え可能ですので、日本語版だけを参照して、「信長は他の者を『貴様』と呼んでいた」と鵜呑みにはできません。それは、翻訳者の解釈（あるいは仮説）であり、フロイスの記録ではないのです（翻訳者の先生方も、何と呼んでいたか本当はわからない、と、註釈に明記されています）。逆に、「内裏（ダイリ）」（＝天皇）、「公方様（クボウサマ）（＝足利将軍）」などは、原文でも「Dairi」、「Cubosama」と常に書かれているので、当時そう呼ばれていたと確信できます。そのように、単語ごとに原文を参照し精査する作業が不可欠であったのです。

当初どれひとつとして著者が備えていなかった専門領域の知識をひとつずつ学習し、咀嚼（そしゃく）して自分なりに理解し、まとまったひとつの物語の形でアウトプットできるようになるまでには、七年もの歳月を要しました。もっとも今現在でも発展途上であり、今後も知識を磨き続けていかなければならないことは言うまでもありませんが、かつて遥か天上の雲のように遠く感じられた目標に、今では、ようやく背伸びすれば指先だけは届く、という確かな手応えが得られるようになりました。

本書はフロイスの『日本史（イシュトーリア・デ・ジャパウン）』を下敷きにした歴史小説——世界や国家についての物語なので、厳密には「大説（たいせつ）」——であり、フロイスの記録にできるだけ忠実であるように寄り添っています。フロイスがほんの数行で書いている「過去に起きた歴史的事実」のひとつひとつを、大説としては数ページずつになる「今ここで起きている物語」として膨らませる手法で描いていますので、当然ながら、ポルトガル語で書かれた原著を日本語に直した翻訳作品ではない、という点は、念のため強調させていただきます（ご興味と余裕のある方は、フロイス原著の翻訳版と比較しながら本書をお読みになることで、より重層的な歴史の醍醐味が得られるかもしれません）。

いかにフロイスが文才に恵まれていたとはいえ、『日本史（イシュトーリア・デ・ジャパウン）』は、あくまで「史料」であり、「物語」ではありません。出来事の空白を埋めて歴史大説という娯楽作品に昇華させる段階で、筆者の推理によるさまざまな脚色が、当然、含まれています。しかしながら、それらは根拠のない妄想や捏造（ねつぞう）ではなく、すべて、何らかの手がかりに基づいた理詰めの推測であることも、ここに明記いたします。事件の起きる日付が日本側の史料と異なるものや、事件の起きる時系列（前後関係）に多少の誤謬（ごびゅう）を含むものについては、著者の判断で、適宜（てきぎ）、もっとも妥当と思われる形に調整しています。その旨（むね）も、ご理解いただければ幸いです。

本書は、二〇〇九年に着想を得た当初、筆者の「作家デビュー十五周年記念作品」として二〇一一年に刊行することを目指していましたが、前述の通り、執筆準備に数年を費やしたことにより、ようやく本書が完成したのは、デビュー二十周年を迎えた二〇一六年の夏でした。それから紆余曲折があり、実際にこうして刊行されるまでに、さらに一年以上の時間を要しましたが、フロイスが脱稿から刊行までに四百年近くかかったことを思えば、一年数か月というのは誤差の範囲内かもしれません。本書を完成させるにあたり、執筆——というより、必要な知識を身につける学習と、理想の記述スタイルに辿り着くまでの模索に数年もの時間がかかってしまいましたが、今では執筆に必要な知識のベースも構築され、記述スタイルも現時点で最良の形に進化させられており、日々なお成長し続けている自覚もあります。今後は続巻もコンスタントに書き続けていくことを、現在の目標にしています。

　フロイスは、その六十五年の人生の後半ほぼ半分にあたる三十二年（一五六三年七月以降の三十五年から、途中、マカオに滞在した三年を除く）を日本で過ごしました。そのうち本書で描けたのは最初の一年七か月だけで、残念なことに、現時点では、まだ織田信長すら本編には登場させられていません（二巻の後半で登場予定ですが、分量の関係で、最初の巻に入れることはできませんでした）。

　現時点での構想としては、イメージ通りに進行できれば、二巻が「信長登場」、三巻は「天下布武」、四巻は「本能寺の変」……と続いてゆく予定ですが、フロイスの日本での活動すべてを歴史大説の完成形にするためには、筆者自身も最低十数年を費やす覚悟はしています。願わくは、フロイスと辿るこの歴史大河大説が少しでも長い時を刻めるように、筆者としても心から期待しております。そのためにも、読者諸兄姉のご指導ご鞭撻（べんたつ）を伏して乞う次第です。衷心（ちゅうしん）より、何卒よろしくお願い申し上げます。

本書の物語は、九州北西端にある海の玄関口、横瀬浦（＝長崎県西海市西海町）の港町から始まります。横瀬浦港のすぐ近くには、まるで握手を交わす相手を待っているかのように、前方に手を差し伸べた姿勢のルイス・フロイス像が、静かに佇んでいます。取材で横瀬浦を訪れた際、このフロイス像と固い握手を交わし、彼が人生を懸けて書き上げ後世に遺してくれた記録を、筆者も全身全霊を捧げて物語の形にすることを誓いました。フロイスの偉業を紹介する役を務めるには甚だ（はなは）力不足であることはよく承知しておりますが、この非才なりに丹精を込めた自負はあります。本書をきっかけに、ルイス・フロイスを再評価してくださる方がひとりでも増えれば、それ以上の悦びはありません。

二〇一七年　作家デビュー二十一周年を迎えた夏に

清涼院流水　記

【凡例　本書の表記法について】

本書には、さまざまな言語が登場するため、少しでもわかりやすくお読みいただけるように、独自の表記ルールを用いています。表記の厳密性にこだわらない、という方は、この「凡例」の章を飛ばして今すぐ本編に入っていただいても、物語をお読みいただく上で支障はありません。物語の途中、表記の規則が気になられた段階で、この章を参照していただいても構いません。

タイトルにもなっていますが、本書では「日本」のことは原則として常に「ジャパウン」(Japão)と表記しています。これは、ポルトガル語の「日本」です。英語の「ジャパン」(Japan)にかなり近い音ですが、「アウン」(ão)の発音こそポルトガル語らしい部分で「アン」とは完全に別の音ですので、あえて「ジャパウン」と表記しています。本編にも登場する「イルマウン」(irmão=修道士、兄弟)と「イルマン」(irmã=修道女、姉妹)のように、「アウン」か「アン」かで意味が真逆になってしまう場合も多いためです。

また、「日本人」、「ポルトガル人」などには、ポルトガル語の「ジャプネーシュ」(Japonês)、「ポルトゥゲーシュ」(Português)を毎回ふりがなとしてつけており、初出時のみ原語での表記も後ろに添えています。この表記ルールは本書に登場する他の国の人々についても同様です。厳密には、「ジャプネーシュ」は「日本人男性」を示す語で、「日本人女性」であれば「ジャプネーザ」(Japonesa)、「日本人たち」であれば「ジャプネーズシュ」

（Japoneses）と表記したほうが正しくなるのですが、草稿段階でそのように厳密に区別して記述していたところ、読者の混乱を招く恐れがある、との危惧が生じました。そのため、性別や単数、複数の区別なく、ふりがなは「ジャプネーシュ」で統一し、複数の場合は、「日本人たち（ジャプネーシュ）」としています。

「ジャプネーシュ」は、現代ポルトガル語においては、「日本人」だけでなく「日本語」も示すことができます。ただし、当時、日本語は「ジャパウンの言語（リングア・デ・ジャパウン）」（Língua de Japão）と呼ばれていましたので、本書では常に「ジャパウン語」と表記し、他の言語も、同様に「国名＋語」という表記規則で統一しています。なお、ラテン語については、本編では、原語に近い音の「ラティン語」で統一しています。

作中に登場する地名については、漢字にふりがなとして正しい日本語の音をカタタナで添え、フロイスが原書に記している綴り、そして、現代における該当住所を初出時のみ添えています。たとえば、「横瀬浦（ヨコセウラ）」（Yocoxiura＝長崎県西海市西海町）、「大村（オオムラ）」（Vomura＝長崎県大村市）、のような表記です。フロイスの綴りを発音通り忠実に記すなら「ヨコシウラ」、「ヴォームラ」となりますが、そう書くと「横瀬浦」や「大村」のことだとわからなくなってしまう恐れがあります。また、ただ「横瀬浦」、「大村」と書くのみですと、あたかもフロイスたちが日本人同様に発音できていたかのような錯覚が生じてしまいます。異国人のたどたどしい発音を表現するためにカタカナの「ヨコセウラ」、「オオムラ」も、ふりがなとして添えています。原文での表記を初出時のみ添えているのは、実際には彼らは「ヨコシウラ」、

「ヴォームラ」と発音していたことを明示するねらいからです。また、「リスボン（リジュボア）」のように、日本語とポルトガル語で地名の読み方が異なる場合は、日本語での呼び名にポルトガル語での名称をふりがなとして添えています。

キリスト教の用語については、「教会（エクレーシア）」（ecclesia）のように、現代定着している用語（この場合では「教会」）に、当時、異国人が実際に使用していた単語の発音を、ふりがなとして添え、初出時のみ、原語での表記も添えています。ここで用いる単語は、ポルトガル語やラテン語だけでなく、その単語ごとに、当時、最も使用頻度が高かったと思われる言語を選択しています。

たとえば、「教会」の例でご説明いたしますと、当時、「教会」という日本語はまだ存在せず、宣教師たちは、ラテン語の「エクレーシア」あるいはポルトガル語の「イグレイジャ」（igreja）を多く使用していました。フロイスの『日本史（イシュトーリア・デ・ジャパウン）』はポルトガル語で記されていますので「イグレイジャ」が原則として使われていますが、当時の日本人キリシタンは教会のことを「エケレジア」と呼んでいました。もしポルトガル語の「イグレイジャ」のほうが多く使われていたのであれば、前のほうに濁音がくるはずですが、そうではないので、ラテン語の「エクレーシア」のほうがより多く使われていたと判断し、「教会」についてはラテン語の「エクレーシア」を採用しています。ただし、日本人が話す場合には、「教会（エケレジア）」と、ふりがなをつけています。日本人が話しているか異国人が話しているかで、「教会（エケレジア）」（日本人）、「教会（エクレーシア）」（異国人）のように、ふりがなが変化するケースがある、ということです。

当時の宣教師にはスペイン(シュパーニャ)人やイタリア(イターリャ)人もおり、ほかの単語についてはスペイン(シュパーニャ)語やイタリア(イターリャ)語が多く使われていたと思われる例もあります。そう類推できる場合には、最も使用頻度の高かった言語での発音を、ふりがなでつけています。一例として、「洗礼」という日本語も当時は存在せず、宣教師たちは、ラテン語の「バプティスムス」(baptismus)、ポルトガル語の「バティズム」(batismo)、スペイン(シュパーニャ)語の「バウティズモ」(bautismo)、イタリア(イターリャ)語の「バッテージモ」(battesimo)をそれぞれ使用していました。当時の日本人キリシタンは「洗礼」を「バウチズモ」と呼んでおり、この音にいちばん近いのは明らかにスペイン(シュパーニャ)語のそれであることから、本書では、異国人が話す場合には「洗礼(バウティズモ)」の表記を、日本人が話す場合には「洗礼(バウチズモ)」の表記を採用しています。

「暦(カレンダーリウ)」(calendário)のように、重要な単語には、ポルトガル語をふりがなとしてつけ、初出時のみ、原語での綴りを後ろに添えています。本書には英語はほとんど登場しませんが、物質を説明する時には、英語や外来語を使用するケースもあります。「インク(ティンタ)」(tinta)、「パン(パウン)」(pão)、などが例として挙げられます。インクを漢字で「墨液」と表記することも可能ですが、インクとは示す物が少し変わってしまいますので、このような表記法となっています。また、「パン」はポルトガル語の「パウン」が日本では「パン」の音で外来語として定着したもので、英語では「ブレッド」ですが、わかりやすく外来語の「パン」を原文では採用し、そこに元の発音の「パウン」を、ふりがなとしてつけています。

本書では、人物が話す日本語はカタカナで表記されます。これは、フロイスたち異国人には、意味のわかりづらい音として聞こえていることを示すためです。フロイスが理解できた言葉については日本語も記していますが、カタカナのみが記されている場合は、フロイスがその言葉の意味がわからなかったことを示しています。たとえば、「バテレンサマ」とカタカナだけで表記されている時は、フロイスは、その音を聴き取れたものの、意味はまだ理解できていない、ということです。意味を理解したあとは、「伴天連様（バテレンサマ）」という表記になります。「ドン・バルトロメウ」とカタカナのみで表記されている時は、フロイスは、その人物の日本名をまだ理解していないことになります。日本名まで理解したあとは、「大村純忠殿（ドン・バルトロメウ）」と表記されます。

フロイスたちは、ポルトガル語やラテン語、あるいは別の言語で会話をしますが、すべての会話に外国語をそのまま添えることは紙幅から難しいですし煩雑になりますので、日常会話などの短いフレーズや、印象的なセリフのみ原語で表記し、「Vemos o porto!（ヴィモーシュ・ウ・ポルトゥ）」（＝港が見えたぞ！）のように、その言語での発音をふりがなとして添え、日本語での訳も添えています。また、フロイスたち宣教師や修道士がラテン語の聖書から聖句（シュクリプトゥム）（Scriptum ＝聖書の言葉）を引用する場面では、ラテン語の原文と、発音と、筆者による日本語訳も添えています。通常、聖書からの引用には「○章○節」と添えますが、本書の舞台である十六世紀は、章と節の区切りが定着する以前（一部で導入されつつある時期）ですので、そのため、章と節については明記しておりません。フロイスたちが持ち歩いていた聖書には、章や節といった区切りはないからです。なお、新約聖書はギリシャ語で、旧約聖書はヘブライ語で原典が記されましたが、イエズス会ではラテン語聖書をベースとしているため、本書でも聖句（シュクリプトゥム）は、すべて、ラテン語聖書からのみ引用しています。

ポルトガル語については、ポルトガル・ポルトガル語（European Portuguese）とブラジル・ポルトガル語（Brazilian Portuguese）の二種類あり、現代社会では後者のほうが圧倒的に話者数は多いのですが、本書では当然ながら、フロイスたちが話していたポルトガル・ポルトガル語をベースにしています。たとえば、ポルトガル語の挨拶、「Bom dia.」（＝おはよう＝朝の挨拶）、「Boa tarde.」（＝こんにちは＝午後の挨拶）は、ブラジル・ポルトガル語では「ボンジア」、「ボアタールヂ」と発音されますが、ポルトガル・ポルトガル語では「ボンディア」、「ボアタールデ」という発音になります。

フロイスの当時の息遣いを少しでも感じていただくために、各章の冒頭では、その章で描かれる場面の『日本史（イシュトーリア・デ・ジャパウン）』の該当箇所からポルトガル語の原文を引用しています。これらはやや長めの文章ですので、発音はふりがなとして添えていませんが、筆者による日本語訳を添えています。ポルトガル語の古い綴りについてはスペルミスに見えてしまうため現代の綴りに訂正し、原文に含まれる転写ミスについては適切と思われる語に訂正しています。

長くなりましたが、表記法についてのご説明は、以上です。

時計の針を四百五十年ほど遡らせて、時は、一五六三年――。

ジャパウンの横瀬浦（ヨコセウラ）を目指す、一隻の大型帆船の中――。

船室の机で、黙々と書き物をしている人物がいます。
波に揺られるのも意に介さず、彼は、何かを書き続けています。
この記録者の述懐から、物語の幕が開きます。

目次

《登場人物表》

ルイス・フロイス……神父（パードレ）。ポルトガル人。本書の記述者。

ジョアウン・バプティスタ・デ・モンテ……神父（パードレ）。イタリア（イターリヤ）人。フロイスの僚友。

コスメ・デ・トルレス……神父（パードレ）。スペイン（シュパーニャ）人。ジャパウン布教長。

ベルショール・デ・フィゲイレド……神父（パードレ）。インド（インディア）人。

ジョアウン・カブラル……神父（パードレ）。インド（インディア）人。

バルタザール・ダ・コスタ……神父（パードレ）。ポルトガル人。

ガスパル・ヴィレラ・デ・アヴィシュ……神父（パードレ）。ポルトガル人。都（ミヤコ）地方の責任者。

ジョアウン・フェルナンデス・デ・オヴィエド……修道士（イルマウン）。スペイン（シュパーニャ）人。

ルイス・デ・アルメイダ……修道士（イルマウン）。ポルトガル人。元は医師で商人。

アイレス・サンシェス……修道士（イルマウン）。ポルトガル人。前職は商人。

ドン・ペードゥル……「聖十字（サンタ・クルス）」号の船長。ポルトガルの貴族。

フランシスコ・シャヴィエール……上級神父（パードレ・メストレ）。スペイン（シュパーニャ）人。

大村純忠（おおむらすみただ）……ジャパゥン初のキリシタン（クリスタウン）大名。ドン・バルトロメウ。

朝長新助（ともながしんすけ）……大村純忠の忠臣。横瀬浦領主。ドン・ルイス。

今道純近（いまみちすみちか）……大村純忠の第一の忠臣。ダミアゥン。

仙巌（せんがん）……大村純忠の父・有馬晴純（ありまはるずみ）の法名。九州島の実力者。

松浦隆信（まつらたかのぶ）……平戸を拠点とする大名。通称「肥州（ヒシユウ）」。

籠手田安経（こてだやすつね）……松浦隆信の重臣。ドン・アントニウ。

ドナ・イザベル……籠手田安経の夫人。平戸在住のキリシタン（クリスタウン）。

島原純茂（しまばらすみしげ）……島原地方の領主。大村純忠の親戚。

ドン・ジアゥン……島原純茂の家臣。島原のキリシタン（クリスタウン）を束ねる。

大友宗麟（おおともそうりん）……九州島最大の大名。豊後（ブンゴ）を拠点とする。

カトク・ジョアゥン……博多の日本人キリシタン（クリスタウン）。ポルトガル語を話す。

賀茂在昌（かもありまさ）……都（ミヤコ）の公家。天文学者。マヌエル。

日比屋了珪（ひびやりようけい）……堺（サカイ）の豪商。宣教師たちを援助する。ディオゴ。

バルナベ……堺（サカイ）在住の日本人キリシタン（クリスタウン）。ポルトガル語を話す。

美作進士（みまさかしんじ）……将軍・足利義輝の義父。

足利義輝（あしかがよしてる）……室町幕府の第十三代将軍。公方様（クボウサマ）。

第一章　ジャパゥン到着

E como então não havia mais que dois Padres em Japão, scilicet, o Padre Cosme de Torres em Yocoxiura, que então começava a florecer, e o Padre Gaspar Vilela no Miaco, e cinco ou seis Irmão.

（＝その当時、ジャパゥンには、たったふたりの神父(バードレ)しかいなかった。すなわち、その頃に発展し始めていた横瀬浦(ヨコセウラ)にいたコスメ・デ・トルレスと、都(ミヤコ)のガスパル・ヴィレラである。そのほかには、五人か六人の修道士(イルマウン)がいただけであった）

我らエウロパ人の暦における一五六三年の七月六日——目的地のジャパゥンの暦では、永禄六年の六月十六日となる今日——、私、ルイス・フロイス（Luis Frois）はついに、その時を迎えようとしている。十五年前からずっと強い関心を抱き続けていた「不思議の国」（país das maravilhas）——ジャパゥンと呼ばれる国——に足を踏み入れる瞬間が、とうとうやってきたのだ。

母国ポルトガル（Portgual）で使命を帯びて、生まれ育ったリスボン（Lisboa）の港（porto）から私が旅立ったのは、十六歳の時であった。今や三十一歳、我が人生のおよそ半分を異国で過ごしてきたことになる。その大半はインド（India）のゴア（Goa）にいた。リスボンからゴアまでの最初の船旅は、たしか、九か月を費やしたと記憶している。今回、ゴアからジャパゥンまでは、途中で風を待つ時期も含めて一年と三か月を要した。エウロパから見ると、ジャパゥンは、世界のいちばん東の涯にあり、「もっとも遠き場所」（o lugar mais distante）という印象さえある。かつては存在すら知らなかった辺境の土地に、今では自分自身が強く望んで赴いている現実に、デウスがつくり給うたこの世界の玄妙な神秘（mistério）を感じずにはいられない。

ジャパゥンの地で私が今後どのくらいの時を刻むことになるのか、それを知るのは全能なる我らが主デウス（Deus Nosso Senhor）のみであるとしても、こんにちに至るまでの永き日々を追想すると、さまざまな感慨が湧いてくる。

私が初めてジャパゥンのことを知ったのは、十五年前——一五四八年に、ゴアの聖パウル学院（colégio de São Paulo）に到着してまだ間もない頃であった。それ以降、私は同学院でアジア《アーズィア》（Ásia）とエウロパ《ヨーロッパ》のあいだでやりとりされる書簡《カールタ》（carta）を管理する職務に就くことになったので、ジャパウンという「不思議の国《パイース・ダス・マラヴィーリャス》」について文章で読む機会には不自由しなかった。ワイン《ヴィーニョ》（vinho）が時間をかけて熟成していくように、その未知なる土地——ジャパウン——への好奇心は十五年かけて私の中で醸成され、豊かな深みを増していたのである。

実は、私は八年前（一五五五年）にも一度、ゴアからジャパウンへ派遣される機会に恵まれた。だが、あの時は良い風が得られず、経由地のマレーシア《マラージア》（Malásia）のマラッカ《マラーカ》（Malaca）で風待ちのために冬を越し、その間に私は別の任務を与えられ、最終的にはゴアに引き返すことになった。非常に残念ではあったが、卑小な我らには窺い知れないデウスのお導き《オリエンタッサウン・ディヴィーナ》（Orientação Divina）の神意を信じて、次の機会を待つしかなかった。

今回は私にとって待望久しい二度目の好機であり、今日ようやく、おそらく間もなくジャパウンの大地を無事に踏めることが、むしょうに嬉しくてならない。私たちは順風に恵まれない限り目的地に辿りつけないし、嵐《テンペシュターデ》（tempestade）や、海賊《ピラータ》（pirata）の襲撃により航海途中でいのちを落とす者も非常に多い。永き旅路を経て無事に目的地へ辿りつけるのは奇蹟《ミラーグリ》（milagre）に等しい価値のあるデウスのご加護《アジューダ・ディヴィーナ》。ジャパウンの地には私が為すべきこと、この国で私にしかできないことが、きっと用意されているに違いない。

今から一年三か月前、イエズス会《クンパニア・デ・ジエズーシュ》の神父《パードレ》（padre）であり「司祭《サセルドーテ》」（sacerdote）の位階にある私は、同志《クンパニエール》で同じく司祭《サセルドーテ》である神父《パードレ》のジョアウン・バプティスタ・デ・モンテ（João Baptista de Monte）らと共に、戦闘用帆船《ナヴィウ・デ・ゲーハ》（navio de guerra）の聖十字号《サンタ・クルス》（Santa Cruz）でインド《インディア》のゴアを発った。途中で中国《シナ》（China）のマカオ《マカウ》（Macau）を経由し、このジャパゥンで下《シモ》（Ximo）と呼ばれている地方の横瀬浦《ヨコセウラ》（Yocoxiura＝長崎県西海市西海町）という港《ポルトウ》へ、もう間もなく、今まさに到達しようとしている。

今回の旅の目的地であるこのジャパゥンのことを、我らイエズス会《クンパニア・デ・ジエズーシュ》の公用語であるラティン語（Língua Latina《リングア・ラティーナ》）で話す時には「イアポーニア」（Iaponia）と呼ぶこともあるし、ジョアゥン・バプティスタが彼の母国であるイタリア《イターリャ》（Itália）の言葉で「ジャッポーネ」（Giappone）と呼ぶこともある。ただ、船長や船員の大多数はポルトガル人《ポルトゥゲーシュ》（Português）なので、私の母国語であるポルトガル語（Língua Portuguesa《リングア・ポルトゥゲーザ》）で「ジャパゥン」と呼ぶ回数が、自然といちばん多くなる。現在、我が母国ポルトガルは世界の商取引《コメールシウ》（comércio）の中心的存在であるため、ポルトガル語は、いわば世界の公用語として、広く用いられている。我らが名乗る「イエズス会《クンパニア・デ・ジエズーシュ》」も、これはポルトガル語での名称であり、ラティン語での正式名称は、「ソキエタス・イエス」（Societas Iesu）——となる。

ちなみに、同志《クンパニエール》たちからの書簡《カールタ》での情報によれば、この国の人たち、すなわち日本人《ジャプネーシュ》たち自身は、自国のことを「ジッポン」、あるいは「ニッポン」、「ニホン」などと呼んでいるのだそうだ。

そこまで書いたところで、私は、不意に声をかけられた。

「——パードレ・ルイス、ご熱心ですね。あなたがデウスから賜わった書き物《エシュクリータ》（escrita）への無垢（inocente）な情熱に、私はいつも、心底、感銘を受けずにはいられません」

それはポルトガル語だったが、発音に独特のなまりがあり、すぐに彼だとわかった。船室の戸口で私を見て柔和に微笑しているのは、ジョアウン・バプティスタ・デ・モンテ。かつて、イエス・キリスト（Jesus Cristo）が「Non surrexit inter natos mulierum major Joanne Baptista.」（＝女から生まれた者の中で、彼より偉大な者は、それ以前にはいなかった）と評した、かの偉大なる洗礼者（grande Baptisa ＝洗礼者ヨハネ）の名を持つ彼だが、その名の大きさを考えると意外なほど穏やかな、春の風のようなやさしさが彼の笑顔には感じられる。この人好きのする同志はイタリアのフェッラーラ（Ferrara）の生まれ。彼のほうが四歳年上なので、今年で三十五歳。私がゴアで「司祭」の位階に叙された二年前（一五六一年）に、新任の司祭としてエウロパからゴアに派遣されてきたのが彼だった。その翌年（一五六二年）、ジャパウンでの布教活動拡大のために私たちふたりが選ばれ、ゴアを発った。以来一年三か月、ずっとこの聖十字号の中で航海を共にしてきたし、同世代で、また、同じ時期に「司祭」に叙されたということもあり、私たちはお互いに、まさしく同志と呼び合える強い連帯感を抱いている。私は彼に微笑み返した。

「リスボンの王室秘書庁（Secretaria Real）にいた幼少の頃より、記録することがずっと私の職務であったせいか、書き物をしていると、不思議と心が落ちつくのです。いつの間にか数時間が経過していることも、しばしばです」

「ええ、よく知っています。そして、そんなあなたを見ているのが好きです。そのように書き物に没頭している時のあなたの姿には、紛れもなくデウスの恩寵（graça）が感じられるからです」

「パードレ・ジョアウン・バプティスタ、いつも船員たちひとりひとりを個別に気遣っておられるあなたの心配りには、私のほうこそ感銘を受けています。それは、あなたがデウスから賜わった才能（talento）に違いありません」

「もしそうであるなら、ジャパゥンの地でも自分の資質を活かしたいものです」

そう言って、彼は、また春の風のように穏やかに微笑した。ジョアウン・バプティスタというのはポルトガル語での名前で、彼の母国イタリアでの名前は、ジョヴァンニ・バッティスタ（Giovanni Battista）。そのため、私も含めて皆がパードレ・ジョヴァンニ・バッティスタとイタリア名で呼ぶこともあるが、現在はポルトガル語が世界の事実上の公用語であることから、多くの場合にはポルトガル名が使われる。彼のように言語によって名前が変わる例もあるとはいえ、私の名前は、どの国の言語でも「ルイス・フロイス」だ。

なお、「神父」という単語は、ポルトガル語、イタリア語（Língua Italiana）、スペイン語（Língua Castelhana）で共通しており、「我らが父」（Nosso Padre）であるデウスも含めて、「父」全般を広く示せる言葉である。我々神父は、デウスの代理人として機能する存在で、どの国の名前で相手を呼びかける時にも、名の前に必ず「パードレ」とつけるのが慣例となっている。

ポルトガル語やイタリア語、スペイン語、フランス語（Língua Francesa）など、エウロパの言語の多くはラティン語から枝分かれした方言が独立したものであり元は同じ言語なので、

「神父（パードレ）」や「司祭（サセルドーテ）」のように共通単語も多く、ポルトガル人（ポルトゥゲーシュ）とイターリャ人（イタリアーノシュ）（Italianos）とシュパーニャ人（シュパニョイシュ）（Espanhóis）が仮にそれぞれ自国の言語で話しても、意思の疎通に困ることは、あまりない。正式には、我らイエズス会（クンパニア・デ・ジエズーシュ）の公用語はラティン語であるが、ラティン語は、こんにちのエウロパ（ヨーロッパ）の諸言語と比較すると、やや難解で、エウロパ人（エウロペウ）の中にも苦手としている者が多いこともあり、日常生活においてはポルトガル語が事実上の公用語として、会話でも文書でも広く用いられている。

　私とジョアウン・バプティスタの会話も原則としてポルトガル語だが、彼にとっては母国語ではないため、部分的に、イタリア語（イターリャ）が混在することも珍しくない。そうした言語の混在を気にする者など誰もいないが、強いて言えば、皆の中でいちばん気にしてしまうのが、私かもしれない。

私が書き物（エシュクリータ）を好む気持ちの根本に言語（リングア）（lingua）への強い関心があることは、王室秘書庁（セクレタリーア・ヘアウ）で文書を整理する仕事の助手を務めていた幼少の頃から自覚していた。関心が強かった影響で、いつしか言語（リングア）学習や書き物（エシュクリータ）が得意になり、十六歳でイエズス会（クンパニア・デ・ジエズーシュ）に入ったあと、ゴアの聖パウル学院（コレージウ・デ・サウン・パウル）で書簡（カールタ）の管理を任されていた。得意分野の仕事に黙々と打ち込んだことでゴアでも認められ、「司祭（サセルドーテ）」の位階に叙されたのが、二十九歳の時。その二年後である今年、デウスのお導き（オリエンタッサウン・デイヴィーナ）によって、ふたたびジャパウンに派遣される好機に恵まれるに至った。今度こそようやく辿り着けるはずのジャパウンの地で、私がデウスより賜わることになる使命（ミッサウン）のひとつが「文章による記録」であることは、おそらく間違いないだろう。そんな予感が、今の私にはある。

「パードレ・ルイス、今、お書きになっているその文章は、先日拝見したゴアへの定例報告（ヘラトーリウ）

（relatorió）の続きですか？」

問いかけられて、私は、少し傾げた首を左右に振った。

「いえ……実は、この文章は、ゴアへの定例報告《ヘラトーリウ》とは別に、私自身の書きたい気持ちに忠実に、長き旅の慰みとして書いているものなのです。あくまで個人的な記録ですので、『読者《レイトア》』（leitor）は特に想定していません。今後も誰にも見せないかもしれません」

「なるほど、そうでしたか。もし読者《レイトア》が必要な時には、おっしゃってください。いつでも私が名乗りを上げます」

「ありがとうございます、パードレ・ジョアゥン・バプティスタ」

「ところで、今日は良い風を受けて、もうだいぶ陸地に近づいているようですよ。パードレ・ルイス、書き物《エシュクリータ》の区切りが良ければ、甲板《コンヴェシュ》（convés）へ出てみませんか。そろそろ港《ポルトゥ》が見えてくるかもしれません」

ジョアゥン・バプティスタにそう誘われると、夢にまで見たジャパゥンの陸地を早く見たい気持ちが、いっそう強まった。私はインク瓶《ティンテイロ》（tinteiro）に蓋をして筆記具《カネータ》（caneta）のインク《ティンタ》（tinta）を拭い、腰を上げた。

「そうですね。ひと区切りつけるには、良い頃合いかもしれません」

甲板《コンヴェシュ》には、天を突く槍のように、高く太い三本の帆柱《マストゥル》（mastro）が聳えている。巨大な十字架《クルス》（cruz）が描かれた帆は強い追い風を受けて大きく膨らみ、あたかも見えざる巨人の手が背中を押してくれているかのように、我らの帆船（nao）を快調に前進させている。キャラック船（carraca）とも呼ばれる、大砲を備えたこの戦闘用帆船の甲板に、総勢で二百五十人ほどいる船内の者たちの多くが出てきていた。そのような状況でもあり、船室でひとり書き物をしていた私を、ジョアウン・バプティスタは呼びにきてくれたのだろう。いかにも彼らしい気遣いだ。

船員たちは手すりから身を乗り出すように、遠くに見えてきた陸地に我らの目的地を探している。やがて、大帆柱（matro grande）の上から、船員のひとりが拳を突き上げ、興奮した声で「Vemos o porto!」（＝港が見えたぞ！）と叫び、甲板から大歓声が沸き起こった。誰もが晴れ晴れと笑っている。

外海から湾（baía）の中へ入ると、お椀（tigela）を伏せたように綺麗な丸みを帯びた小さな島（ilha）が、海上を浮遊しているように見えた。航海の良い目印となりそうだ。生い茂る濃い緑が目に鮮やかなその島を横目に見ながら、私たちを乗せた聖十字号は、穏やかな波間を縫って、絹の上を滑るように進む。湾以外の三方を緑豊かな小高い丘に囲まれ、港にしては入口の幅が狭く路地のように奥行きのある湾へ、私たちは入港した。デウスの恩寵により、帆が受ける風は途中から穏やかになり、大いなる御手でジャパウンに招き入れられたかのようでもあった。

この国にいる同志たちとの書簡（数か月に一度の船便による定例報告）で今までに私が把握している状況に特別な変化がなければ、現在、ジャパウンにはふたりの神父と、五人か六人の修道士（Irmão）しかいないはずだ。それもあってか、私たちの到着は驚くほど歓迎された。

　とても天気の好い日だったので、遠くからも船が見えていたのだろう。私たちの船が横瀬浦港《ポルトウ・デ・ヨコセウラ》（porto de Yocoxiura）に碇《アンコラ》（âncora）を下ろす時には、この地のキリシタン《クリスタウン》（cristão）らしき者たちが二百人ほど、私たちの到来を歓迎するため、港《ポルトウ》へ一斉に集まってきてくれたようだった。その中には、全身を黒衣に身を包んだ同志《クンパニエール》ふたりの姿も遠目から確認できる。こちらへ向かって右手を挙げてくれた彼らに、我らも笑顔で手を振り返した。

「パードレ・コスメ・デ・トルレス（Cosme de Torres）、それに、イルマウン・ジョアウン・フェルナンデス・デ・オヴィエド（João Fernandes de Oviedo）が、私たちを迎えに来てくれているようですね」

　ひとりごとのような口調だが、ジョアウン・バプティスタのその声は、弾んでいた。ジョアウン・バプティスタにとっては、これが彼らとの初対面となる。一方、私は十五年前に彼らと面識があり、久方ぶりの再会だった。十五年前にゴアで同志《クンパニエール》たちと話した遠き日のことを想い出すと、胸に熱いものが込み上げてくる。

　船が港《ポルトウ》に入るにつれて、遠くに立つふたりの同志《クンパニエール》の姿が少しずつ大きくなり、はっきり見えるようになった。たしかに、私が十五年前に別れた彼らなのだが、歳月のぶんだけ年を重ね、容貌も変化している。その当然のことが少し切なく感じられもした。我らの霊魂《アニマ》（anima）は不滅であるとしても、色身《コルプス》（corpus＝肉体）は時と共にいったん朽ちていくのが、デウスの定められた摂理《プロヴィデンスイア》であることを実感せずにはいられない。

同志（クンパニエール）たちとの比較で遠目にもわかったことだが、この国の者たちは皆、大人であっても我らより頭ひとつかふたつぶんほども背が低いようだ。思えば、これまでゴアやマカオ（マカウ）、マラッカ（マラーカ）などで目にした何人かの日本人（ジャプネーシュ）も、そうだった。背の高き者は、ごく稀なので、この「不思議の国（パイース・ダス・マラヴィーリャス）」ジャパゥンを「小さき者たちの国（パイース・ダス・ペケーナシュ・ペソーアシュ）」（país das pequenas pessoas）だと考えても、あながち間違いではないかもしれない。

男も女も華奢（きゃしゃ）で身なりは貧しいものの、彼らの熱意と、瞳の純粋な輝きに私は目を奪われた。多くの者たちが随喜（ずいき）の涙を浮かべ、両手を私たちのほうへ掲げて、私には理解できない異国の言葉を口々に叫んでいる。

船上から彼らへ手を振り返しながら、私は、潮風の中に不思議な香りを感じた。どの国でも現地の調味料（テンペル）（tempero）の匂いがするものだが、このジャパゥンという国の食文化も、おそらく私が体験したことのないものなのだろう。

「パードレ・ルイス、彼らは『Salvete, Padre.（サルウエーテ パードレ）』と挨拶をしているのではないですか？」

となりに立っていた船長（キャピタウン）（capitão）のドン・ペードゥル（Dom Pedro）からそう指摘され、私は「Ō!（オー）」（＝おおっ！）と驚き、納得した。たしかに、彼らが叫んでいる言葉の一部は、私たちが母国語と共に使用するラティン語の「Salvete.（サルウエーテ）」（＝こんにちは）という挨拶のようにも聞こえる。ただ、もうひとつの単語は、私には「Padre（パードレ）」とは聞こえなかった。強いて言えば、それは「バテレンサマ」とでも表記できそうな奇妙な音である。それが何を意味しているのか、この国に着いたばかりの私に知る術（すべ）はない。

近づくと、より鮮明に観察できた。この国の者たちは、男も女も、切れ長のとても細い目をしていて、鼻は低く、顔の凹凸に乏しいのが印象的である。彼らのその細い目が我ら新しき訪問者を今まさに熱心に見つめていて、そのまなざしには圧力のような熱情が感じられるほどだ。彼らの多くは貧しい身なりで汚れた顔をしていて、それが余計に、力強い目の輝きを印象的に見せている。彼らの中には赤子（bebê）を背負っている者も何人かいて、軽く跳躍して赤子をあやしながらも、その目が我らから逸らされることは片時もなかった。

　船内から埠頭に架けられた木製のタラップ（prancha）を下りた私たちは、歓喜の叫びを上げる彼らに、もみくちゃにされた。号泣しながら私の黒衣に次々にすがりついてくる者たちの強い感情に驚きながら、私からも「Salvete. Gratias.」（＝こんにちは。ありがとう）とラティン語で挨拶を返す。それに感激して、泣き崩れてしまう者までいる。彼らの中にはポルトガル語の「Bom dia.」（＝こんにちは＝朝の挨拶）や「Obrigado.」（＝ありがとう）らしき言葉を口にする者もいて、そうした時には、私も相手に合わせて「Bom dia. Obrigado.」と返した。もちろん、厳密に言えば、朝ではなく昼過ぎだったので「Boa tarde.」（＝こんにちは＝午後の挨拶）が正しいし、女性であれば「Obrigada.」と言うべきだが、会ったばかりの異国の人たち相手に、そこまで言語の厳密性を要求する必要はないだろう。

　しばらくのあいだは、彼らのしたいように、私は、されるがままになっていた。その最中にも、観察は続けている。とても印象的だったのは、この国の男たちの髪型と、女たちの化粧――そして、歯だ。

男たちは、側頭部と後頭部にだけ髪を残し、それ以外は綺麗に剃り上げた禿頭《とくとう》で、これは私も含めて我らエウロパ《エウロペウ》人の聖職者《クレーリグ》（clérigo）が円頂《コロア》（coroa＝頭頂部）を剃るトンスラ（tonsura）という髪型に少し似ている。トンスラの場合には前髪は残すが、彼らは前髪も剃っている点と、後頭部で髪の一房を束ねている点が異なっている。

女たちは白粉《おしろい》を異様なほどに厚く塗り、眉を剃り落として墨で眉を描いているのが印象的で、しかも、なぜか歯を黒く塗っている。インド《インデイア》や中国《シナ》、マレーシア《マラージア》でもそれぞれ美の基準は異なっていたが、このジャパゥンにも、やはり独特の美意識があるようだ。彼らの衣服も特徴的で、色身《コルプス》に密着する我らの衣服と異なり、とてもゆったりとしていて、袖が袋のように垂れているのも不思議だ。彼らの多くは裸足で、そうでない者たちは、足の親指と人差し指で紐を挟んで足を固定する物を履いている。我らの履物《サパートウス》（sapatos）は足全体を保護するものなので、大きく異なる。

歓迎の熱狂がいくぶん落ち着いたところで、日本人《ジャプネーシュ》たちの人の輪をかき分けて、同志《クンパニエール》ふたりが我らに歩み寄ってきた。スペイン《シュパーニャ》（Espanha）のヴァレンスィア（Valencia）出身の神父《パードレ》コスメ・デ・トルレスは、我らエウロパ《エウロペウ》人の中でも特に大柄だが、杖をつき、片脚を引きずる痛々しい姿だった。その後ろから続くのは、スペイン《シュパーニャ》のコルドバ（Córdoba）出身の修道士《イルマウン》、ジョアウン・フェルナンデス・デ・オヴィエド。彼は我らの中では背が低く痩せ形で、生気が弱まった青白い顔をしていて、再会を喜ぶより以前に、彼の健康状態を案じねばならぬほどである。

十五年ぶりに再会したふたりの顔に刻まれた深い皺と濃い疲労の色は、これまでの彼らの労苦を物語っていた。私が最後に会った時、コスメ・デ・トルレスはまだ三十代で髪も髭も黒々としていたが、現在五十三歳になる彼は髪が薄く、灰色になり、立派な口髭と顎鬚も灰色で、どこかの村の長老のような雰囲気だ。その後ろに付き従うジョアウン・フェルナンデスは、たしか私の六歳年上で、まだ三十代――現在三十七歳のはずだが、苦労が容貌を老け込ませたのか、実年齢よりゆうに十歳以上は老けて見える。私の同行者も「ジョアウン」の名前は同じだが、彼――生気に満ちたジョアウン・バプティスタと、この疲れきったジョアウン・フェルナンデスが二歳しか違わないという事実が信じられない。

　インド（インディア）のゴアは我らエウロパ（エウロペウ）人にとって異国であっても、イエズス会（クンパニア・デ・ジエズーシュ）の関係者も非常に多く現地で暮らしているし、商取引（コメールシウ）に従事するエウロパ（エウロペウ）人も、たくさんいる。ゴアでの生活において何かに不自由することは、ほとんどなかった。が、このジャパゥンは、いまだ我らにとって未開拓の部分が多き土地である。この不慣れな異郷で十五年も苦労すれば、私も彼らのように実際の歳月以上に年老いてゆくのであろうか……。

　過去、現在、未来のすべてを掌中（しょうちゅう）におさめているデウスと違って、我ら全能ならざる身には、十五年は短い時間ではない。はたして、私は十五年後もこの国にいるだろうか。そもそも、私は十五年後も生きているのか……すべてはデウスが定められることなので、たしかにわかることは、何もない。私にできるのは、デウスから賜わった自分の役割を、ただひたすら誠実にまっとうするように努めるだけである。

　コスメ・デ・トルレスは、息子――というより孫を見るようなやさしい目で私をまっすぐに見つめて、彼の母国語・スペイン語（シュパーニャ）ではなく、ポルトガル語で語りかけてくれた。

「パードレ・ルイス（・フロイス）、書簡（カールタ）では何度もやりとりしましたが、今こうして、なつかしいあなたと再会できたことを嬉しく思います。かつてゴアで会った時、あなたはまだ十代なかばで、利発そうな少年という印象でした。それが今や司祭（サセルドーテ）の位階にある神父（パードレ）として、ずいぶんご立派になられましたね」

　彼の大きな色身（コルプス）から発せられるその声は、記憶にあったより驚くほど老いて時折かすれがちだったが、聴く者を安心させる、ゆっくりとした口調で、包容力のあるやさしい響きである点は変わっていない。コスメ・デ・トルレスから次に視線を向けられた私の同行者は彼らしく、よどみのない口調で、やはりポルトガル語で応えた。

「パードレ・コスメ、私はジョアウン・バプティスタ・デ・モンテです。お目にかかれて、嬉しく思います」

「ええ、先の書簡（カールタ）で連絡は受けていました。パードレ・ジョアウン・バプティスタ、あなたも、ここまでの長旅、ご苦労さまでした。あなた方の到着を待ちわびていましたよ。あなた方をこの地まで無事に遣わしてくださったデウスの恩寵（グラーサ）に感謝いたします」

　同じ気持ちだと示すように、ジョアウン・フェルナンデスも、無言でうなずいているが、今の彼は少しの言葉を発することにすら苦労を伴うように見える。私は彼らを交互に見つめ、ふたりに語りかけた。

「パードレ・コスメ、イルマウン・ジョアウン・フェルナンデス、あなた方のほうこそ、長年に亘るこの地での布教活動、誠にご苦労さまでございます。この国のキリシタン(クリスタウン)たちの熱意には驚かされました。あなた方のこれまでの布教があればこそでしょう。心から感謝いたします」

私の言葉が何かの引き金になったかのように、ともにスペイン(シュパーニャ)出身である神父(パードレ)と修道士(イルマウン)は、ふたりとも目を潤ませ、ついには落涙(らくるい)した。そんな彼らへのねぎらいの気持ちを込めて、私たち四人は、しっかりと抱擁(アブラース)(abraço)を交わした。その様子を見て、取り巻いている日本人(ジャプネーシュ)のキリシタン(クリスタウン)たちも、多くの者が声を上げて泣いている。

なつかしい同志(クンパニエール)ふたりに出迎えられる、という願ってもない最良の形でジャパゥンでの生活が始まったことについて、デウスの恩寵(グラーサ)に感謝せずにはいられない。私も歓喜の涙を流しながら、これから始まる異郷での生活への期待と不安に感情をたかぶらせていた。

コスメ・デ・トルレスとジョアゥン・フェルナンデス・デ・オヴィエドは、今から十四年前、我らイエズス会(クンパニア・デ・ジエズーシュ)の創設者のひとりで上級神父(パードレ・メストレ)であるシュパーニャ人(シュパニョイシュ)のフランシスコ・シャヴィエールらと共に、一五四九年にジャパゥンを訪れた我らの同志(クンパニエール)である。それは、私たちがジャパゥンに足跡を刻んだ初めての事例だった。

フランシスコ・シャヴィエールは、イエズス会(クンパニア・デ・ジエズーシュ)の東インディア管区長(プロヴィンスイアル・ダス・インディアス・オリエンタイス)(Provincial das Índias Orientais)としての責務もあり、一五五一年にはジャパゥンを去った。その後、現在までの十二年間、コスメ・デ・トルレスがジャパゥン布教長(スペリオール・デ・ジャパウン)(Superior de Japão)の役割を務めてきた。彼は、まさに、ジャパゥンの布教活動における大帆柱(マストウル・グランデ)と言える存在で、最初にこの地で会った同志（クンパニエール）が旧知の彼であることは、私にとっては無上の喜びである。

彼らと十五年前に会った時の私は、まだ十代なかばの修道士（イルマウン）で、エウロパ（ヨーロッパ）からゴアに派遣されて間もない頃だった。まだジャパゥンという国の存在すら知らなかったその頃、私は、ひとりの日本人（ジャプネーシュ）と会っている。

一五四八年の、ある秋の日の夕刻のことだった。西陽が長い影をつくっている聖パウル学院（コレージウ・デ・サウン・パウル）の石づくりの回廊で、ひとりの背の低い異国の男をつれたフランシスコ・シャヴィエールとすれ違う時に、私は会釈した。その時、私の視線に気づいて、上級神父（パードレ・メストレ）が彼を紹介してくれた。

「イルマウン・ルイス（・フロイス）、彼のことが気になりますか？　彼は、パウル・デ・サンタ・フェ（Paulo de Santa Fé）、今、私が大きな期待をかけている『ジャプネーシュ』です」

「ジャプネーシュ……？　どこの国の方ですか？」

その単語を耳にすること自体、初めてだったのだ。

「中国（シナ）よりさらに東の洋上、世界の東の涯（はて）に、ジャパゥンと呼ばれる我らにとって未開の地があるようです。このパウルは、そこから来ました」

紹介されたパウルは、「Boa tarde.（ボアタールデ）」とポルトガル語で午後の挨拶をしてくれたので、私も「Boa tarde.（ボアタールデ）」と返した。彼は、当時まだ成長期だった私よりも背が低かったが、よく見ると、年は、私より二十歳くらいは上に——つまり当時、三十代の半ばを過ぎているように見えた。それまでに私が会ったことのあるどの人種とも違っていて、好奇心を刺激された。

「パウルは、とても優秀です。もしジャプネーシュたちが皆、彼と同じように優れた人種なら、布教に赴く価値は充分にあると思っています。イルマゥン・ルイス、私はパウルと共に、近々、ジャパゥンを訪れるつもりです」

フランシスコ・シャヴィエールがパウル・デ・サンタ・フェを案内役として連れて、コスメ・デ・トルレス、ジョアゥン・フェルナンデスらと共にゴアを発ったのは、それから数か月後のことである。

その後、フランシスコ・シャヴィエールは一五五二年十二月二日に南中国《シナ》のサンショアン島《イーリャ・デ・サンショアン》（Ilha de Sanchão）で熱病《フェーブリ》（febre）のため天に召され、一五五四年三月にゴアまで運ばれた彼の遺骸と私は対面することになった。その時は、遺骸を出迎えるためにゴアの全市から人々が港《ポルトゥ》に集まってくるほど大きな熱狂だった。シャヴィエールの遺骸は死後一年三か月が経過してもほとんど損壊しておらず、遺体が運ばれた土地で疫病を鎮《しず》めたり、遺体を載せた船を嵐《テンペシュターデ》から生還させるなどの奇蹟《ミラーグリ》が、既にいくつも報じられていたのである。

シャヴィエールの遺骸は聖パウル学院《コレージゥ・デ・サゥン・パゥル》で公開され、拝観する者たちは昼夜、途切れることがなかった。私も当時は修道士《イルマゥン》として拝観者の対応にあたったが、寝る間もなくなり担当者のあいだで倒れる者が続出しても拝観者が途切れなかったため、遺骸を棺におさめて公開を中断しなければならないほどであった。

いずれ福者《ベアトゥ》（beato）や聖人《サントゥ》（santo）に列せられるのは確実であるフランシスコ・シャヴィエールの安らかな寝顔を見て、デウスの恩寵《グラーサ》を感じない者はいないだろう、と思えた。彼の神聖なる寝姿は、今も私の脳裡に深く刻まれていて、苦しい時の心の支えとなっている。

私が最初にジャパウンに旅立ったのは、その二か月後のことだったから、デウスのお導き（オリエンタツサウン・デイヴイーナ）と、フランシスコ・シャヴィエールの守護を感じずにはいられなかった。もっとも、その時点では機が熟していなかったため、私がジャパウンに辿りつくまで、その時から現在まで、さらに八年の時を要したことは、既に述べた通りである。

横瀬浦（ヨコセウラ）の町（ヴイーラ）（vila）は港（ポルトウ）からは見えていなかったが、実は、すぐ近くにあった。丘が視界を遮っていただけで、その裏手に町（ヴイーラ）があったのだ。この地のキリシタン（クリスタウン）たちに取り巻かれながら、私たちは町（ヴイーラ）のほうへと移動した。コスメ・デ・トルレスが片足を引きずりながらだったので、とてもゆっくりとした移動である。町（ヴイーラ）は、いくつかの丘に囲まれた小さな盆地にあった。

「このあたりは丘が多いのですか？」

私が訊（き）くと、歩行に難渋しているコスメ・デ・トルレスの代わりに、ひどく顔色の悪いジョアウン・フェルナンデスが、その弱々しい声を少しずつ振り絞るようにして答えてくれた。

「ジャパウンは……丘や山が多く……国土の大半だと言っても……良いほどです……。そうした丘や山の……谷間の盆地に……日本人（ジャプネーシュ）は……集落を……つくっています。この横瀬浦（ヨコセウラ）も……そうです」

たしかに、周囲を見回すと、あちこちに丘や山が点在し、その谷間の盆地に家々が並んでいるようだった。この国の者たちの背丈に合わせたかのように、とても小さな家々（カーザス）（casas）で、遠くから見ると、小さき箱が並べられているような印象である。人の姿は町中には見当たらず家だけが並んでいるから、余計にそう思えたのだろう。人の姿が見えないのは、この地域の者たちの大半が我らの出迎えに来てくれたからのようだ。もっとも、どこかの家の中には寝たきりの病人がいるかもしれない。

　エウロパ（ヨーロッパ）には石づくりで複数の階層を持つ高い建造物が多いが、ジャパゥンの住居は、どれも平屋で、しかもどうやら、すべて木造であるらしい。そのためか、通り（ファ）(rua)を歩いているだけでも、木の匂いに包まれる。エウロパ（ヨーロッパ）の石の匂いとは、まったく違う。そして、その中には、私のまだ知らない例の調味料（テンペル）らしき不思議な匂いも強く嗅ぎ取れるようになってきた。この匂いの正体は、何なのであろうか。

　小さき木造家屋が並ぶ町（ヴイーラ）の中央近くに、ひとつだけ少し背の高い建物がある。屋根の上に十字架（クルス）があるし、キリシタン（クリスタウン）たちの何人かが「エケレジア」のように聞こえる音を口々に叫んで指差していたから、それが教会（エクレーシア）(ecclesia)であることは、すぐに察しがついた。木造だが、三角屋根などのつくりは、エウロパ（ヨーロッパ）のそれにできるだけ似せているのがわかった。

　通り（ファ）を歩いて、発見したことがある。エウロパ（ヨーロッパ）の住居のように地下を掘って建物の基盤をつくるのではなく、ジャパゥンでは石を地面において住居の基礎としているらしい。また、ジャパゥンの住居は、間口が広いわりに奥行きがないものが多いようだ。教会（エクレーシア）だけ間口が狭く、奥行きがあり、背の高いつくりなので、この横瀬浦（ヨコセウラ）の町（ヴイーラ）の中でそれは異彩を放ち、ひときわ目立つ存在であった。

「パードレ・ルイス、パードレ・ジョアウン・バプティスタ、あなたたちにジャパゥンの教会（エクレーシア）をお見せできることが嬉しいです」

両開きの扉の前で立ち止まると、コスメ・デ・トルレスは微笑しながらそう言って、不自由な脚をかばいながら、みずから扉を開いてくれた。

期待に胸を高鳴らせながら内部に足を踏み入れた時、私とジョアゥン・バプティスタは、「Ó!《オー》」と感嘆の吐息をもらさずにはいられなかった。

採光窓から射し込む光で照らされた仄明るい屋内は、やはり木造で、屋外よりも強い木の匂いに包まれている。長椅子《バンク》（banco）や説教壇《プゥピトゥ》（púlpito）はエウロパ《ヨーロッパ》でも木製なので、ほとんど同じように見えて、私はしばし、自分がエウロパ《ヨーロッパ》に戻ったかのような錯覚に襲われたほどである。

長椅子《バンク》が横に三列、縦に十数列並んだ先にある最奥部には、イエス・キリスト《ジェズーシュ・クリーシュトゥ》の磔刑《クルスイフィカツサウン》（crucificação）の情景を描いた聖画像《イーコーン》（icon）が壁の高い位置に掛けられ、我らを見下ろしていた。

我らの後ろから入ってきたキリシタン《クリスタウン》たちは、「ゼズス」や「ゼズス・キリシト」などとつぶやきながら、両手をすりあわせるようにして、イエス《ジェズーシュ》に拝礼を繰り返している。どうやら、イエス・キリスト《ジェズーシュ・クリーシュトゥ》の名前を彼らなりに発音しようとして、そのような響きとなっているようである。ポルトガル語の「ジェズーシュ・クリーシュトゥ」とラティン語の「イエスース・クリストゥス」（Iesus Christus）を混ぜたような不思議な響きだ。そう言えば、彼らが先ほど口にしていた「エケレジア」も、ラティン語の「教会《エクレーシア》」とポルトガル語の「教会《イグレイジャ》」（igreja）を混ぜたような発音と言えなくもない。我らエウロパ《エウロペウ》人は、実際に、それらの用語をラティン語とポルトガル語のどちらでも使うことが多いので、日本人（ジャプネーシュ）たちが混乱したとしても無理はないだろう。

我らが暮らすことになる居館（カーザ）（casa）は、教会（エクレーシア）のすぐとなりに建てられていて、廊下で行き来することができた。住居内のつくりもエウロパ（ヨーロッパ）のそれに似せてはいるが、エウロパ（ヨーロッパ）の石造りと違って木造というだけでも、ずいぶん印象は違う。

私たちがジャパゥンの横瀬浦（ヨコセウラ）に到着した、この一五六三年七月六日の夜、キリシタン（クリスタウン）たちは遅くまで教会（エクレーシア）を去ろうとせず、彼らが自分の家に帰るように、ジャパゥン語が得意な様子のジョアゥン・フェルナンデスや日本人（ジャプネーシュ）の通訳者（インテールプレーテ）（intérprete）が説得しなければならないほどだった。ついに最後のひとりが自分の家に引き上げていった頃には、真夜中を過ぎていた。

夜中まで食事をする間もないほどの慌ただしさだったが、私たちだけになった後、ワイン（ヴィーニョ）で乾杯し、パン（パウン）（pão）と地元で採れたサラダ（サラーダ）（salada＝野菜）を少し食べた。その後、居館（カーザ）の一室で、私たちは大きな机（メーザ）（mesa）を四人で囲んだ。ただし、明らかに体調が芳（かんば）しくない様子のジョアゥン・フェルナンデスは、座っているのもつらいようで、長椅子（バンク）に横になっている。目を閉じているので眠っているようにも見えるが、時折、私たちの話にうなずいているので、話は聞いているようである。彼の十六歳年上のコスメ・デ・トルレスのほうが、まだ体力はありそうだ。トルレスは脚を悪くしているので、立ったり歩いたりする時には大変そうだが、椅子に座っている時は、いくぶん楽そうで、表情も安らかだった。彼も、私たちも、異国の人たちとの嵐（テンペシュターデ）のように激しい交流で疲れきっていたが、今日、この地に着いたばかりの私とジョアゥン・バプティスタが疲労を口にすることは、はばかられた。

重要なことを記録できるように、私は、自分の席に記録用の紙（パペウ）(papel)、筆記具（カネータ）、インク瓶（ティンテイロ）を置いている。

「毎日がこの調子だとすれば、パードレ・コスメやイルマゥン・ジョアゥン・フェルナンデスがひどくお疲れのご様子なのも無理はありませんね」

そう言ったジョアゥン・バプティスタの口調は、彼らしい穏やかなものだったが、未知の土地を踏んだ高揚感から、我々四人の中では彼がいちばん疲れを感じていないようにも見受けられる。彼より四歳若い私のほうが疲れているとしたら、それは、未知なるジャパゥンの言語（リングア）のことを、いちいち気にしすぎていたせいかもしれない。

「ありがとうございます、パードレ・ジョアゥン・バプティスタ。そうなのです。日本人（ジャプネーシュ）のキリシタン（クリスタウン）たちは本当に熱心で、もう十四年もこの国で暮らしている私たちですら、いまだに、日々、驚かされています。彼らの信仰（フィーデス）に応えたい、という気持ちが強く湧いてきて、それが疲れきった私たちを支える、最後の活力となっています」

慈父のようにうなずくコスメ・デ・トルレスの言葉から、私は、かつてゴアの地でジャパゥンについて初めて教えてくれたフランシスコ・シャヴィエールのことを連想し、それについて言及した。

「何人かの日本人（ジャプネーシュ）は、パードレ・メストレ・フランシスコの名前を口にしているようでした」

シャヴィエールという名前は日本人（ジャプネーシュ）には発音しにくいらしく、彼らの発音は「ザビエル」とか「サビエル」と聞こえた。それが、フランシスコ・シャヴィエールを示していることは容易に推測できる。シャヴィエールという名前は、スペイン語（シュパーニャ）では「ハビエル」、ラティン語では「サヴエリウス」となるので、もしかしたら、日本人（ジャプネーシュ）たちは、シャヴィエール、ハビエル、サヴェリウスの音をごちゃ混ぜにして、彼らにとって発音しやすい「ザビエル」、あるいは「サビエル」と解釈したのかもしれない。

「ええ。パードレ・メストレ・フランシスコは、今でもこのジャパゥンの人たちに広く愛されています。わずか二年三か月の滞在でしたが、とても濃い時間でしたし、彼らの多くにとっては初めて会うエウロパ人（エウロペウ）が我々でしたから、きっと、それもあって強く印象に残っているのでしょう」

遠い目をするトルレスは、十年以上も前、シャヴィエールとジャパゥンで過ごした二年三か月（一五四九年八月から一五五一年十一月）のことを追想しているようだった。長椅子（バンク）に横たわっているジョアゥン・フェルナンデスも、その頃から行動を共にしていたので、おそらく同じように過去を回想しているはずだ。ジョアゥン・バプティスタと私は、ワイン（ヴィーニョ）を口に運びながら、彼らが追想に区切りをつけて次に口を開くのを待った。私たちが無言で見つめていると、やがてトルレスはうなずき、表情と声を引き締め、ふたたび語り始めた。

「ジャパゥンでの布教活動のことは、あなたたちも定例報告（ヘラトーリウ）の書簡（カールタ）を読んで、承知してくれていると思います。私たちとしても、パードレ・ルイスからいただく書簡（カールタ）で、あなたがこのジャパゥンについて、よく理解されていることを確認できていました」

定例報告（ヘラトーリウ）の話が出ると、私は自然と紙（パペウ）に手を添えていた。定例報告（ヘラトーリウ）の書簡（カールタ）を整理していたゴアでの日々が、今では、なつかしく思える。

「はい。この国についての定例報告（ヘラトーリウ）を読み、ずっと以前から強い関心を抱いていました。とはいえ、こうして実際に訪れた現実のジャパゥンの雰囲気は、私の想像とは大きく違っていました。何より、日本人（ジャプネーシュ）たちの服装や外見は、文書では今まであまり報告されていませんでしたので、驚きました。トンスラのように円頂（コロア）を剃っていたり、女性が歯を黒く塗っていたり――」

「たしかに、人物の名前や出来事については詳細に報告していましたが、服装や外見などについては、お知らせしていませんでしたね。驚かれるのも無理はありません。……さて――、パードレ・メストレ・フランシスコが去って以来、このジャパゥンの布教長（スペリオール）の任にある私としては、あなた方と今後の相談をしておかねばなりません。長旅でお疲れのところ申し訳ありませんが、あなたたちも今日、体験されたように、明日以降も毎日、日中は、この地のキリシタン（クリスタウン）たちの相手をしているだけで潰れてしまいますし、どんどん疲れが蓄積して余裕がなくなるはずです。今夜、ある程度は話しておきましょう」

トルレスは私たちを交互に見つめ、同意を求めた。

「そうですね。私たちとしても、現在のこの国の状況を早く把握したいです。パードレ・コスメも、お疲れのところに申し訳ありませんが、よろしくお願いいたします」

ジョアゥン・バプティスタがそう返答するのにうなずきながら、私は、インク瓶（ティンテイロ）の蓋を開けて、トルレスの言葉を書き留めるべく、筆記具（カネータ）を手に取った。

「このジャパゥンという国は、六十六の州（プロヴィンスイア）（provincia）に分かれていて、そのほとんどは三つの大きな島《イーリャ》の上にあります。我々が今いるこの横瀬浦《ヨコセウラ》は、九州島《イーリャ・デ・キュウシュウ》（Ilha de Quiuxu）という大きな島《イーリャ》の北西に位置しています」

トルレスは、卓上に置いたジャパゥンの地図《マーパ》（mapa）を私のほうへ向け、その西端にある縦長の島（九州島《イーリャ・デ・キュウシュウ》）の北西近くを示した。そこが私たちの今いる横瀬浦《ヨコセウラ》であることは、この国に来る前から地図《マーパ》で見て承知している。続いて、トルレスは地図《マーパ》の上で東方向へ指を動かした。

「この九州島《イーリャ・デ・キュウシュウ》の東に、大小、二つの島がありますね。九州島《イーリャ・デ・キュウシュウ》より少し小さなこちらは、四国島《イーリャ・デ・シコク》（Ilha de Xicocu）。九州島《イーリャ・デ・キュウシュウ》より、はるかに大きく、弓のように長細い形をしているのは、本州島《イーリャ・デ・ホンシュウ》（Ilha de Fanxu）という名前です」

続いて、トルレスは本州島《イーリャ・デ・ホンシュウ》の中央あたりを示した。

「ここに、都《ミヤコ》と呼ばれる、この国の政治の中心となる場所があります。都《ミヤコ》には、ジャパゥンの六十六州の王《レイ》（rey）とされる、『内裏《ダイリ》』（Dairi）あるいは『皇《オウ》』（Vó）と呼ばれる、もっとも高貴な方（＝天皇）がいます。ただし、現在の内裏《ダイリ》は象徴的な存在で実権はなく、実質的な権限をすべて握っているのは、『公方様《クボウサマ》』（＝時の将軍・足利義輝）と呼ばれる方です」

「内裏《ダイリ》よりも、公方様《クボウサマ》のほうが重要なのですね」

自分に言い聞かせるように、ジョアウン・バプティスタは、そう言った。私は、そのあたりの情報は幾度も文書で読んで既に承知していたが、念のため再度、文字として記録しながら、無言で、うなずいていた。

「私たちの最終目標は、我らの教えを公方様《クボウサマ》に支持していただくことです。都《ミヤコ》地方にいるパードレ・ガスパル・ヴィレラ・デ・アヴィシュ（Gaspar Vilela de Avis）の働きにより、我らの布教活動は現在、公方様（クボウサマ）から形式的に庇護していただいています。それは、いわば黙認であり、まだ支持されるには至っていません。公方様（クボウサマ）は簡単に会える方ではありませんので、我らの教えの内容をよく理解し、支持していただくには、かつてローマ（Roma）でそれが実現したように、デウスのご加護（アジューダ・デイヴィーナ）なしでは難しいでしょう」

「パードレ・ガスパル・ヴィレラは今でも、都（ミヤコ）地方で単身、布教活動されているのですね？」

八年前の一五五五年、当時まだ修道士（イルマウン）であった私が初めてジャパウンを目指していた時の一行に、神父（パードレ）のガスパル・ヴィレラもいた。風待ちのためマレーシア（マラージア）のマラッカ（マラーカ）で冬を越した後、私は別の任務を与えられてインド（インディア）のゴアへ戻ることになったが、ヴィレラは、あの時にジャパウンに着いて、それ以後、現在までの八年間、ジャパウンで布教活動を続けていることになる。

ヴィレラはその後、都（ミヤコ）において公方様（クボウサマ）から布教活動の許可を得るという、あのフランシスコ・シャヴィエールでさえ叶わなかった大きな成果を挙げた。引き返した私と対照的に、そのままジャパウンに辿り着いて実績も出しているヴィレラには、尊敬と、嫉妬にも似た羨望の念がある。

「あなた方おふたりが到着されるまで、このジャパウンには、私とガスパル・ヴィレラのふたりしか神父（パードレ）がいませんでした。都（ミヤコ）地方はパードレ・ガスパルに任せ、九州島（イーリャ・デ・キュウシュウ）北部を中心とするこの下（シモ）地方は、私が担当してきました。ですが、なかなか布教活動が進展しなかったため、あなた方の到着は、本当にありがたいデウスの恩寵（グラーサ）なのです」

「パードレ・コスメ、では、ジャパウン布教長（スペリオール・デ・ジャパウン）のあなたとしては、私とパードレ・ルイスがこのまま都《ミヤコ》へ向かうことを、お望みですか？」

ジョアゥン・バプティスタの質問に、トルレスは首を左右に振った。

「いえ……今すぐ都《ミヤコ》へ向かって欲しい、とは考えていません。もちろん、近い将来、そうしていただくことを期待しますが、今日の体験でもわかったように、このジャパゥンは、エウロパ《ヨーロッパ》の常識からかけ離れた異文化の地なのです。今後の布教活動を円滑に進めるために、あなたたちには、まずこの下《シモ》地方で、ジャパゥンのことを、もっとよく知っていただく必要があります。パードレ・ルイス、特に、あなたには、言語《リングア》面での活躍も期待しています。ジャパゥンの言語《リングア》は非常に難解で、現在、我々エウロパ《エウロペウ》人の中では、パードレ・ガスパル・ヴィレラやイルマゥン・ジョアゥン・フェルナンデスのようにジャパゥン語（Língua de Japão《リングア・デ・ジャパウン》）を使いこなせる者は、まだ少ないからです」

トルレスがそう言ったところで、長椅子《バンク》で横になっているジョアゥン・フェルナンデスが目を開き、私のほうを見て、弱々しい口調で、途切れ途切れに言った。

「パードレ・ルイス……あなたなら、きっと……私やパードレ・ガスパル以上に……ジャパゥン語を習得できる……ことでしょう……。私の知っていることは、すべて……あなたにお伝えします……」

それは、私自身の望みでもあったはずだが、面と向かってそう言われると、身の引き締まる思いだった。今日、耳にしたジャパゥンの言語《リングア》は、ポルトガル語やラティン語とは似ても似つかないもので、当然のことながら、現在の私には、まったく意味不明である。将来的に、私がそれを理解できるようになるという自信は持てないが、私がこの地に来たのがそのためならば——そうデウスに定められたものならば——おそらく、そうなることだろう。

　現時点では何ひとつわからないジャパゥン語を自分が使いこなせるようになるところを想像するだけで、筆記具（カネータ）を握る指に力が入る。

「最後に、この下地方（シモ）における有力な支援者について、述べておきましょう。定例報告（ヘラトーリウ）にも書きましたが、この国では、権力者たちは『殿（トノ）』（tono）と呼ばれています。殿（トノ）は、我らの言語（リングア）における『セニョール（senhor）』と、ほぼ同じ意味の言葉です。この横瀬浦（ヨコセウラ）の町を支配する殿（トノ）は、ドン・ルイスという、非常に穏やかな性格の日本人（ジャプネーシュ）です。彼は、横瀬浦（ヨコセウラ）を含めて複数の地域を支配するドン・バルトロメウというさらに強力な殿（トノ）の家臣であり、このドン・バルトロメウこそが、今現在、我々の最大の支援者です。また、横瀬浦（ヨコセウラ）の北、九州島（イーリャ・デ・キュウシュウ）の北にある小さな島々（イーリャス）（ilhas）の領主であるドン・アントニウという殿（トノ）と、九州島（イーリャ・デ・キュウシュウ）の北東部の大部分を支配するオオトモ・ソウリンドノ（大友宗麟殿）という強力な殿（トノ）も、我らに非常に良くしてくださっています。なお、我らの場合は、ドン・ルイス、セニョール・ルイスというように名前の前に敬称をつけますが、彼らの場合は、名前の後ろに殿（トノ）をつけ、『ドノ』と音を濁らせて呼びます。つまり、オオトモドノというのは、『オオトモ』という名の殿（トノ）を意味します」

　オオトモドノの存在は定例報告（ヘラトーリウ）の書簡（カールタ）で以前から承知していたが、ドン・バルトロメウについては初耳だったので、私は尋ねた。

「ドン・バルトロメウという殿（トノ）は、今までの報告には名前がなかったのではないでしょうか」

私が指摘すると、トルレスと長椅子（バンク）に横たわるジョアウン・フェルナンデスは顔を見合わせ、その時だけ疲れを忘れたように、穏やかに微笑した。

「パードレ・ルイス、この件は、まだ報告していませんから、あなたは知らなくても当然です。これこそデウスの恩寵（グラーサ）に、ほかなりませんが、あなたたちが到着されるこの時期に、日本人（ジャプネーシュ）の領主として初めてキリシタン（クリスタウン）となられた方が出たのです。それがドン・バルトロメウで、彼の洗礼（バウティズモ）(bautismo)を受ける前の名前は、オオムラ・スミタダドノ（大村純忠殿）——。オオムラドノは、ここ横瀬浦（ヨコセウラ）も含めて、オオムラ地方と呼ばれるこのあたり一円を支配する、たいへん高貴な殿（トノ）です。オオムラドノの家臣（ヴァッサル）であるドン・ルイスも、同じ時にキリシタン（クリスタウン）となられたのです」

その知らせを受け、私はジョアウン・バプティスタと目を合わせ、顔を輝かせた。私たちがジャパゥンに到着したこの時期に、この国の領主で初めてキリシタン（クリスタウン）となられる方が出た、というのは、まさしくデウスの定めた運命としか呼びようのない、素晴らしいできごとである。

ドン・バルトロメウ——オオムラ・スミタダドノ。

その名前を脳裡に刻みながら、私たちは、ようやく、ジャパゥンでの最初の長い一日を終えた。

第二章　横瀬浦（ヨコセウラ）での日々

Acharão o Irmão João Fernandes, que era homem de grande perfeçião e virtude, tão gastando e consumido dos trabalhos, que muitos se lhe representa, quando o vida, que acaba de expirar.

（＝たくさんの職務をこなすことに集中する修道士（イルマウン）のジョアゥン・フェルナンデスは、今まさにいのちが燃え尽きそうなほどに消耗していた。人々は、その姿に彼の完全なる美徳（ヴィルトゥーデ）を見た）

ジャパゥンでの初日の熱狂の余韻は、夜明けの頃になっても、なお鮮明に漂っていた。昨日の午後、横瀬浦港（ポルトゥ・デ・ヨコセウラ）で私たちを包み込んだ人々の狂騒は、はっきりと耳に残っていて、決して忘れられそうにない。興奮が覚めやらず、ほとんど眠れなかった私は、ジャパゥンでの二日目の朝、夜が明ける前から起き出した。

暗闇の中、寝台（カーマ）（cama）から静かに身を起こし、居館（カーザ）から教会（エクレーシア）のほうへ廊下を抜ける。すると、何本かのろうそく（ヴェーラ）（vela）に仄かに照らされたそこでは、熱心なキリシタン（クリスタウン）たちが何人か、長椅子（バンク）に座り、既に祈りを捧げているではないか。彼らは目を閉じ、手を合わせ、ひたすら祈りに没頭していて、私の存在にも気づかないほどだった。彼らの祈りを妨げたくないので、私は足を忍ばせて屋外へ出た。

丘の向こうの東の空は、うっすらと白み始めていたが、まだ夜は明けていない。生き物のように朝靄（あさもや）が泳ぐ黎明（れいめい）の中、足が向くまま通り（ファ）を歩いていると、教会（エクレーシア）のほうへ向かう町民たちと何度かすれ違った。彼らは私を見ると少し驚いた様子になるが、その場で足を止め、上半身を深々と下げてお辞儀をしながら、「バテレンサマ」という例の不思議な言葉を発した。どう返して良いものかわからず、私が無言でうなずくと、彼らも満足げに微笑み、また歩き始める。察するに、「バテレンサマ」という言葉は、この国の万能の挨拶なのかもしれない。

四方を丘に囲まれた横瀬浦（ヨコセウラ）の小さな町（ヴィーラ）を、一時間弱（オーラ）かけて一周しようかという頃、我が母国ポルトガルの象徴でもある鶏（ガロ）（galo）がどこかで鳴いて、夜明けを告げた。早暁（そうぎょう）の町（ヴィーラ）には例の調味料（テンペル）らしき不思議な匂いが漂っていて、ここが異国であることを私は実感させられる。昨日初めて体験した香りなのに、どういうわけか、安らかな気持ちに私をさせてくれる薫りだ。

澄み切った空気の中、一筋の光の刃（やいば）のように教会（エクレーシア）へと降り注ぐ朝陽のまぶしさは、私にはデウスの恩寵（グラーサ）そのもののように感じられる。両開きの扉の前には、まるで私を待ち受けていたかのように、ジョアウン・バプティスタが微笑して佇んでいた。

「Buongiorno（ブオンジョルノ）. パードレ・ジョアウン・バプティスタ、ずいぶんお早いですね」

彼の母国語であるイタリア（イターリャ）語の朝の挨拶を私が口にすると、先方は逆に、私の母国語のポルトガル語で返してくれた。

「Bom dia（ボンディア）. パードレ・ルイス、あなたこそ、早起きして横瀬浦（ヨコセウラ）の町（ヴィーラ）を散歩していたのですか？」

「早起き——というより、眠れなかったのです」

私が告白すると、彼は、微笑したまま、うなずいた。

「私も、そうです。あなたが起き出した時、実は、私も起きていました。なかなか戻ってこられないので、外の空気を吸いがてら、待っていました」

そうして私たちが話しているあいだにも、日本人（ジャプネーシュ）たちが教会（エクレーシア）に集まってくる。ジョアウン・バプティスタも私もジャパウン語はまったく話せないので、話しかけられても、ただ笑みを浮かべて、うなずくことしかできない。それでも、私たちが反応するだけで、彼らは満足そうに見えた。

彼らが例外なく「バテレンサマ」と言うので、ジョアウン・バプティスタが、ついには、そのことに言及した。

「パードレ・ルイス、『バテレンサマ』というのは、もしや、この国の挨拶の言葉でしょうか？」

「わかりませんが、実は私も、そのように推測していたところです」

試しに私が彼らに向かって「バテレンサマ」と言ってみると、彼らは驚いた顔になり、首を左右に振った。そして、私たちを指差して、「バテレンサマ」と言う。どうやら、それは私たちを示す言葉のようだ。

コスメ・デ・トルレスとジョアウン・フェルナンデスが起きてきた後、「バテレンサマ」という言葉について、尋ねてみた。

「彼らの言う『バテレンサマ』というのは、われら神父（パードレ）のことを示しています。ジョアウン・フェルナンデスたち修道士（イルマウン）のことは、彼らは『イルマンサマ』と呼んでいます」

トルレスのその言葉から、私は、あることに気づいた。

「パードレ・コスメ、昨夜、この国の最高権力者が『公方様（クボウサマ）』と呼ばれている、というお話をされていましたね。もしや、『様（サマ）』というのは『殿（トノ）』と同じく、彼らの使う敬称なのでしょうか」

「さすが、言語（リングア）に関心の強いパードレ・ルイスです。よく気づかれましたね。殿（トノ）や、高貴な方たちには名前の後ろに音を濁らせた『殿（ドノ）』をつけて呼ぶのがこの国のならわしですが、公方様（クボウサマ）のように特別に高貴な方には『様（サマ）』をつけて呼びます。ただし、内裏（ダイリ）――あるいは天皇（オウ）と呼ばれている方の場合は、呼称そのものが尊称になっていますので、呼び名の後ろに『様（サマ）』も『殿（ドノ）』もつけません」

「バテレン……というのは、パードレ……の音を彼らの文字で書く時に……、音が少し変化したもの……なのです」

ジョアゥン・フェルナンデスはそう言って、私には読むことのできないジャパゥンの文字が書かれた紙（パペウ）を二枚、見せてくれた。

そこには「伴天連様」、「伊留満様」という文字が書かれていた。

「こちらが……彼らの文字で書いた……伴天連様（バテレンサマ）、そして、こちらが……伊留満様（イルマンサマ）、と読める文字です」

「なるほど。彼らの言葉で書く時にパードレの音がバテレンと変化したように、イルマゥンもイルマンと少し違う音として表記される、ということですね」

ポルトガル語のイルマゥン（irmão）は「修道士（キリスト教における兄弟）」だけでなく肉親における「兄弟」という意味もある語だが、イルマン（irmã）だと本来は「修道女（キリスト教における姉妹）」あるいは肉親における「姉妹」の意味となる。ただし、日本人（ジャプネーシュ）が修道士（イルマウン）を伊留満（イルマン）と呼ぶのは、単語を間違っているわけではなく、それが彼らには発音しやすい音なのだろう。

「この四文字めが『様（サマ）』という文字なのでしょうか」

私が尋ねると、ジョアゥン・フェルナンデスは、うなずいた。私は、「様」という未知なる文字の読み方を言い当てられたことで、心が弾んだ。

この国では、神父（パードレ）が「伴天連（バテレン）」という不思議な言葉に変化する、というのは、とても面白い発見である。私は、エウロパ（ヨーロッパ）の言語（リングア）とは明らかに異なるジャパゥン語への関心を強め、このジャパゥンという国に、ますます魅了され始めていた。

ジャパゥン滞在二日目は、新たに到着した神父（パードレ）である私たちに個別に挨拶することを望む横瀬浦（ヨコセウラ）の町民たちへの対応や、活動に必要な荷物の整理だけで、あっという間に終わってしまった。続く滞在三日目の午後、私たちはコスメ・デ・トルレスに連れられて、横瀬浦（ヨコセウラ）を治める殿（トノ）であるドン・ルイスの居館（カーザ）を訪れることになった。ドン・ルイスは高貴な方なので軽々しく姿を見せるわけにはいかず、一昨日、私たちを出迎える町民たちの中にはいなかった、と聞いていた。

横瀬浦（ヨコセウラ）の町（ヴィーラ）は、教会（エクレーシア）のある盆地だけでなく、周辺の別の盆地や丘のほうにまで広がっている。教会（エクレーシア）の付近に住む者たちは大半がキリシタン（クリスタウン）であるとしても、横瀬浦（ヨコセウラ）の別の地区には、キリシタン（クリスタウン）でない者もいるようだ。我らが移動している時、キリシタン（クリスタウン）であれば、親しげに寄ってくる。しかし、遠くから物珍しげに指を指してくる者たちも一定数いたので、まだキリシタン（クリスタウン）になっていない者たちも町内にいる、という事実を知ることができた。

横瀬浦（ヨコセウラ）の殿（トノ）――ドン・ルイスの居館（カーザ）は、港（ポルトウ）とは逆方向、丘の向こうにあった。片脚を引きずるコスメ・デ・トルレスに合わせた歩調でも、せいぜい歩いて一時間（オーラ）ほどである。そんなに離れてはいない。

「横瀬浦（ヨコセウラ）の殿（トノ）であるドン・ルイスは、横瀬浦（ヨコセウラ）も含めて、さらに広いオオムラ地方一円を治める大村純忠（ドン・バルトロメウ）殿という殿（トノ）の家臣（ヴァッサル）ですね」

ゆっくり歩きながら一昨夜に書き留めたメモ（ノータ）（nota）を見返し私が確認すると、歩行に苦労するコスメ・デ・トルレスに代わって、ジョアゥン・フェルナンデスが、苦しそうに言葉を切れ切れに発しながら、答えてくれた。

「その通りです……。ドン・ルイスの日本人（ジャプネーシュ）としての名前は……朝長新助殿（トモナガシンスケドノ）……大村純忠殿（ドン・バルトロメウ）と一緒に、先月……洗礼（バウテイズモ）の秘蹟（サクラメントウ）（sacramento）を受けて……キリシタン（クリスタウン）となられたばかりです」

息を切らして歩きながら、トルレスも補足する。

「パードレ・ルイス……あなたと同じ『ルイス』の名を受けたあの御方――朝長新助殿（ドン・ルイス）は……驚くほど穏やかな殿（トノ）です。あの方は、真にキリシタン（クリスタウン）たる資格を備えた……尊敬すべき御仁です」

丘の上のほうに開けた場所があり、そこにも多くの人家があった。坂道を登っていると、周囲より少し高い場所に立派な居館（カーザ）が見えてきて、その前に数人の日本人（ジャプネーシュ）が立っていた。

彼らの中心にいるいちばん小柄な人物が、私たちのほうへ手を振りながら、坂道を下りてくる。他の者たちが彼の両脇に少し後ろから従っているので、その小柄な方こそが朝長新助殿（ドン・ルイス）なのであろうか。殿（トノ）というには、その方の笑みはあまりに穏やかで、柔和で、私は、驚かされた。

その人物は私たちのすぐ前で足を止めると、「伴天連殿（バテレンドノ）、伊留満殿（イルマンドノ）」と呼びかけてくださり、やさしい声で、何かを語った。ジョアウン・フェルナンデスがジャパゥン語で私とジョアウン・バプティスタを順に紹介し、「こちらがドン・ルイス――朝長新助殿（トモナガシンスケドノ）です」と、引き合わせてくれた。

民衆は我らを「伴天連様（バテレンサマ）」、「伊留満様（イルマンサマ）」と呼んでくれるが、ドン・ルイスが「様（サマ）」ではなく「殿（ドノ）」の敬称を我らに用いたのは、彼自身が高貴な方だから、ということだろうか。

私とジョアウン・バプティスタは、あらかじめジョアウン・フェルナンデスから教わっていたジャパウン語で、自分たちからも名乗った。

「我（ワレ）、ルイス・フロイス、也（ナリ）。カタジケナシ」

「我（ワレ）、ジョアウン・バプティスタ・デ・モンテ、也（ナリ）。カタジケナシ」

ポルトガル語であれば、「Chamo-me Luis Frois.（シャモメ・ルイス・フロイス）Muito prazer.（ムイントウ・プラゼール）」（＝私の名前はルイス・フロイスです。お会いできて嬉しいです）と名乗るべき場面だが、ジャパウン語の語順はエウロパ（ヨーロッパ）のそれとは少し異なるようである。なお、ジャパウン語には我らにおける「Bom dia.（ボンディア）」や「Salvete.（サルウエーテ）」、「Buongiorno.（ブオンジョルノ）」などにあたる日常的な挨拶の言葉がないのだという。感謝の言葉は「カタジケナシ」だと教わったので、真っ先に、その言葉を憶えた。

　私たちがこの時にかろうじて発することができたジャパウン語は、そんな短い言葉だけだったものの、朝長新助殿（ドン・ルイス）は嬉しそうにうなずき、特に私の名前には大きな反応を示してくれた。彼は嬉々として、「ルイス、デアルカ」と聞こえる音を発した。「デアルカ」がどういう意味の言葉かはわからないが、おそらく確認の意味なのだろう。

　その表情の通り、朝長新助殿（ドン・ルイス）は、言葉遣いも物腰も穏やかで、キリシタン（クリスタウン）のお手本のような――というより、彼のふるまいは、イエズス会（クンパニア・デ・ジエズーシュ）で活動を始めた修道士（イルマウン）だと言われても違和感のないほどだ。先月、キリシタン（クリスタウン）になられたばかり、という事実が信じられない。

　居館（カーザ）の中に招き入れられながら、そのことをトルレスに言うと、彼も同意してくれた。

「朝長新助殿（ドン・ルイス）は元々、キリシタン（クリスタウン）としての適性を驚くほど備えていたのです。それこそ、彼がデウスより選ばれし御方である証しでしょう」

「では、大村純忠《ドン・バルトロメウ》殿も、同じような雰囲気の御方なのですか？」

「いえ……大村純忠《ドン・バルトロメウ》殿は、朝長新助《ドン・ルイス》殿とはまた違った魅力をお持ちの方です」

居館《カーザ》の入口で履物《サパートウス》を脱ぐように言われた時には驚いた。それが、この国の風習であるらしい。日本人《ジャプネーシュ》たちの身長に合わせて屋内は天井が驚くほど低く、戸をくぐる時には、上半身を傾けねばならぬほどである。

奥の部屋に通された私たちは、ゴアから持参した贈り物を献上し、ジョアウン・フェルナンデスや日本人《ジャプネーシュ》の通訳者《インテールプレーテ》を介して、朝長新助《ドン・ルイス》殿と語り合った。朝長新助《ドン・ルイス》殿は、既に我らの教理《ドウトリーナ》（doutrina）の基本的な部分を理解していて、より詳細な、具体的な内容について切に知りたがっている様子だった。時折、「大村殿《オオムラドノ》」という言葉を口にされていたのは、彼が新たに知った内容について、彼の主君《セニョール》である大村純忠《ドン・バルトロメウ》殿に伝えたい、ということだと推察された。

その夜、ジョアウン・バプティスタと私はこの国に到着して初めて、ジャパウンの料理を、ふるまわれた。朝長新助《ドン・ルイス》殿みずからが、膳《ゼン》と呼ばれる料理を載せた台を我らひとりひとりの前に運んできてくださった。どうやら、それは、この国においては、最上級の敬意の表現であるらしい。膳《ゼン》の上には、米《アホシュ》（arroz）の入った器と、汁《シル》と呼ばれるスープ《ソーパ》（sopa）の入った器、それに、焼いた魚の皿が置かれていた。魚には、醤油《ショウユ》と呼ばれる黒いソース《モーリョ》（molho）がかけられている。この醤油《ショウユ》と汁《シル》の入った器を鼻に近づけた時、私は、はたと気づいた。二日前にこの国に到着した際や、昨日の早朝に散歩した時に私が嗅いだのは、この醤油《ショウユ》と汁《シル》の匂いであったのだ。

我らは食事を常に手のみで行なうが、日本人（ジャプネーシュ）は、箸（ハシ）と呼ばれる細長い二本の木の棒を用いて食事するようだ。どのように箸（ハシ）を持てば良いかわからず、ジョアウン・バプティスタと私は難渋（なんじゅう）した。思わず手づかみで食べたくなるが、それは朝長新助（ドン・ルイス）殿に失礼にあたると思い、悪戦苦闘しながら、どうにか箸（ハシ）を不器用に遣いながら食べた。そうした私たちの様子を、朝長新助（ドン・ルイス）殿は楽しげに微笑しながら見物されていた。

　食事しながら、朝長新助（ドン・ルイス）殿は、酒（サケ）と呼ばれる彼らのワイン（ヴィーニョ）を、私たちに順番に注いでくださった。それは我らのワイン（ヴィーニョ）とは違って透明に近い色だが、少し白く濁っていて、聞けば、米（アホシュ）からつくられるものなのだという。我らのワイン（ヴィーニョ）はぶどう（ウーヴァ）（uva）からつくられるので、そうした文化の違いも、とても興味深く感じられる。

　箸（ハシ）を遣っての食事は大変だったものの、ジャパウンの料理は、これまでに私が訪れた異国のどの土地のものよりも我らエウロパ（エウロペウ）人の味覚に合っていて、とても美味しく感じられた。また、酒（サケ）と呼ばれる彼らの飲み物は、ワイン（ヴィーニョ）とは違った独特の深みのある味わいで、魅了された。この地の料理が自分（たち）の味覚に合っていると確認できたことは、私にとって大きな自信になった。よりいっそう、今後が楽しみになる。

　私たちが朝長新助（ドン・ルイス）殿を訪問した翌日、今度は、朝長新助（ドン・ルイス）殿のほうから我らを訪問してくださった。日本には、訪問を受けた者が、その返礼として、相手を訪問する風習があるらしい。

　家臣（ヴァッサル）数人をつれて我らの教会（エクレーシア）を訪れてくださった朝長新助（ドン・ルイス）殿を饗応（きょうおう）するのは、今度は我らの番である。居館（カーザ）の一室で、我らは彼らにポルトガル風に調理した魚と、パン（パウン）と、ワイン（ヴィーニョ）を、ふるまった。日本人（ジャプネーシュ）は箸（ハシ）と呼ばれる二本の棒を使うので、通常は食事の前後に手を洗わないようだが、朝長新助殿（ドン・ルイス）は私たちの風習に合わせて、食事の前に手を洗い、私たちの様子を見ながら、同じように手で食べることを選択してくれた。

朝長新助殿（ドン・ルイス）がしきりに口にしていた食事の感想は、最初は、何と言っているのか、わからなかった。彼が連呼していた「ビミゾ」という言葉は「美味しい」という意味ではないかと、途中で気づいた。私がその点についてジョアウン・フェルナンデスに質問すると、「美味（ビミ）」というのは「美味しい」という意味で、「ぞ（ゾ）」というのは断定の意味があるそうだ。朝長新助殿（ドン・ルイス）もジョアウン・フェルナンデスに、ポルトガル語で「美味しい」はどう言えば良いのか、と質問されていた。

我らは朝長新助殿（ドン・ルイス）に「delícia（デリーシア）」という単語を教えた。厳密には、美味しいを表す形容詞は、男性名詞を修飾するなら「delicioso（デリシオーゾ）」、女性名詞を修飾するなら「deliciosa（デリシオーザ）」だが、そもそもジャパウン語には男性名詞と女性名詞の区別がないようなので、「素晴らしいもの」全般に使える、「delícia（デリーシア）」という名詞を伝えたのだ。

朝長新助殿（ドン・ルイス）は「デリーシア」と実際に口に出してみて、その後の食事では、「デリーシア」と何度も感想を述べてくれた。彼は既に、パン（パウン）やワイン（ヴィーニョ）という言葉も憶えていた。もっともそれはジャパウンにはない発音なので、我らには「パン」、「ビミョウ」のように聞こえる少し違った音だったが、何を示しているかは、明らかにわかるので問題はない。

「パン、デリーシア。ビミョウ、デリーシア」

そう言って微笑む朝長新助殿は、少年――というより、むしろ少女と言えそうなほど無垢な表情で、このように純真な方が殿を務めていることが不思議に思えるほどだった。そして、この殿が仕える主君——大村純忠殿(ドン・バルトロメウ)への興味も、いっそう増す。朝長新助殿(ドン・ルイス)が心酔している様子の大村純忠殿とは、どのような御方なのか。まったく想像できないだけに、それを知りたい気持ちが強くなり続けている。

朝長新助殿との二日連続の会食は、私たちにとって楽しく、忘れられない良き想い出となった。このような場を用意してくださったデウスには、よりいっそう感謝の祈りを捧げなくてはならない。

ジャパゥンでの五日目は、朝から雨であった。私の母国ポルトガルでは冬が雨季だが、ジャパゥンでは、夏と秋に雨季があるそうだ。横瀬浦のキリシタンたちは雨でも教会にやってきたが、通りを歩く者は少なく、少し静かな印象である。ジャパゥンに到着してから息つく間もなかったので、雨を口実に少し休息できたのは良かった。夕刻に雨が上がって外に出た時、空にかかる美しい虹を見て、私はデウスがノア（Noé）と交わした契約を思い出した。

「Arcum meum ponam in nubunus, et erit signum foedris inter me et inter terram.」（＝私は雲の中に虹をかける、それは、私とお前たち地上の民との約束の証しとなる）

人類はデウスよりつくられしアダム（Adão）から始まり、大洪水を経てノア、そして、アブラハム（Abraão）、イサク（Isaac）、ヤコブ（Jacó）――モーセ（Moisés）、ヨシュア

(Josué)――と、デウスとの「契約の民」の歴史は続き、ダビデ（ダヴィドゥ）(David)、ソロモン（サロマウン）(Salomão)の王家の系譜からやがて誕生したイエス・キリスト（ジェズーシュ・クリーシュトウ）が千数百年前に説いた「愛の教え」を広めるために、私は今、はるばるこのジャパウンの地までやってきたのである。空にかかる虹を見つめながら、太古のノア（ノエ）から続くデウスの「愛の教え」の意味を、私は噛みしめていた。

エウロパ（ヨーロッパ）とは何もかもが異なるこの「不思議の国（パイース・ダス・マラヴィーリャス）」ジャパウンにも少しずつ慣れ始めた滞在六日目、私たちの到着後では初めて、ミッサ(missa)が行われることになった。日本人（ジャプネーシュ）たちは、「ミサ」、あるいは「ミイサ」と発音するようだ。彼らはミッサを心待ちにしていた様子で、口々に嬉しそうな声を上げていた。この国のキリシタン（クリスタウン）たちの熱気には、いつもながら感嘆させられる。朝長新助殿（ドン・ルイス）も含めて、横瀬浦（ヨコセウラ）の町内から集結したキリシタン（クリスタウン）が教会（エクレーシア）を埋め尽くし、屋内に入りきれないほどの人であった。

到着してまだ間もないジョアウン・バプティスタと私は、この国におけるミッサの様子をまだ知らないので、教会（エクレーシア）側面の壁際に控えて見学する。この日のミッサは、ジョアウン・フェルナンデスの補佐の下、コスメ・デ・トルレスによって執り行われることとなった。

キリシタン（クリスタウン）たちが紙（パペウ）を見ながら入祭の聖歌（イントロイトウ）(introito)をラティン語で合唱する中、杖をついたトルレスと、ジョアウン・フェルナンデスら従者たちが入場してくる。彼らはミッサ用の白い典礼服（ヴェステ・リトウージカ）(veste litúrgica)に身を包み、典礼冠（ミトラ）(mitra)をかぶっている。入祭の聖歌（イントロイトウ）が終わった後、説教壇（プウピトウ）からトルレスがラティン語で聴衆に語りかけ、それを、少しずつジョアウン・フエルナンデスがジャパゥン語に訳して伝える、という段取りでミッサは進行した。

　日本人たちの幾人かは、我らの使う物とは異なる、先端に毛のようなものがついた筆と呼ばれる彼ら独自の筆記具で、彼らの紙に一生懸命に書き留めていた。我らの紙は一枚ずつ独立しているのに対して、彼らの紙と呼ばれる紙は、巻物状になっているのが興味深い。我らは、文字を左から右に書き、下の行へと続けてゆく。彼らは、その巻物状の紙に上から下に書き、それを左の行へと続けていくようであった。

　四日前に教えてもらった「伴天連様」と「伊留満様」、その後に教えられた「大村純忠殿」、「朝長新助殿」、「大友宗麟殿」などわずかな例を除いて、彼らの文字は今の私には何ひとつ判読できない。しかし、ミッサの内容を懸命に書き写すという行為は同じなので、私は、彼らに対して不思議な親近感もあった。

　ジョアゥン・フェルナンデスは、立っていられるのが不思議なほど憔悴していたが、それは、我らにとって極めて難解なジャパゥン語を彼が使用していることとも無関係ではないように思える。彼のためにも早くジャパゥン語を習得したいものだが、説教（sermão）の中で、聴き取って理解できるジャパゥン語は残念ながら、地名の「横瀬浦」と「大村」、それに、「朝長新助殿」、「大村純忠殿」という人名だけだった。語学学習においては、単語（palavra）の習得が基本となる。ジャパゥン語については、ジョアゥン・フェルナンデスたちが既にまとめてくれている単語帳（livro de vocabulário）もあるが、習得を速めるために、自分独自の単語帳をつくる必要性を、私は痛感していた。この国において、私がまず為すべきことのひとつであろう。

ミッサの終盤、聖体拝領（eucharistia）の秘蹟の段になると、聴衆たちの熱気は、いよいよ最高潮となった。聖体拝領の歌（communio）の合唱に続いて、聖杯（calix）に注がれたワインとパンをトルレスが聖別する。今や、それは、デウスと人類の新しき契約の証し――イエス・キリストの血と肉である。聖体（hóstia）となったパンを求めて、キリシタンたちが列をつくる。トルレスから聖体のかけらを渡され、口に含んだキリシタンたちの中には、歓喜のあまり、その場で泣き崩れる者も少なくない。この国のキリシタンは、真に純粋（puro）だ。

ミッサの最後にトルレスが「Ite, missa est.」（＝お行きなさい。祭儀は終わりました）とラティン語で告げると、キリシタンたちも「デオ・グラーシアス」（Deo gratias. ＝デウスに感謝します）と、きちんとラティン語で返していて、私は感心させられた。

ジャパウンでの初めてのミッサを経験したことで、私は、この国で布教を進めていく感覚を、ようやく実感として摑めたように思う。かつてフランシスコ・シャヴィエールが書簡で報告していた通り、日本人は非常に勤勉で、とても優秀な人種であることが窺い知れた。我らの「愛の教え」を受け入れる素質は充分にある、と言えるだろう。今日、トルレスがしたように、ジョアウン・バプティスタや私がミッサを執り行うことも、問題なくできるはず。ただ、その際に不安材料があるとすれば、やはり言語だ。日本人に教理を語って聞かせる上では、ジャパウン語の習得が不可欠になる。ずっと体調が優れない様子のジョアウン・フェルナンデスに頼ってばかりもいられない、と私は思った。

ミッサの参列者には、私たちが初めて見る顔も多くあった。横瀬浦（ヨコセウラ）の町民だけでなく、近隣地方から参加してくれたキリシタン（クリスタウン）や、キリシタン（クリスタウン）志願者たちがいた。彼らの多くは、この大村（オオムラ）地方で最大の領主である大村純忠殿（ドン・バルトロメウ）から派遣されてきたようである。ミッサの日に限らず来客は常にあり、トルレスは日本人（ジャプネーシュ）の通訳者（インテールプレーテ）を交えて、日中のほとんどの時間を来客への対応にあてていた。

「大村純忠殿（ドン・バルトロメウ）は驚くほど信仰に熱心な方で、彼の家臣（ヴァッサル）や領民たちを順番にキリシタン（クリスタウン）にすべく、こうして頻繁に派遣してくださるのです」

私たちにそう語るトルレスの表情は、いつもの慈父のそれで、離れて暮らす息子について語っているかのようにも見える。現在、我らの最大の庇護者（グアルディアウン）であるという大村純忠殿（ドン・バルトロメウ）という人物への私の関心は、否応なく強まるばかりだった。

キリシタン（クリスタウン）への改宗を希望している者や子供たちに教理（ドウトリーナ）を語って聞かせるのは、おもに、ジョアウン・フェルナンデスの役割である。我らの中で、いちばんジャパウン語を話せるのが彼だからだ。私は、ジャパウン語を学ぶ必要性を切実に感じていたので、できるだけジョアウン・フェルナンデスと行動を共にし、多くの学びを得ようと努めた。だが、彼の話すジャパウン語は悲しいほど何も理解できず、また、質問を挟むのは話の妨げとなってしまうので、最初は気になった単語（パラーヴラ）を聞こえた音のまま書き留めることしかできない。それについて、正確な意味を個別に確認したいところだが、夜になるとジョアウン・フェルナンデスは疲れきってしまっているので、あれこれ質問するのは、ためらわれる雰囲気で、非常に悩ましい。

私がジョアゥン・フェルナンデスから言語（リングア）を学ぼうとしている一方で、ジョアゥン・バプティスタは、コスメ・デ・トルレスとできるだけ行動を共にして、直接会う機会を増やすことで、この地の人たちについて学ぼうとしている様子だった。そのあたりは、いつも周囲の人への気配りを欠かさない、彼らしい行動だと言えるかもしれない。

キリシタン（クリスタウン）たちが、彼らがジャパゥン語で書き留めた紙（パペウ）を誇らしげに見せてくれることもあったが、その中に用いられている文字が何種類あるのかさえ、私には、わからなかった。

「イルマゥン・ジョアゥン・フェルナンデス、我らの文字はアルファベートゥ（alfabeto）の二十二文字（※当時）しかありませんが、彼らの文字は、いったい、何種類あるのですか？」

「イロハ（iroha）……あるいは、カナ（cana）……と呼ばれる彼らのアルファベートゥが四十八種類……。加えて、漢字（カンジ）（canji）と呼ばれる、より複雑な文字は、無限にあります……」

「無限——ですか!?」

私は絶句し、思わず、よろめいた。どうりで、彼らの書き記す文字が何種類あるのか、わからなかったはずだ。全能なるデウスは、何ゆえに、この国の者たちに、無限の広がりを持つ言語（リングア）を与えたのか？

「先日、あなたにお見せした『伴天連様』と『伊留満様』の文字は、漢字（カンジ）——と呼ばれる複雑な文字です。この国の人たちは漢字（カンジ）を憶えることに一生涯を費やしている、と思えるほどなのです」

我々エウロパ人の言語にしても、単語は無限にあるとも言えるが、それぞれの単語を構成するのはアルファベートゥの二十二文字で、どの単語も、限られたアルファベートゥの組み合わせに過ぎない。文字そのものが無限にあるのだとすれば、全能ならざる私に、それを解することが、はたしてできるのか――。

「パードレ・ルイス……、まずは、イロハ四十八文字のアルファベートゥから……憶えられたほうが良いでしょう……。日本人の中にも……、イロハは書けても漢字を書けない者が……多くいます。イロハの四十八文字を憶えれば、最低限の読み書きは……できます」

ジョアウン・フェルナンデスはそう言って、イロハ四十八文字に我らのアルファベートゥで読みを添えてある紙を、私に与えてくれた。

「I RO HA NI HO HE TO……I RO HA NI HO HE TO……」

その日から、イロハ四十八文字を一日に幾度も見返し、暗記し、復習することが私の日課となったのである。

コスメ・デ・トルレスは、ミッサの時には彼らしく気丈にふるまっていたが、その夜から熱病の症状を訴え始め、未明には頭が焼けるように熱いと苦しみ、朝には起き上がれないほどになってしまった。

フランシスコ・シャヴィエールがジャパウンを去ってから今年までの十二年（一五五一年から一五六三年）、トルレスは今まで、ジャパウンの布教長として、そして近年は、九州島北部のいわゆる下（シモ）地方にいるただひとりの神父（パードレ）として、かなり気を張っていたことと推察できる。新任の神父（パードレ）としてジョアウン・バプティスタと私が到着し、最初のミッサを我らに示せたことによる安堵で、今まで気迫で押さえていた疲労が一気に噴出したのかもしれない。私たち新たな神父（パードレ）の到来を聞きつけて対応すべき来客が激増しているので、それによりさらに疲労が増したことも影響しているはずだ。

　ジョアウン・フェルナンデスの疲労も見るからに深刻だったので、彼まで倒れてしまわないように、できるだけ休養することを勧めた。来客には日本人（ジャプネーシュ）の通訳者（インテールプレーテ）を介してジョアウン・バプティスタと私があたるようにしたが、私たちふたりは、まだこの国と当地の人々のことをよく理解していないので、不明なことがあるたびに、病床のトルレスや、休養中のジョアウン・フェルナンデスに質問せねばならなかった。

　私が「ショジョウ」というジャパウン語に初めて触れたのは、トルレスが倒れてから二日経ち、教会（エクレーシア）への書簡（カールタ）が届いた時のことであった。たまたま外にいた私を、やってきた遣いの者が「伴天連様（バテレンサマ）」と呼び止め、私には理解できないジャパウン語を口にしながら、細長い木の箱を差し出したのだ。それが何の箱かわからず、思わずポルトガル語で「O que é isto?（オ・ケ・エ・イシュトウ）」（＝これは何ですか？）と尋ねてしまった時に、彼が「ショジョウ、也（ナリ）」と答えたのだ。最初、「ショジョウ」とは、その箱を示す単語（パラーヴラ）なのかと思ったのだが、中に入っている書簡（カールタ）のことだと、あとで教えられた。遣いの者は「コテダドノ」という殿（トノ）の名前も口にしていたが、それが誰のことなのか、すぐには思い至らなかった。

病床のトルレスの近くで椅子に座って、私たちは、その書状の内容を確認した。それは、先日も名前の出たドン・アントニウという殿からの書状であるらしい。ドン・アントニウという名前は、もちろん憶えていたものの、それが「籠手田安経殿」というジャパウン名の殿であることは、その時に初めて理解した。「ドン・アントニウ」と「コテダドノ」という名前は、過去の定例報告の中でも幾度か目にしているはずなのだが、両者が同一人物であると認識できていなかったのである。「ドン・アントニウ」、「ドン・バルトロメウ」といったエウロパの名前は憶えやすいのだが、籠手田安経殿、大村純忠殿といった彼らのジャパウンでの名前は、我らには馴染みがないものなので、なかなか憶えられない。「コテダ・ヤスツネドノ……コテダ・ヤスツネドノ……」と何度も口にして、少しずつ記憶を強固にするしかなさそうである。

籠手田安経殿からの書状は、ジョアウン・フェルナンデスと日本人の通訳者が内容を確認し、私たちに教えてくれた。ジャパウン語を正確に理解する上では、どうしても通訳者の助けが要るし、その内容を我らにポルトガル語で伝える上では、通訳者の語学力だけでは不十分だ。通訳者とジョアウン・フェルナンデスが協力して初めて、我々は内容を理解できる。それだけ言語間の理解の壁は高く、今後、私がジャパウン語をある程度わかるようになるまで、どのくらいの時間がかかるのか、気が遠くなりそうだ。

「ここ横瀬浦に……新たな神父がふたり到着した……という知らせが……、籠手田安経殿の下にも届いたようです……。『伴天連様を平戸（Firando＝長崎県平戸市）地方にも派遣していただきたい』……と、彼は切に希望しています……」

平戸（ヒラド）は、我らの布教活動の初期から極めて重要な意味を持つ町（ヴィーラ）なので、到着したばかりの私たちも、以前の定例報告（ヘラトーリウ）と、ジャパゥン到着後に聞いた話から、当然、その存在は、よく知っている。地理的には、平戸（ヒラド）は横瀬浦（ヨコセウラ）のさらに北、九州（イーリヤ・デ・キュウシュウ）島の北西端にあるようだ。以前、我らイエズス会（クンパニア・デ・ジェズーシュ）は平戸（ヒラド）を拠点に活動していた時期もあるのだが、平戸（ヒラド）領主の「肥州（ヒシュウ）」（Fixu ＝肥前（ひぜんの）守（かみ）＝松浦隆信（まつらたかのぶ））と呼ばれる殿（トノ）が我らの教えを認めようとせず、それでいて商取引（コメールシウ）の利を欲していたため、我らは活動の拠点を移さざるをえなくなったのである。そうして、横瀬浦（ヨコセウラ）を支配下に置く大村純忠（ドン・バルトロメウ）殿を頼り、その庇護を受けるようになった——という、これまでの経緯がある。

「たしか、籠手田安経（ドン・アントニウ）殿という殿（トノ）は、九州（イーリヤ・デ・キュウシュウ）島の北にある島々（イーリャス）の領主でしたね。我らが弾圧され立ち去った平戸（ヒラド）地方に我らをふたたび招かれるというのは、何ゆえでしょうか」

その点で混乱したので、私は尋ねた。

「たしかに……籠手田安経（ドン・アントニウ）殿は、九州（イーリヤ・デ・キュウシュウ）島の北にある島々（イーリャス）の領主です……。同時に、平戸（ヒラド）領主である肥州（ヒシュウ）の……家臣でもあるのです……。横瀬浦（ヨコセウラ）領主の朝長新助（ドン・ルイス）殿が……周辺一帯の大村（オオムラ）地方を治める大村純忠（ドン・バルトロメウ）殿の家臣である……その関係性と同じです。籠手田安経（ドン・アントニウ）殿は平戸（ヒラド）にも居館（カーザ）があり……平戸（ヒラド）にいることも多いのです……。そのため、彼は平戸（ヒラド）での布教が再開されることを……、心から希望しています」

領主という言葉が重なっていたので私は少し混乱したが、その説明を受けて、ようやく納得できた。つまり、この国には小さな地域を治める領主としての殿（トノ）と、それら各地の複数の殿（トノ）をさらに支配下に置く大領主としての主君（セニョール）がいる、ということなのだ。

「大村純忠殿(ドン・バルトロメウ)や肥州(ヒシユウ)のように……複数の地方を治める殿(トノ)は……この国では『大名(ダイミヨウ)』……と呼ばれています。この『大名(ダイミヨウ)』という言葉は……『大きな名前(ノーミ・グランデ)』(nome grande)、あるいは、『偉大な名前(グランデ・ノーミ)』(grande nome)……という意味のようです。これまでも、籠手田安経殿(ドン・アントニウ)のように……地方の領主がキリシタン(クリスタウン)となられる例はありましたが、大領主である大名(ダイミヨウ)でキリシタン(クリスタウン)になられたのは……、大村純忠殿(ドン・バルトロメウ)が初めてです」

そうしたジョアウン・フェルナンデスの説明を聞きながら、トルレスが病床の中で呻いた。熱にうかされながら、トルレスからも、どうしても補足したいことがあるようだった。

「大村純忠殿(ドン・バルトロメウ)と朝長新助殿(ドン・ルイス)は強い絆で結ばれていますが……、一般的には、大名(ダイミヨウ)と各地の殿(トノ)の上下関係は……絶対的なものではありません。利害を共有する……一種の同盟関係です。大村純忠殿(ドン・バルトロメウ)と肥州(ヒシユウ)は敵対関係にありますが……、肥州(ヒシユウ)の家臣である籠手田安経殿(ドン・アントニウ)は我らの支援者ですので……大村純忠殿(ドン・バルトロメウ)に対して敵対意識はありません……」

体調が優れないトルレスに代わって、今すぐにでも自分が行動を起こしたい様子にも見えるジョアウン・バプティスタが、そこで発言した。

「我らの有力な支援者である籠手田安経殿(ドン・アントニウ)がそう希望されているのでしたら、私が平戸(ヒラド)に赴いても構いません。もっとも、まだジャパウンのこともジャパウン語もほとんどわかりませんので、通訳者(インテールプレーテ)に同行してもらう必要がありますが……」

「パードレ・ジョアウン・バプティスタ、ありがとうございます……。あなたのお気持ち、嬉しく思います……。ですが……、私が動けない今、あなたとパードレ・ルイスには、まだ……この横瀬浦にいてもらわねば……困ります。ひとまず籠手田安経殿には……私の体調が回復するまで、今しばらくお待ちいただきたい、と返信しておきましょう……」

トルレスの下した判断に、我らとしても異存はなかった。

ジョアウン・フェルナンデスの立ち会いの下、通訳者が籠手田安経殿への書状をしたため、遣いの者に託された。

その後も、籠手田安経殿からは数日に一度、「伴天連様には平戸地方にもお越しいただきたい」という内容の書簡が届き、その中で「私の息子ふたりを横瀬浦までお迎えに派遣しても構わない」とまで書かれていたのには、私たちは驚かされた。我らが平戸に行ったとしても、商取引の利権は籠手田安経殿ではなく、その殿である肥州のものとなるはずだ。つまり、籠手田安経殿は商取引目当てではなく、純粋に信仰から我らの到来を期待しているのである。まだ会ったこともない人物だが、その熱意には心を揺さぶられた。

また、横瀬浦のだいぶ南方の島原（Ximabara＝長崎県島原市）という地域を治める島原殿（＝島原純茂）という殿からも、「伴天連様には、ぜひ当地にもお越しいただきたい」――と訴える熱心な書状が届いていた。島原殿は大村純忠殿の親戚筋にあたり、我らの教えに理解を示してくださっている殿のひとりだという。トルレスは、籠手田安経殿の時と同じく、島原殿からのお招きにも応じられない自分の境遇を悲しんでいた。

「私が健康であれば……今すぐにでも、平戸……あるいは島原に赴けるのですが……。しかし、実際に私が今、こうして病臥していることも……デウスの摂理……であれば、そこには、我らには窺い知れない深い意味があるはずなのです……我らの手は、その真理（verdade）に届くほど長くはありませんが……」

そう頭では理解しつつも、色身を思いのまま動かせない現状に対して、トルレスは、やはり、もどかしい思いもあるように見えた。

体調が優れないため、籠手田安経殿と島原殿からの招きは断らざるをえなかったトルレスであったが、その直後、豊後（Bungo＝大分県）と呼ばれる地域を中心に九州の半分以上を支配下に置く大友宗麟殿からの書状が届いた時には、さすがに、安易に断ることはできなかった。

大友殿からの書状を持参したのは、修道士のルイス・デ・アルメイダである。私と同じ「ルイス」の名を持ち、私と同じくポルトガルのリスボン出身のアルメイダとは、この時が初対面であったが、ジャパウンに来る前に読んでいた定例報告で、彼の活躍は以前より承知していた。

私より七歳年上で今年三十八歳になるアルメイダは、元は医師（médico）、兼、商売人（comerciante）だった人物である。今から十一年前、一五五二年にジャパウンの地を初めて踏んだ時には彼は我らの同志ではなかったが、信仰心に篤く、イエズス会の良き友人として常に我らを補佐する活動をしてくれていたため、一五五六年にトルレスによってイエズス会に迎え入れられた。その後は修道士として、各地を飛び回って活躍を続けている。アルメイダは、彼の全財産をイエズス会に寄贈したばかりか、その一部を運用して商取引で利益を出し続けており、我らの活動資金の多くは、彼によって生み出されているのである。我らがこの異国の地で自由に活動するために、デウスが彼を遣わしてくださったのだ。

日本で永く活動しているトルレスやジョアウン・フェルナンデスが今や深刻に疲弊しきっているのとは対照的に、アルメイダは生来頑健であるらしく、各地を旺盛に移動しながら、今なお疲れを感じさせない健康体であるらしい。それは、彼が元々、医師（メーディク）であることも関係あるのだろうか。医師（メーディク）としての聡明さや博愛精神だけでなく、商売人（コメルシアンテ）としての機転や愛嬌をも兼ね備えたアルメイダは、日本人（ジャプネーシュ）たちからも広く慕われていて、ジャパウンにおける我らの布教活動に、なくてはならない存在となっている、と定例報告（ヘラトーリウ）にも書かれていた。そのアルメイダが、大友殿（オオトモドノ）から託された書状（ショジョウ）を、我らに、もたらしたのである。

「パードレ・コスメ、あなたは、まだ旅ができる体調ではありません。大友殿（オオトモドノ）のお誘いを断るわけにはいかないのでしょうか？」

私が尋ねると、病臥しているトルレスより先に、アルメイダが答えた。

「パードレ・ルイス、私もパードレ・コスメのご病状は理解していますが、できれば、今回の大友殿（オオトモドノ）のお誘いは受けられたほうがよろしいかと思います」

少し早口だが、とても聴き取りやすい発音は、患者や顧客と接してきた医師（メーディク）、商売人（コメルシアンテ）としての彼の一面を感じさせる。

「イルマウン・ルイス、それは医師（メーディク）らしからぬお言葉ですね」

ジョアウン・バプティスタが指摘したが、アルメイダは首を左右に振る。

「パードレ・ジョアウン・バプティスタ、私は何も、パードレ・コスメに豊後（ブンゴ）に行っていただきたいとお願いしているわけではありません。まだジャパゥンに到着されたばかりですが、あなたか、パードレ・ルイスが豊後(ブンゴ)でミッサを挙げてくださるなら、私が同行し、修道士(イルマウン)として補佐します」

ジョアゥン・バプティスタと私は、顔を見合わせた。先日も話題に出たように、彼と私が別の地域に赴けない理由があるとすれば、ジャパゥンのことをまだよく知らず、言語(リングア)についての不安があるからだ。しかし、この国で十年以上も暮らし、ジャパゥン語にも不自由しなそうな彼が同行してくれるのであれば、たしかに、別の地域に赴くことも可能となるだろう。

考え込む私たちに、アルメイダは、さらに説明を加えた。

「大友殿(オオトモドノ)は、この九州島(イーリャ・デ・キュウシュウ)の半分以上を統治する、ジャパゥンでも有数の――九州島(イーリャ・デ・キュウシュウ)では最大の大名(ダイミョウ)です。その大友殿(オオトモドノ)が、『豊後(ブンゴ)では既に一年以上もミッサが行われていないので、ぜひ伴天連殿(バテレンドノ)のどなたかにミッサを挙げていただきたい』と、強く希望されています。今までは、パードレ・コスメが下(シモ)地方で唯一の神父(パードレ)でしたので、ここ横瀬浦(ヨコセウラ)を離れるわけにはいかなかった事情もわかります。ですが今は、パードレ・ジョアゥン・バプティスタとパードレ・ルイスも、いらっしゃいます。おふたりのどちらかが、私と豊後(ブンゴ)に赴いていただけないでしょうか？」

問いかけられて、私は考えた。このまま横瀬浦(ヨコセウラ)にとどまって、ジャパゥンの国と人と言語(リングア)について、もう少し学ぶべきか。あるいは、アルメイダと豊後(ブンゴ)へ移動し、その地で学ぶべきか……。

それは、アルメイダからではなく、実は、デウスからの問いかけである。だからこそ、より良い答えを選びたくて、私は少し考えすぎてしまったようだ。

先に答えを出したのは、我が同志（クンパニエール）だった。

「イルマウン・ルイスが同行してくださるなら、ぜひ私に、その任をお任せください。先日も、そのように申し出たところでしたし」

ジョアウン・バプティスタのその言葉は、病床のトルレスをも破顔させる効果があった。病み、疲れていても、その時のトルレスの声は、久しぶりに弾んでいた。

「おおっ……。行ってくれますか、パードレ・ジョアウン・バプティスタ。先日は反対しましたが、大友殿（オオトモドノ）からのお誘いは、私としても、できればお応えしたいと考えています。イルマウン・ルイスが同行してくれれば、安心です。ぜひ、よろしくお願いします」

元来、行動力のあるジョアウン・バプティスタは、その翌日となる一五六三年七月十七日——永禄（エイロク）六年六月二十七日の午後には、早くも旅支度を整え、ルイス・デ・アルメイダと共に、横瀬浦（ヨコセウラ）を発った。横瀬浦（ヨコセウラ）に滞在してまだ十日ほどであったが、ジョアウン・バプティスタの人柄は既にこの地のキリシタン（クリスタウン）から愛されていて、多くの者が彼との名残を惜しんだ。私自身、一年三か月前にインド（インデイア）のゴアを旅立ってから彼とはずっと行動を共にしてきたので、ほかの誰よりも、彼との別れを惜しむ気持ちは強かった。

「パードレ・ジョアウン・バプティスタ、これまで一年三か月、ありがとうございました。本日、いったん別れを迎えるのは残念ですが、あなたならきっと、豊後（ブンゴ）でも、うまくやっていけることでしょう。また豊後（ブンゴ）かどこかの地で、デウスがあなたに会わせてくださることに期待しています」

「パードレ・ルイス、私のほうこそ御礼を言わせてください。あなたの精確無比な記録には、いつも感銘を受けていました。今後は離れて活動することになりますが、どこにいても、私の行動は、あなたによって記録され、報告されるはずです。あなたの存在を意識しない日はないでしょう。あなたほどの言語（リングア）の才が私にはありませんが、私も、ジャパゥン語の学習に励みます。次にお会いする時は、ジャパゥン語で会話できるようになっていると良いですね」

「ええ。そうなるように、お互い、日々、励みましょう」

私たちは抱擁（アブラース）を交わし、そして、別れた。今までずっと行動を共にしてきたジョアゥン・バプティスタと離れたことで、いよいよジャパゥンでの新しい生活が始まったことを、私は強く意識させられることになった。

私たち新たな神父（パードレ）の到来を聞きつけて行動を起こしたのは、籠手田安経殿（ドン・アントニウ）や島原殿（シマバラドノ）、大友殿（オオトモドノ）のような殿（トノ）たちだけではない。ほかの地方に住む町民の中からも、「伴天連様（バテレンサマ）に会いたい」と熱望し、わざわざ何日もかけて遠方から横瀬浦（ヨコセウラ）にやってくる者たちが、あとを絶たなかった。中には、本州島（イーリャ・デ・ホンシュウ）の西端である山口（ヤマグチ）（Yamanguchi）から、三十レグア（legoa）（※一レグアは約五キロメートル）もの距離を何日もかけて旅して横瀬浦（ヨコセウラ）に辿りついた者さえいた。彼らの中には、新任の「伴天連様（バテレンサマ）」である私の姿を見ただけで、感極まって泣き崩れてしまう者も多くいた。

遠方からやってきたキリシタン（クリスタウン）たちは、ふだん私たちに会えないので、せめて何か神聖なる品を授かりたいと希望して、その願いが叶うまでは帰らない覚悟まで決めていた。食事も摂らずに一心不乱に祈り、あるいは、大地に額をこすりつけて懇願する彼らに対して、何も授けないわけにはいかなかった。

我々は、ゴアから持参した聖なる数珠（contas bentas）をほどいて珠（conta）ひとつずつに分けて彼らに与え、聖ヴェローニカ（Santa Verônica）の聖骸布（santo sudário）も、できるだけ多くの者に渡せるように、小さく裂いて分け与えた。その小さな珠や覆い布（sudário）の切れ端を手にした時の彼らは号泣しながら「コンタツジャア！」、「ベロニカジャア！」と、うやうやしくそれを掲げて叫んでいた。彼らは聖なる数珠のことは「コンタツ」と呼んでおり、ヴェローニカは「ヴェ」の発音ができないので、「ベロニカ」と発音しているように、私には聞こえた。語尾の「ジャア」というのは感嘆の口語表現のひとつであるようだ。ともかく、彼らの喜びようは我らの理解を超えていて、いつも以上に驚かされた。

ジャパウンでの生活を始めてから戸惑ったのは、我らと彼らのあいだでの時間に対する意識の違いである。我らは機械仕掛け（máquina）の時計（relógio）を使用しているので、一日を二十四に分け、昼と夜のそれぞれで、一時、二時、三時……と、十二時まで、順番に時を重ねる。また、それぞれの時間を六十の分（minuto）に分割し、それをさらに六十の秒（segundo）に分割し、非常に細かく時を刻む。

それに対して、日本人は、昼と夜に二分割する点は同じだが、彼らは水時計（clepsidra）を使って、昼と夜のそれぞれを六つに分けるだけである。しかも、どういう理由かはわからないが、

六、五、四、九、八、七の順に時を数えるのだ。ジャパゥン語では、それは「ムツ」、「イツツ」、「ヨツ」、「ココノツ」、「ヤツ」、「ナナツ」と言い、最初は、それが数字のことだとわからなかった。たまたま彼らが何かを数えている場面を目にした時に、それが数え方のことだと気づいた。そう気づいてから、「ヒトツ」、「フタツ」、「ミッツ」……と、私はジャパゥン語で数える練習も始めたのだが、時の数え方が数字の順番とは異なるので非常に混乱する。こればかりは、慣れるしかないのであろうか。

彼らは、昼は「明け（アケ）」、夜は「暮れ（クレ）」、時間（オーラ）のことは「時（ドキ）」と言う。つまり、朝は「明け六つ時（アケムツドキ）」から始まり、夜は「暮れ六つ時（クレムツドキ）」から始まることになる。夜は眠っているので、事実上、彼らの一日は、いわば昼の六つの時間帯でのみ成り立っているわけだ。我らは一日を八万六千四百秒（セグンドウ）にまで分割するのだから、両者の差は歴然としている。彼らには我らほど細かいことを気にする者が少ないようにも見受けられる。それは、時間に対する意識の差かもしれない。我らエウロパ人（エウロペウ）同士で話す時には細かい時間（オーラ）を口にすることもあるが、日本人（ジャプネーシュ）たちと接する時には、彼らの時の感覚に合わせるので、心なしか、我らも、いつもよりは大雑把になっているような気がするから不思議である。

もちろん、たとえ互いに異なる暦（カレンダーリウ）を使い、時の計り方が違うとしても、我らが同じ場所で同じ時を過ごしている事実は変わらない。どちらの国の時間（オーラ）で捉えるにしても、時は大河のように、とどまることを知らず流れ続ける。たとえ、我らの色身（コルプス）が朽ち果てるとしても、この流れが止まることは、決してない。世界が最後の審判（ジュイーズ・フィナーウ）（Juizo Final）を迎える、その時まで……。

私たちがジャパウンに到着してから間もなく三週間が経過しようかという、一五六三年の七月下旬、この国の暦（カレンダーリウ）では永禄（エイロク）六年の七月上旬、朝長新助殿（ドン・ルイス）の遣いの者から私たちに、嬉しい知らせがもたらされた。我らが暮らす横瀬浦（ヨコセウラ）のみならず、大村（オオムラ）地方一円を治める殿（トノ）——大名（ダイミョウ）である大村純忠殿（ドン・バルトロメウ）が、数日中に我らを訪問してくださるというのだ。

大村純忠殿（ドン・バルトロメウ）は、この国で最初にキリシタン（クリスタウン）となられた大名（ダイミョウ）であり、我らの最大の庇護者（グアルディアウン）である。そのたいへん高貴な方が、彼の本拠地である大村（オオムラ）から、わざわざ横瀬浦（ヨコセウラ）の我らを訪ねてくれるという知らせに、我らの誰もが浮き足立った。

横瀬浦（ヨコセウラ）の港（ポルトウ）は外海には直接面しておらず、十字架（クルス）のような形をした湾（バイーア）の南西岸にある。この湾（バイーア）の十字の南端には、細長い水路が南東へ延びていて、その先に巨大な大村湾（バイーア・デ・オオムラ）（baía de Vomura）がある。大村湾（バイーア・デ・オオムラ）は、湾（バイーア）と言っても外海に面してはいないし、四方のほぼすべてを陸地に囲まれているので、「海のすぐ近くにある湖（ラーグ）（lago）」のような印象も受ける。

横瀬浦（ヨコセウラ）は、大村湾（バイーア・デ・オオムラ）の北西端のさらに北西に位置しているが、大村純忠殿（ドン・バルトロメウ）の本拠地である大村（オオムラ）は、大村湾（バイーア・デ・オオムラ）の南東岸あたりに位置しているようだ。横瀬浦（ヨコセウラ）と大村（オオムラ）は、陸路で八レグア（約四十キロメートル）は離れているようなので、徒歩では二日、馬か船でも数時間（オーラ）はかかる。気楽に行き来できる距離ではないからこそ、わざわざ大村純忠殿（ドン・バルトロメウ）が来てくださることに、我らは感激したのである。

トルレスは、いまだ熱病（フエーブリ）が癒えず病床にあったが、私たちの乗ってきた聖十字号（サンタ・クルス）の船長（キャピタウン）であるドン・ペードゥル宛に書簡（カールタ）をしたため、それを私に託した。その内容は、「大村純忠殿（ドン・バルトロメウ）への好意を示すために、船長（キャピタウン）であるあなたから彼に贈り物をしてもらえないか」というものだ。

私たちがゴアからジャパゥンまで旅してきた聖十字号（サンタ・クルス）は、三週間前にジャパゥンに到着したあの時のまま、今も横瀬浦港（ポルトウ・デ・ヨコセウラ）に停泊している。巨大な帆柱（マストウル）三本の帆は、もちろん今はすべて畳まれていて、その姿は、翼を閉じて休んでいる優雅な白鳥のようでもある。大海原を旅しているあいだは、この船の中だけが私たちの世界で、船の広さは充分だと感じられていた。実際、二百五十人を収容できるその船は決して小さくないはずなのだが、自分が陸地に立っていると、それは驚くほど小さく見えて、よくこんな小さな乗り物で一年三か月も航海を続けてきたものだ、と感心させられる。何だかなつかしい感じもするのは、この三週間のあいだにジャパゥンのことをいろいろと学び、私自身の意識が大きく変化し続けているせいなのかもしれない。

船の周囲や甲板（コンヴェシュ）上には、船員たちと商取引（コメールシウ）の交渉をしているらしい日本人（ジャプネーシュ）たちの姿も多く見えた。横瀬浦（ヨコセウラ）に船が入ったという知らせは各地に伝わって、遠方からも商取引（コメールシウ）に関心のある人たちが集まってきているのだろう。そのせいか、この町では見かけない人ばかりである。我らの教会（エクレーシア）がキリシタン（クリスタウン）たちを遠くから呼び寄せるのと同じように、たくさんの貴重な品を積んだ船は、商売人（コメルシアンテ）たちを呼び寄せているのだ。

船に近づく私の姿に気づいたポルトガル人船員（ポルトゥゲーシュ）のひとりが、甲板（コンヴェシュ）の上から「Padre!（パードレ）」と呼びかけてくれた。その声で私に気づいた何人かは、「Padre（パードレ）」、「伴天連様（バテレンサマ）」と、それぞれの言語（リングア）で私に声をかけてくれた。ラテン語の「Salve.（サルウエー）」やポルトガル語の「Boa tarde.（ボアタールデ）」で挨拶をしてくれる者には、私も笑顔でうなずきながら、同じ言葉を返した。

「ドン・ペードゥルに、パードレ・コスメからの書簡を届けに来ました」

用件を告げると、すぐに甲板に招き上げられ、船内にある船長の船室へ通された。この三週間で陸上での暮らしに慣れたせいか、揺れる船の上を歩くのは、なつかしい感覚だった。

「Olá!（＝やあ！）パードレ・ルイス、お久しぶりですね」

満面の笑みで迎えてくれたドン・ペードゥルは、私より何歳か年下で、まだ三十歳にも満たないエウロパの貴族（fidalgo）。いつも明るく、全身が生気に溢れている、とても快活な人物である。彼の暮らす船室には、黄金細工の調度や珍しい織物が満載で、足下には、まだ幼いメスの仔犬（cachorrinha）が走り回っていた。この船室だけ切り取られた別世界のような雰囲気だが、ドン・ペードゥルは、そうした調度にも負けない華やかさと存在感を放っている。

「Boa tarde.ドン・ペードゥル、お元気そうで何よりです」

「最近、パードレ・コスメは、ずっとご体調が優れないという噂を聞きましたが、だいじょうぶですか？」

「今までのお疲れが出たのだと思います。本日は、そのパードレ・コスメからドン・ペードゥル――あなたへの書簡を持参いたしました」

ジャパウンでは書状は紙を巻いて箱に入れて届けるのが習わしのようだが、我らエウロパ人は折り畳んだ紙を封筒（envelope）に入れて届けるのが普通だ。トルレスから託されたそれを私が手渡すと、ドン・ペードゥルは近くにあったハサミ（tesoura）で開封し、折り畳まれた書簡を広げて、興味深げに読み始めた。

「……おおっ、なんと！　大村純忠殿が、この横瀬浦に来られるのですか!?　そして、私から彼に何か感謝の証を贈って欲しいと？」

　確認するために私を見るドン・ペードゥルにうなずき返すと、この年若き貴族は、歓喜の声を上げた。

「このような形で頼られることを、私は永らく待ち望んでいたのです！　神父はデウスの代理人ですから、これはデウスが私に与えてくださった特別な役割に違いありません！　喜んで、私の持つものは何でも、大村純忠殿に捧げましょう。この黄金の簡易寝台（catre dourado）、琥珀織の敷物（colchão de tafetá）、ベルベットの枕（almofada de veludo）、ベンガル絹の寝台覆い（colcha de seda de Bengala）、それに、このメスの仔犬をつけてもいい」

　それぞれを指差しながらそう言うと、さらに彼は黄金の鎖（cadea de ouro）を首から外し、高級な宝石（pedra）のついた黄金の指輪（anel de ouro）も指から外して、「これも持っていってください」と、私のほうへ差し出すではないか。

　そればかりか、彼は、近くに控えていた召使い（pagem）を呼びつけると、物入れ（caixa）から大きな外套（capa de grã）やベルベットの帽子（sombrelro de veludo）を取り出させた。

「パードレ・ルイス、この船にあるものは、何でも差し上げます。どうか遠慮なく、お申しつけください」

彼の誠意はまっすぐすぎて、私は思わず微笑んでしまった。

「いえ、ドン・ペードゥル。我らは何も、そこまで求めてはおりません。これらの品は、どれも、ジャパウンにおいては決して手に入らないものですから、一品か二品を贈られるだけでも、大村純忠（ドン・バルトロメウ）殿はお喜びになるに違いありません」

「それでは私の気持ちがおさまりません！　私の持ち物は、すべて、デウスから与えられたものです。デウスがそれを必要とされているのであれば、すべてを手放したとしても、私は何ら惜しくないのです」

ドン・ペードゥルの澄んだ心に触れて、私は、とても感銘を受けた。彼は根っから、こういう人物なのだろう。先日、ジャパウンに到着した際、我らは彼に荷物の運搬賃を払おうとしたが、彼は頑として受け取らないばかりか、「お役に立てることが私の喜びなのです」と、逆に、我らに千クルザードゥ（cruzado）もの寄付までしてくれた。

私をジャパウンに連れてきてくれた船の船長（キャピタウン）が彼で本当に良かった、と、改めて、デウスへの感謝の念を抱いた。そして、私がジャパウンに到着するのに合わせたかのように、この国で初めてキリシタン（クリスタウン）の大名（ダイミヨウ）となられた大村純忠（ドン・バルトロメウ）殿との対面の時が近いことに、私は、胸の高鳴りを抑えることができなかった。

第三章　大村純忠殿（ドン・バルトロメウ）

Quando Dom Bartholomeo foi ver à nao, Dom Pedro e todos os portugueses lhe fizerão extraordinárias honras e agasalhados, embandeirando-se e disparando a arthelharia toda, e dando um esplêndido banquete.

（＝大村純忠殿(ドン・バルトロメウ)が帆船(ナウ)を見に来た時、ドン・ペードゥルとポルトガル人(ポルトゥゲーシュ)船員たちは全員が彼に特別な敬意を示して旗で船を飾り、すべての大砲を放ち、そして、豪華な祝宴を催した）

ついに、待ちわびた日が、やってきた。

一五六三年の七月二十七日——永禄（エイロク）六年の七月七日、私たちは横瀬浦（ヨコセウラ）の町外れまで出て、その時が訪れるのを待っていた。朝長新助（ドン・ルイス）殿の話では昼過ぎに到着予定とのことだったが、私たちは待ちきれず、朝の早い時間から、そこで待機していたのである。

大村純忠（ドン・バルトロメウ）殿は、たいへん高貴な方なので、見下ろす失礼があってはならず、私たちは、彼が通ってくるはずの丘の麓にいた。デウスの恩寵（グラーサ）により、コスメ・デ・トルレスの熱病（フエーブリ）の症状は数日前から劇的に良くなっていたので、彼も同行している。ただ、トルレスは脚が悪いので、キリシタン（クリスタウン）たちが運んでくれた椅子に腰かけていた。ジョアウン・フェルナンデス・デ・オヴィエドも、慢性的な体調不良のため、やはり椅子に座っていたが、私は興奮を抑えられず、ずっと立っていた。

待つこと数時間（オーラ）——ついに、その時は、やってきた。

キリシタン（クリスタウン）たちのどよめきが生じたので、私は丘の上を見た。最初に人の頭が見え始め、徐々に馬に乗るその人物の全身が見えるようになる。合計三十人ほどの一団で、先頭の五人だけが馬に乗っている。馬は、いちばん先頭を一頭だけが歩き、その後ろに二頭が、さらに後ろにも二頭が続いている。二列目の馬に乗るひとりは、彼の主君（セニョール）を迎えに行っていた朝長新助（ドン・ルイス）殿。先頭の馬に乗る人物こそ、私たちが待ちわびた御方に違いない。

この国の人たちが我らエウロパ（エウロペウ）人より小さいのと同じように、この国の馬もまた、エウロパ（ヨーロッパ）のそれよりひと回り小さく、仔馬のように頼りなく見える。しかし、先頭の殿（トノ）を乗せた馬は五頭の中でいちばん立派で、馬上の人物同様に、遠目からでもはっきりわかる血筋の良さと、堂々とした風格を漂わせている。

周囲のキリシタン（クリスタウン）たちは「大村殿（オオムラドノ）」、「大村純忠殿（ドン・バルトロメウ）」と口々につぶやきながら、次々に地面に両手両膝をつき、ひれ伏した。同志（クンパニエール）ふたりを見ると椅子に座ったままだったので、私自身は膝を折って跪（ひざまず）くべきか、しばし迷った。

私の脚は悪くないし体調不良でもないので膝をつこうと私が判断したその時、先頭の馬上の人物が、私に向かって笑顔で手を振り、「オーイ、伴天連殿（バテレンドノ）ぉー！」と大きな声をあげたので、私は驚いて、膝を折る途中の姿勢で動きを止めてしまった。遠くまで届く、とてもよく通る声だ。ポルトガル語の「Oi.（オーイ）」（＝やあ）とほぼ同じ意味でジャパゥン語でも「おい」あるいは「おーい」と呼びかけられることを私は、この一か月で学んでいたが、まるで旧知の仲であるかのような、その親しげな響きには驚かされた。

それまでゆっくり歩いていた馬を彼は不意に走らせ、一気に坂を駆け下りてくる。朝長新助殿（ドン・ルイス）ら家臣たちの馬四頭も慌てて続き、その後ろから荷物を持った徒歩の家臣（ヴァッサル）たちも懸命に走っている。

私たちの少し手前で馬を下りると、彼は、トルレスとジョアゥン・フェルナンデスに「サルウエーテ」と言って手を振りながら、私のほうへ歩いてきた。まっすぐこちらを見つめる彼の視線に、吸い込まれそうになる。

彼は私の両手を取り、彼自身の両手できつく握り締めた。とても力強い。曇りなき笑顔で私を見上げると、彼は「サルウェー、伴天連殿」と挨拶した後、「我、ドン・バルトロメウ、コト、大村純忠、也」と、ふたつの名前を順番に名乗った。

「Salve. 大村純忠殿。我、ルイス・フロイス、也」

私も名乗ると、大村純忠殿は「ルイス」と、嬉しそうに繰り返した後、ちらりと後方の朝長新助殿を見てから私のことを「フロイス殿」と呼び、ジャパゥン語で私に何かを説明してくれたようだった。残念ながら、その言葉の大半は理解できなかったが、「ドン・ルイス」、「ルイス・デ・アルメイダ」という人名は聴き取れたので、おそらく、彼が私を「フロイス殿」と呼んでくださった理由について、説明されたのだろう。我らイエズス会の同志で最初に彼に会ったのはルイス・デ・アルメイダであったし、彼の忠臣のひとりは朝長新助殿である。彼にとって私は「三人目のルイス」となり、「ルイス殿」と呼ぶと紛らわしいので、「フロイス殿」と呼んでくださったようだ。

トルレスとジョアウン・フェルナンデスが椅子から立って挨拶しようとするのを大村純忠殿は「ヨイ」と言って制し、彼らを座らせたまま両手で握手した。また、トルレスたちに馬を使うか尋ねているようだったが、トルレスたちは体調を理由に辞去した。彼は、ひれ伏している町民たちに立つように促すと、トルレスたちが立つのにみずから手を貸そうとして、ドン・ルイスたち家臣が「殿！」と慌てて、その役を代行する。

大村純忠殿の指示で、彼の家臣の中で体格の良い者がふたり、トルレスとジョアウン・フェルナンデスを背負うことになった。トルレスたちはしきりに遠慮したが、大村純忠殿は譲らなかった。

彼は自分の両肩を叩く仕ぐさをしながら家臣（ヴァッサル）の通訳者（インテールプレーテ）に何かを尋ねた。質問内容はわからなかったが、通訳者（インテールプレーテ）の答えは「肩（オンブル）」(ombro)だった。大村純忠殿（ドン・バルトロメウ）には、それが「オンブ」と聞こえたようで、「オンブ……」とつぶやいた後、トルレスたちの近くにいる家臣（ヴァッサル）たちに「オンブ、オンブ」と指示していた。

彼は「背負う」という動作を我らの言葉で何と言うか尋ねたのかもしれない。通訳者（インテールプレーテ）は「肩」という単語について質問されたと判断し、肩（オンブル）と答えた。大村純忠殿（ドン・バルトロメウ）は、それを「オンブ」と聞き間違え、その言葉が「背負う」という動詞だと誤解したようだ。そんな些細な誤解から、今後、この国で「背負う」を「オンブ」と呼ぶようになることは、さすがにないだろうが、そんな出来事からも、違う言語（リングア）で交流する難しさを、私は改めて実感していた。

ジョアウン・フェルナンデスは、我らの中ではいちばん小柄で痩せているので、大村純忠殿（ドン・バルトロメウ）の家臣のひとりに軽々と背負われていた。ただし、トルレスは巨体なので、いちばん大柄な家臣でも、彼を背負うのは簡単ではなさそうだった。それを見かねて、トルレスのほうは椅子に座らせて、椅子ごと運ぶように、大村純忠殿（ドン・バルトロメウ）は指示し直した。トルレスをひとりで背負うのは大変であるとしても、椅子に座らせた彼を両脇から体格の良い家臣（ヴァッサル）ふたりがかりで持ち上げるのであれば、何とかなりそうである。大村純忠殿（ドン・バルトロメウ）は私のところに近づいてきて、不思議な言葉を発した。

「フロイス殿（ドノ）、オンブ？　……シン？……ナン？」

彼の身振りから、あなたも背負われたほうがいいか、と尋ねられたようなので、思わず、

「Não.（ナウン）（＝いいえ）カタジケナシ」と御礼を言ってから、はたと気づいた。大村純忠殿（ドン・バルトロメウ）は、ポルトガル語の「Sim.（シン）」（＝はい）と「Não.（ナウン）」（＝いいえ）を知っていて、私に、そう尋ねたのだ！　しかも、今、憶えたばかりの「オンブ」という言葉を使って……。

この異国の殿（トノ）の言語（リングア）への鋭敏な反応に、私は不遜ながら自分に近しいものを感じて、この方のことが急に身近に感じられるようになった。彼への関心も、自然と強まった。

大村純忠殿（ドン・バルトロメウ）を先頭に、我ら一行は、横瀬浦（ヨコセウラ）の教会（エクレーシア）まで大人数で移動した。私は、この殿（トノ）のことをもっと知りたくて、近くを離れず、常に彼の言動に注意を払った。大村純忠殿（ドン・バルトロメウ）も、新任の神父（パードレ）である私をいちばん気にかけてくださり、周囲の景色を身振りで示しながら、何度も話しかけてくださった。通訳者（インテールプレーテ）によると、ポルトガルとの気候の違いや、ジャパウンに慣れたかと尋ねてくださったようだ。私が故郷のリスボン（リジュボア）を出たのは十六歳の時で、それ以降の十五年間の大半はインド（インディア）のゴアで過ごしたので、今ではゴアの記憶のほうが強くある。だが、そんな細かい説明は省略して、ポルトガルと日本の気候はそんなに違わないので私にとって住みやすいです、といった無難な答えを返した。大村純忠殿（ドン・バルトロメウ）は「デアルカ」と、納得したように、うなずいていた。

教会（エクレーシア）に着くと、キリシタン（クリスタウン）たちには各自で祈りを捧げてもらい、我らは居館（カーザ）に移動して、トルレスから大村純忠殿（ドン・バルトロメウ）に、これまでの彼の庇護への御礼として、黄金で装飾された聖なる珠（コンタ・ベンタ）(conta benta)のついた最高級の数珠（コンタス）が贈られた。大村純忠殿（ドン・バルトロメウ）は、その贈り物に少年のように純真な表情で驚くと、大喜びして、さっそくそれを首にかけ、我らの反応を窺った。その無邪気な様子に、私はもちろん、心身が疲れきっているはずのトルレスやジョアゥン・フェルナンデスの表情にすら、笑みが広がる。トルレスがこの殿のことを息子や孫のように愛情を持って語っていた理由が、私には、理解できた。これほど純粋な殿だからこそ、大名としてはこの国で初めてキリシタンとなられたのだ。そして、この方こそ、デウスが我らに引き合わせてくださった選ばれし御方であり、私は彼と会うことのできた自分の運命に感謝した。

十日ほど前、大友宗麟殿の招きに応じる形で、ジョアゥン・バプティスタ・デ・モンテがこの横瀬浦を発った。もしかしたら、旅立っていたのは、私だったかもしれない。あの時、旅立っても良いという気持ちが私にも実際あったのだが、この横瀬浦の地にとどまることになったおかげで、結果的に大村純忠殿に出会えた。そのように計らってくださったデウスには感謝しなくてはならない。

その日の午後、大村純忠殿は横瀬浦港に停泊している聖十字号を初めて見物された。その時のために船は豪奢な布で飾られ、船長のドン・ペードゥルは歓迎の意から祝砲を撃たせ、その轟音に大村純忠殿は「オオッ」と声をあげて驚き、何度もうなずきながら拍手されていた。船員たちは、ひとりずつ、この異国の高貴な殿からねぎらいの言葉をかけられ、恐縮しつつも感謝していた。大村純忠殿というこの殿は、周囲の者を笑顔にする不思議な力をデウスから与えられているようだ。

同夜、港に停泊した聖十字号の中で、盛大な祝宴が催された。二百五十人ほどの船員たちと、大村純忠殿（ドン・バルトロメウ）と朝長新助殿（ドン・ルイス）ら三十人ほどの家臣（ヴァッサル）の方たちが甲板（コンヴェシュ）を埋め尽くし、酒樽の上に料理やワイン（ヴィーニョ）が載せられ、皆、楽しそうに食事をしている。

言葉や文化の壁があるせいか、大村純忠殿（ドン・バルトロメウ）の家臣（ヴァッサル）たちの多くは、我らエウロパ人（エウロペウ）とどう交流すれば良いかわからないのか、日本人（ジャプネーシュ）同士で固まっていた。陽気な船員たちが彼らに話しかけるのだが、何しろほとんど言葉がわからないので、あまり会話は成立していないようだ。そんな中、大村純忠殿（ドン・バルトロメウ）と朝長新助殿（ドン・ルイス）は、通訳者（インテールプレーテ）を連れて、我らエウロパ人（エウロペウ）とも積極的に交流し、彼らふたりが常に輪の中心となっていた。

大村純忠殿（ドン・バルトロメウ）は、以前、トルレスたちからふるまわれたことがあるという、魚の揚げ物（ペイシ・フリートゥ）（peixe frito）を特に気に入っているようで、どういうわけか、それを「テンプラ」と呼んでいた。この国には「テンプラ」という名前の似た料理があるのかと最初は思ったが、どうもそれは、彼が料理の名前について尋ねた時に、我らの誰かが調理法を聞かれたのだと勘違いして「Temprar.（テンプラール）」（＝調味料を加えるのです）と答えたのを誤解されているようである。ジャパウンには現在、似たような料理は存在しないそうなので、今後、「テンプラ」がジャパウンにおけるその料理の名前として定着するのであれば、それはそれで良いのかもしれない。

祝宴の終盤、私は船尾楼（ポーパ）（popa）で夏の夜風を心地良く感じていた。周囲が濃い闇に包まれているぶん、いくつものたいまつ（トーシャ）（tocha）が置かれた船上が明るく感じられ、この船だけが闇の中で浮遊しているようにも感じられる。夜空に煌めく美しい月や星々を見ていると、それらが我らの行く先を照らしてくださるデウスや守護聖人（パドゥルエイル）（padroeiro）の方々のようにも思えてくる。

きっと、その通りなのだろう。

そうして夜空を見ていると、パンとワイングラス（vidro de veinho）を手にした大村純忠殿が通訳者と共に「フロイス殿」と歩み寄ってきた。大村純忠殿は、「ジャパゥン」という呼び名の中の「パゥン」の音は、パンの音と同じか、と私に尋ねたので、「É, sim.」（＝はい、その通りです）と答えた。大村純忠殿は、ポルトガル語の「Sim」（＝はい）と「Não」（＝いいえ）を既に理解されているので、それだけの返答で伝わった。続いて、「ジャパゥン」という名前の由来についても聞かれたが、私は知らないので答えられず、「Pedir desculpas.」（＝申し訳ありません）と、ただ謝るしかなかった。私の申し訳なさそうな様子に、大村純忠殿は笑顔で「ヨイ」と言ってくれた。日中にも聞いた言葉だが、「ヨイ」というのは、「Está bem.」（＝それで良い）、あるいは「De nada.」（＝構わない）という意味だと推察できる。

大村純忠殿は、ここ横瀬浦の地が「キリシタンの町」としてますます発展していくように、今後も、いかなる助力も惜しまない、と通訳者を介して私に約束してくださった。ジャパゥン初のキリシタン大名であるこの御方が我らを庇護してくださる限り、この横瀬浦がキリシタンの聖地として発展していくのは、約束された未来だと私には思える。

イエズス会の中でも私は語学の才で特に知られていると、大村純忠殿は誰かに聞いたらしい。通訳者を介して、早くジャパゥンの言語も体得して欲しい、と彼は私に要求した。彼自身もポルトガル語やラティン語を少しずつ憶えたいと思っている、とも話されていて、改めて、私は、この殿の言語への関心に感銘を受けた。この殿と通訳を介さずに話せたら、どんなに素晴らしいだろう……と、思わず夢想してしまう。異国の地でこのような殿《トノ》と巡り逢えたことは、とても運命的な感じがして、これこそ、まさしくデウスの定められた摂理《プロヴィデンスィア》であろう、と信じられた。この出逢いがデウスのお導き《オリエンタツサウン・デイヴィーナ》である以上、私としては、我らのより素晴らしき未来が実現するように、今後も身を粉にして努力し続けるのみである。

大村純忠殿《ドン・バルトロメウ》がとても魅力的な御方であることは、よく理解できた。また、彼の信仰《フィーデス》の篤《あつ》さも、トルレスが強調していたように本物だった。大村純忠殿《ドン・バルトロメウ》は、ドン・ルイスの居館《カーザ》の並びにある自身の横瀬浦《ヨコセウラ》での居館《カーザ》にしばらく滞在することになったのだが、夜遅くまで続いた祝宴の翌日の早朝から既に、数名の家臣《ヴァッサル》だけを連れて教会《エクレーシア》に来て、彼は祈りを捧げていたのである。

前夜の祝宴の興奮で眠れず、私たちの時間《オーラ》で言うところの朝の三時に起き出して教会《エクレーシア》へと廊下を抜けた私は、そこに大村純忠殿《ドン・バルトロメウ》の姿を見て、思わず驚きの声を上げてしまった。

それまで熱心に祈っていた大村純忠殿《ドン・バルトロメウ》は私に気づくと、「フロイス殿《ドノ》、サクヤハ、オブリガード」と穏やかな笑顔で言ってくれた。「サクヤハ」というジャパゥン語は知らなかったが、昨日の夜《オンテイン・ア・ノイテ》（ontem à noite）の御礼を言われたと推察できたので、私も「大村純忠殿《ドン・バルトロメウ》、Muito obrigado.《ムイントウ・オブリガードウ》」と、さらに丁寧な御礼の言葉を返した。大村純忠殿《ドン・バルトロメウ》は「ムイント？」と少し首を傾げたものの、その意味を察してくれたらしく、うなずいて、彼も「ムイント・オブリガード」と言い直した。とても聡明な殿《トノ》だ。

大村純忠殿《ドン・バルトロメウ》は、デウスや、彼らの発音で言うところのゼズス・キリシト《ジェズーシュ・クリーシュトウ》（イエス・キリスト）

について、私に熱心に質問してきたが、この時は通訳者（インテールプレーテ）が近くに誰もいなかったので、私には答えられず、首を振りながら、「Sinto muito.（シントウ・ムイントウ） Não estou entendendo.（ナウン・シュトウ・エンテンデンドウ）」（＝すみません、わかりません）と、お詫びするしかなかった。

大村純忠殿（ドン・バルトロメウ）は、この時も「ヨイ」と言って笑って赦（ゆる）してくださったが、少し残念そうな表情であった。彼が赦してくださったとしても、私は、私自身の不甲斐なさが赦せなかった。せっかくこの異国の殿（トノ）が――ジャパゥンの大名（ダイミヨウ）で初めてキリシタン（クリスタウン）となられた、デウスより選ばれし御方が我らの教理（ドウトリーナ）に強い関心を示してくださっているというのに、私の語学力が不充分という理由により彼の質問に答えられないのは、残念でならない。もっと私にジャパゥン語の能力があれば……と、私は心の奥底から渇望したし、今後よりいっそうジャパゥン語の習得に励むことを、改めて、デウスに誓った。

我らの関係者が大村純忠殿（ドン・バルトロメウ）が座る場所のために特別な敷物を用意しようとしたところ、彼は、それを拒んだ。そして、近くにいた彼の家臣（ヴァッサル）たちにも、教会（エクレーシア）の中では町民たちを自分から遠ざける必要はない、という旨を周知されたようだった。ジャパゥンでは殿（トノ）はたいへん高貴な存在で、通常であれば、町民たちと同席することはないようである。この殿（トノ）の寛大さと、キリシタン（クリスタウン）としての誠実さに、私たちは感銘を受けずにはいられなかった。

体調が小康状態を保っているトルレスがミッサを行い、大村純忠殿（ドン・バルトロメウ）と家臣（ヴァッサル）たちも、参列した。

また、その後、キリシタン（クリスタウン）の子供たちが教理問答（カテシーズム）（catecismo）を合唱するのを、大村純忠殿（ドン・バルトロメウ）が嬉しそうに観守っておられたのが、とても印象に残った。

大村純忠殿の我らの教理への探究欲は本物で、彼の質問に答えるために、ジョアウン・フェルナンデスと私は、毎日、夜明け前に彼の横瀬浦の居館を訪問することになった。私たちは日中には多くのキリシタンたちに対応せねばならないので、空けられる時間は、我らの時間で、午前三時から五時くらいである。

午前三時になると、迎えの者が来て、彼らの言葉で「コシ」と呼ばれる平らな板に棒のついた輿（liteira）で私たちは運ばれた。私は自分で歩くほうが好きなのだが、いつも体調の優れないジョアウン・フェルナンデスにとっては、それは、ありがたい気遣いであっただろう。

ろうそくに照らされた室内では、巻物状の彼らの紙と筆を用意した大村純忠殿が待ち構えていて、我らが入室するなり、質問を飛ばしてくる。たとえば、彼は、ミッサが祝福された秘蹟（Santíssimo Sacramento）である理由、その神秘について、より詳しい説明を我らに求めたし、また、煉獄（purgatório）と地獄（inferno）の罰（pena）などについても、何度も質問された。

それらの単語――「サクラメントゥ」、「プルガトーリゥ」、「インフェルヌ」、「ペナ」――などのジャパゥン語訳というのは現時点では存在しないので、彼らこの国のキリシタンは誰しも、ポルトガル語かラティン語、あるいは、スペイン語かイタリア語の原語のまま憶える必要がある。大村純忠殿は、それらの単語を彼らのイロハと呼ばれるアルファベートゥで記し、実際に自分でも発音してみて、それが正確に書き留められているか、我らに何度も確認した。もちろん、ジャパゥン語とエウロパ（ヨーロッパ）の言語（リングア）では発音の仕組みが違うので、彼らの文字で完璧な発音を再現することは困難な場合が多い。また、単語（パラーヴラ）によっては、ポルトガル語とラテン語の両者を混ぜ合わせた不思議な音が用いられる傾向も指摘できる。

　たとえば、ジャパゥン到着当日に私が気づいたように、教会（エクレーシア）のことを日本人（ジャプネーシュ）たちは「教会（エケレジア）」と呼んでいる。これは、ラテン語の「エクレーシア」とポルトガル語の「イグレイジャ」の音を混ぜたものだろう。イエス・キリスト（ジェズーシュ・クリーシュトゥ）の御名（みな）については、ラテン語の「イエスース・クリストゥス」と混ぜたと考えても彼らの言う「ゼズス・キリシト」とはだいぶ遠い気もするが、彼らの発音しやすい音に変化し、定着した、と解釈できる。我らとしては、そうした現地流の発音も認めている。

　我らの話を聞きながら、大村純忠殿（ドン・バルトロメウ）は巻物状の紙（カミ）に筆（フデ）で文字を上から下に書いて記録し、私は私で、彼との会話で気づいたことや憶えておきたいこと、知識や言葉を紙（パペウ）に筆記具（カネータ）で記録し続ける日々が何日か続いた。

　ある時、大村純忠殿（ドン・バルトロメウ）が私と彼自身を交互に指差し、文字を書く仕ぐさをしながら、「フロイス殿（ドノ）、我ら（ワレラ）、オナジジャ」と、笑顔で言ってくれたことがある。「Fazemos a mesma coisa.（ファゼーモシュ・ア・メズマ・コイザ）」（＝私たちは同じことをしている）という意味だと推測し、ジョアウン・フェルナンデスに尋ねたところ、それは正しい理解だった。私は、この数日間で憶えたばかりの、「忝し（カタジケナシ）」よりさらに丁寧な御礼表現を述べた。

「有り難き幸せ（アリガタキシアワセ）」

ある時、家臣が大村純忠殿にうやうやしく拝礼しながらそう言っているのを目にしたので、試しに言ってみたのである。この表現はジョアゥン・フェルナンデスからまだ教わっていなかったので、彼は驚いた顔になっていた。大村純忠殿も私がその言葉を口にしたことに少し驚いたようだったが、本当に嬉しそうに、何度か、うなずいてくださった。この御方に喜んでいただくためにも、もっと早く、もっと高い水準までジャパゥン語を習得したい——そう思わせてくれる、異国の殿の微笑だった。

大村純忠殿は最初、「さらば、また、明日。お頼み申す」とジャパゥン語で挨拶していたが、それに該当するポルトガル語の「Adeus. Até amanhã, se faz favor.」（＝さようなら。また明日、よろしければ、お願いします）という挨拶を教えたところ、さっそく書き留めて憶えて、使ってくれていた。

「大村純忠殿、さらば、また、明日。お頼み申す」

「フロイス殿、ヘルナンデス殿、アデウス。アテ・アマナン。セ・ハス・ハボール」

大村純忠殿の発音は精確ではないものの、充分に理解できるので、問題ない。我らがジャパゥン語で挨拶し、彼がポルトガル語で返してくれる、というやりとりは少し不思議だが、とても心地良いものであった。このように楽しく充実した日々が、いつまでも続いてくれたらいいのに……そんなふうに考えてしまうことすらあるほど、私は満ち足りた気分だった。

大村純忠殿の横瀬浦滞在は六日間に及んだが、一五六三年の八月一日——永禄六年の七月十二日には、彼の本拠地である大村に帰られることになった。聞けば、ジャパゥンでは、この国の暦で毎年七月十三日から十六日にかけての四日間、盆（Bon＝盂蘭盆会）と呼ばれる行事があるらしい。これは、ジャパゥン各地で先祖を祀る提灯の祭り（festa das lanternas）だというが、大村純忠殿が大村へ戻るのは、この盆に参加するためではなく、逆に、盆の祭りを阻止するため――キリシタンとしての強い使命感があればこそ、だった。

私は、ジャパゥンでは、まだ、ひと月しか過ごしていない。この横瀬浦はキリシタンが大半を占める町なので、いまだ実物に会ったことはないのだが、この国には坊主（bonzo）と呼ばれる宗教家たちが多くいて、彼らの説く宗教を多くの日本人が信じているという事実は、これまでに読んだ定例報告で承知していた。盆の祭りを仕切るのは各地の坊主たちで、彼らは盆の時、人々の先祖のための祈禱をする見返りとして、多くの金品を受け取るのだという。そうした風習がイエス・キリストの教えに反することを、大村純忠殿は、今や、とても良く理解してくださっているようだった。

大村純忠殿は、我らの戒律（mandamento）を学び、それを遵守することにとても積極的で、『旧約聖書』に記されているモーセの十の戒律のひとつ、偶像崇拝（idolatria）のことを特に気にされていた。彼は初めて我らの教えに出会った少しあと、かつて彼が信仰していた摩利支天と呼ばれる悪魔の偶像（idolo）を焼き払ったことがある、と、本人から聞いた。それを誇らしげに語っていた時、先代領主（大村純前）の木像も偶像であることに、彼は気づいたのである。先代領主の木像は、これまでは、まさしく偶像として人々に敬われ、その気持ちにつけ込んだ坊主（ボンズ）たちは、先代領主の祈禱のため、と称して、大村純忠殿（ドン・バルトロメウ）や家臣（ヴァッサル）たちから、驚くほど多くの金品を受け取っていたのだ。そのような悪習は即刻、廃止せねばならぬ——と、大村純忠殿（ドン・バルトロメウ）は焦りにも似た使命感を抱いているようだった。

さらに我らが感心したのは、ただ盆（ボン）の祭りを阻止するだけではなく、坊主（ボンズ）たちに金品を貢ぐことを止める代わりに、領内の貧しき人々を二、三千人集めて食事をふるまうことを、彼は我らに約束してくださった。そうすることによって人々が我らの教えに感謝し、キリシタン（クリスタウン）になりたがる者が増えるだろう——と、彼は言った。その時の彼は、おそらく聖霊（シュピリトウ・サントウ）の善い影響もあり、古（いにしえ）の預言者（プロフエータ）(profeta) たちもかくや、と思えるほど自信と確信に満ち溢れていて、私たちは感嘆させられた。

ジャパウンで初めてキリシタン（クリスタウン）となられた大名（ダイミョウ）がこの御方であったことは、まさしくデウスの摂理（プロヴィデンスィア）である。そして、私がジャパウンに到着するのに時期を合わせたかのように彼がキリシタン（クリスタウン）となられたことにも、私たち双方の運命と、デウスの恩寵（グラーサ）を強く感じずにはいられない。

大村純忠殿（ドン・バルトロメウ）が大村（オオムラ）へ戻られたその夜、我らの居館（カーザ）で、私は、トルレスとジョアウン・フェルナンデスに、坊主（ボンズ）たちの宗教について質問する機会を得た。トルレスは二、三日前からまた熱病（フエーブリ）の症状が出て臥（ふ）せっており、ジョアウン・フェルナンデスも依然として体調が優れず長椅子（バンク）に横になりながら、であったが、私は、大村純忠殿（ドン・バルトロメウ）が対決されようとしている坊主（ボンズ）たちについて、きちんと知っておきたかったので、彼らに無理を言って、その夜は、つきあってもらった。

「坊主（ボンズ）たちは、たしか、仏（ホトケ）と呼ばれる悪魔（デイモーニウ）を崇拝しているのでしたね？」

「そうです……。我らイエズス会（クンパニア・デ・ジェズーシュ）も含めて、我らのカトーリク（católico＝キリスト教カトリック）では、たとえ宗派は違えど、御父（パードレ）（Padre）と御子（フィーリョ）（Filho）と聖霊（シュピリトウ・サントウ）の三位一体（トウリンダーデ）（Trindade）から成る真理（ヴェルダーデ）を信奉する姿勢は同じです……。しかし、坊主（ボンズ）たちは……仏（ホトケ）という名の悪魔（デイモーニウ）を崇める点は同じでも、十三もの異なる宗派があり……それらの教理（ドウトリーナ）は、まったく一致していません……。しかも、人々は、いつでも改宗することができるようで……、また、改宗によって責められることもありません……。改宗が珍しくない、という点において、この国はキリシタン（クリスタウン）の育ちやすい土壌である、とは言えますが……。人々の信じる心が弱いのは、仏（ホトケ）の代理人である坊主（ボンズ）たちが……とても宗教家とは思えないほど堕落しきっていることと無関係ではないでしょう……」

声を振り絞るようにして病床の中で語りながら、トルレスの口調が珍しく苦々しげなのは、熱にうかされているからではなく、坊主（ボンズ）と呼ばれる人種への強い嫌悪、軽蔑があるように感じられた。たとえ異教徒（ジエンテイウ）に対してであっても、彼がそこまで他人を忌避（きひ）するというのは、私の記憶にない。

「堕落――というのは、具体的には、どのような？」

「我らカトーリクでは、七つの重大な罪（ペカードゥ・モータウ）を犯さぬようにする備えとして、七つの美徳（ヴィルトウーデ）（virtude）を提唱していますね……」

うなずきながら、私は脳裡に思い浮かべた。

七つの重大な罪（ペカードゥ・モータウ）とは、すなわち――

高慢（スペールビア）（superbia＝威張ること）、
貪欲（アワリーティア）（avaritia＝欲深くなること）、
邪淫（ルシューリア）（luxúria＝淫らになること）、
瞋恚（イーラ）（ira＝激怒すること）、
貪食（グーラ）（gula＝むさぼり食うこと）、
嫉妬（インウイディア）（invidia＝羨み妬むこと）、
懈怠（ピグリーティア）（pigritia＝怠け怠ること）。

そして、それらに立ち向かうための七つの美徳（ヴィルトゥーデ）は――、

謙譲（ウミルダーデ）（humildade＝へりくだること）、
寛容（リベラリダーデ）（liberalidade＝寛く受け容れること）、
貞潔（カティスダーデ）（castidade＝貞操が固いこと）、
忍耐（パティエンティア）（patientia＝我慢強くあること）、
節制（テンペランサ）（temperança＝控えめであること）、
慈愛（カリダーデ）（caridade＝人を慈しみ愛すること）、

勤勉（ディリジエンティア）(diligentia ＝精を出して励むこと)。

「……恐るべきことに、坊主（ボンズ）たちは宗教家でありながら、七つの重大な罪（ペカードゥ・モータウ）のすべてを、日常的に、犯し続けているのです……」

トルレスの言葉に、私は耳を疑い、思わず叫んでいた。

「Ó meu Deus! Como pecaminosa!」（オー・メウ・デウス　コム・ペカミノーザ）（＝おおっ、我がデウスよ！　なんと罪深き！）

原罪（ペカードゥ・オリジナウ）(pecado original) を背負って生まれてくる我らは、かつてエヴァ (Eva) が最初の罪を犯したように、悪魔（テンタサウン）の誘惑に惑わされやすい性質を、誰もが持っている。だが、私たち自身も含めて世に罪深き者多しといえども、七つの重大な罪（ペカードゥ・モータウ）のすべてを日常的に犯し続けている者というのは、これまでの私の人生でも、会ったことがない。そのような大罪は、たとえ実行しようと思っても、並の人間には難しいようにすら思える。どうして、そのような罪深き者たちが、あろうことか宗教家として活動し続けられるのか——それこそ悪魔（デイモーニウ）信仰としか思えない、にわかには信じ難い話だった。

私がジョアゥン・フェルナンデスに目で確認すると、彼は、苦しげな表情で、うなずいた。それは、彼自身の体調の悪さゆえか、あるいは、坊主（ボンズ）たちの罪の深さを想像したがゆえの苦渋の気持ちなのか、私にはわからない。

トルレスは熱がつらそうだったが、説明を続けてくれた。

「仏（ホトケ）を信じる者たちに対する坊主（ボンズ）たちの態度は高慢（スペールビア）であり、常に金品を要求します……。また、どこかで死者が出た時、我らであれば、葬儀は教会（エクレーシア）で一回だけ行いますが、彼らは死者の出た家を数日おきに訪れ、幾度も幾度も葬儀を挙げ、そのつど必ず饗応を受け、それに加えて貢ぎ物として金品をも受け取るのです……。それは、勤勉（ディリジエンティア）ではなく、決して満たされぬ貪欲（アワリーティア）ゆえです」

　そこでトルレスは咳き込んだが、私は彼の身を案じるより、驚きの余り言葉を失い、質問することさえできなかった。ジョアウン・フェルナンデスが、トルレスをおもんぱかってか、説明を引き継いだ。

「彼らは……『我らはサラダ（サラーダ）のみを食べ、酒（サケ）は飲まない』……と公（おおやけ）には言いながら、陰では肉や魚を、たらふく食し……これは貧食（グーラ）し、なおかつ……酒（サケ）に溺れているのです……。また、彼らの懈怠（ピグリーティア）の一例としては道端で酔っぱらって泥酔している坊主（ボンズ）たち……を見かけたことが、幾度もあります……。これは、当然ながら、我らの同志（クンパニエール）には、ありえないことです……。我らであれば、たとえワイン（ヴィーニョ）をたしなんでも、酔うまで飲むことはありません……」

　ジョアウン・フェルナンデスが、そこでひと呼吸おいたところで、咳の少しおさまったトルレスが、この問題だけは自分自身で説明したいかのように、積極的に言葉を発した。

「我らカトーリクであれば、別宗派の活動を批判することはありませんが、坊主（ボンズ）たちは、同じ仏（ホトケ）を崇拝する他の宗派や我らのカトーリクが自分たちより支持され始めると嫉妬（インウィディア）により大いに批判するばかりか、怒り狂って我を忘れるという瞋恚（イーラ）の罪をも犯すのです」

　トルレスの抱いているボンズたちへの負の感情は、想像以上に大きいようだ。それだけ、彼らは坊主（ボンズ）たちに苦労させられてきたのだろう。話を聞きながら私は指折り数えていたが、挙げられた罪は、これで六つとなった。

「最後のひとつ、邪淫（ルシューリア）については、どのような……？」

そこで、トルレスは「O!（オー）」と嘆き、言葉を発するのも、ためらわれるように見えた。今度は、ジョアウン・フェルナンデスが説明した。

「パードレ・ルイス、あなたはまだ信じられないかもしれませんが……、残念なことに、この国には元々、貞潔（カティスダーデ）の概念がないのです……。また、彼らの多くは婚姻の秘蹟（カザメントウ・ヘリジオーゾ）（casamento religioso）も受けていませんので、男女とも、たとえ配偶者がいても、誰とでも気軽に性的な関係を持ちます……。そして、予期せず生まれた子供は平気で間引くという、極めて罪深き風紀の乱れが見られます……」

強くうなずいて、トルレスがそのあとを続けた。

「イエズス会（クンパニア・デ・ジエズーシュ）の一員として、我らは生涯童貞の誓いを立てていますが……、坊主（ボンズ）たちは宗教家でありながら女色に溺れ、のみならず、幼い少年たちとも性的な関係を持つ、衆道（シュドウ）と呼ばれる風習が常識となっています……。大人たちも、その罪深さを知らぬがゆえに、坊主（ボンズ）たちの乱行を黙認している状況なのです……。こうした蒙昧（もうまい）なる人たちに正しき道を教えるために、デウスは我らを、この地に遣わされたのでしょう……」

彼らの説明に対して、私は、返すべき言葉を見出せなかった。いくら性的倫理が確立されていない未開の社会だとはいえ、聖職者（クレーリグ）が女色に溺れるという時点で理解に苦しむし、坊主（ボンズ）たちが少年と性的な関係を持つことを周囲が受け容れているという事実に、私は戦慄を禁じ得なかった。

それらの事実から判断して、坊主(ボンズ)たちが崇拝する仏(ホトケ)は、悪魔(デイモーニウ)であるに違いない。そして、坊主(ボンズ)たちの為す悪行は、悪魔の誘惑(テンタサウン)という言葉で説明できる範囲を、はるかに超えている。本来はデウスや聖　霊(シュピリトウ・サントウ)同様に霊的(シュピリツアル)（espiritual）な存在であるはずの悪魔(デイモーニウ)が、坊主(ボンズ)たちの色身(コルプス)に乗り移り、操っているようにすら感じられる。

幸か不幸か、私自身は、この国に着いたばかりで、まだ坊主(ボンズ)たちと直接対峙した経験はない。だが、私は、親愛なる大村純忠殿(ドン・バルトロメウ)のことが急に心配になってきた。悪魔(デイモーニウ)の化身のような坊主(ボンズ)たちと真正面から対峙する大村純忠殿(ドン・バルトロメウ)に、どうかデウスのご加護(アジューダ・デイヴィーナ)がありますように……。

私は、ひたすら祈るしかなかった。

第四章　聖地炎上

Todavia por desagradar muito este concurso da conversão tão affluente ao demonio, e se arrecear do que a diante se esperava, conspirou secretamente nos corações de alguns parentes propinquos de Dom Bartholomeo uma grave conjuração contra ele e contra os Padres.

（＝しかしながら、このように、かつて予期された以上に我らの教えへの転向者が劇的に増えることが不愉快だと考えた悪魔（デイモーニウ）は、大村純忠（ドン・バルトロメウ）殿の親族や関係者たちの心の中に、彼と神父（パードレ）たちへの重大な陰謀を密かに囁きかけたのである）

デウスより選ばれし御方である大村純忠殿は、やはり、有言実行の人であった。横瀬浦から大村に戻られたあと、彼は先代領主の木像を焼き払って坊主たちが盆の祭りで人々から金品を得ることを阻止し、領内の二、三千人にも及ぶ貧しき人々に食事をふるまったそうである。それ以降、彼が予想し期待していた通り、キリシタンになる希望を抱いて、大村から横瀬浦まで訪ねてくる者たちが毎日、あとを絶たず、ひと月で五百人にも達しそうなほどだった。大名と呼ばれる大領主の領民たちへの影響の強さを、我らは、まざまざと思い知らされた。同時に、この国の大名として初めて大村純忠殿がキリシタンとなってくださったことに――そのように定めてくださったデウスに、改めて感謝した。

「大村純忠殿は、この国で最初にキリシタンとなられた大名というだけでなく、この国で最高のキリシタン大名として、デウスが我らに遣わされた御方に違いありません……」

病床のコスメ・デ・トルレスがしみじみとそう語っていたことも、印象的だった。トルレスは、いつも、大村純忠殿が彼の息子や孫であるかのように語る。そのような信頼関係を異国の殿と築けているのは素晴らしいし、あの殿なればこそ――と、私も納得できる。

盆の時期に領民に食事をふるまった八日後には、大村純忠殿は近隣諸国とのいくさに出たようである。その陣中においても彼みずから家臣たちに熱心に布教し、キリシタンになることを勧めている、という報告が我らの下に届いていた。

いくさ場（campo de batalha）にいる大村純忠殿から横瀬浦に送られてきたという書状を、横瀬浦の殿である朝長新助殿が、直接、我らに届けてくださった。

その書状によれば、大村純忠殿は、彼の本拠地である大村にも横瀬浦以上に立派な教会が建てられることを望んでいて、今は廃屋となっている領内の仏の寺院（mosteiro）を提供しても良いし、かつて悪魔が祀られていたその場所が適切でなければ、朝長新助殿の大村での居館を提供したい、という。それは、朝長新助殿自身の強い希望でもあるらしく、この穏やかなキリシタンの殿は澄んだ瞳を我らに向けて、「是非に」と訴えかけてきた。

我らにとって願ってもないお話であるが、トルレスの病状がいっこうに快復しないため、私も神父としての役割から横瀬浦を安易に離れるわけにはいかない。大村純忠殿と朝長新助殿には、トルレスの快復を待っていただくように、お願いするしかなかった。

その後、デウスの恩寵により、大村純忠殿はいくさで大勝利をおさめたらしい。戦勝祝いのため、朝長新助殿は大村へ赴いていた。横瀬浦に戻ってきた時、彼は我らに、また嬉しい知らせをもたらしてくださった。大村純忠殿の家臣団（vassalos）からの書状である。

大村純忠殿や朝長新助殿自身ではなく、家臣団から――というのは極めて異例、初めてのことであったので、その内容に我らは大いに関心を持った。今回も書状を持参してくださった朝長新助殿の表情からすれば、悪い知らせでないことは明らかであった。

ジャパウン語で書かれた書状の内容をポルトガル語に訳しながら我らに読み聞かせてくれたのは、ジョアウン・フェルナンデス・デ・オヴィエド。いつも疲れ果てた様子の修道士だが、その書状を読み上げるにつれ、彼の顔に驚きと喜びが広がり、生気が増していくように感じられた。

「これは、なんと……。今回の大勝利を受けて、大村純忠殿の家臣団でまだキリシタンになっていない方々の大半が、洗礼（バウテイズモ）を受けることを強く希望されているようです……」

これには、病床のトルレスも「Ô!（オー）」と、驚きと興奮のあまり上半身を起こしそうになり、無理をしないように、私たちが慌てて彼を制止せねばならぬほどだった。

我らの言葉がほとんどわからない朝長新助殿（ドン・ルイス）も、我らの喜ぶ様子を見て、嬉しそうに微笑み、「シン。ミナ、洗礼（バウチズモ）、キリシタン」と、うなずいてくださっていた。

「ただ、キリシタン（クリスタウン）にならんと希望する者の数が多く……彼らが順番に横瀬浦（ヨコセウラ）を訪問するのでは、いつまで経っても埒（らち）が明かない……。それゆえ、パードレ・コスメ、そして、イルマゥン・ジョアゥン・フェルナンデス——この私——に、ぜひ大村（オオムラ）へお越しいただきたい、とのことです……」

その件（くだり）になると、トルレスは目を閉じて眉根を寄せ、「ううむ」と唸った。熱病（フェーブリ）のためではなく、彼の健康状態が理由で、このまたとない申し出を受けられないことに、苦悩しているのだ。

「また、今はまだ仏（ホトケ）を信仰しておられる大村純忠殿（ドン・バルトロメウ）の夫人（シュポーザ）（esposa）も……大村（オオムラ）に教会（エクレーシア）ができて、家臣団（ヴァッサルス）が大量にキリシタン（クリスタウン）となれば、おそらく洗礼（バウテイズモ）を受けられるはず……とも書かれています。そのためにも、ぜひ、パードレ・コスメに、お越しいただきたい、と……」

ジョアゥン・フェルナンデスは、文章を目で追って訳しながら、病床の神父（パードレ）の様子をも、ちらちらと窺っていた。

「こんなにもありがたいお話は、ありませんね……。大村純忠殿（ドン・バルトロメウ）の揺るぎなき信仰（フィーデス）に、デウスがお応えくださった、ということでしょうか……。私が、せめて……もう少しだけでも元気であったなら……今すぐに……這ってでも、大村（オオムラ）へ行きたいところですが……」

両手で顔を覆うトルレスは、一気に何歳も老け込んだように、弱々しい声になっている。彼の腕に、私は、そっと手を添えた。

「パードレ・コスメ、それでは私が代わりに、大村（オオムラ）へ参りましょうか。この国の言語（リングア）も社会のしきたり（コンヴェンサウン）(convenção)も、いまだわからぬことだらけですが、経験豊富なイルマゥン・ジョアウン・フェルナンデスが補佐してくださるなら、私が大村（オオムラ）でミッサを執り行うことはできるはずです」

トルレスは両手で顔を覆ったまま少し考えてから、私の手に自分の手を重ね、目は閉じたまま首を左右に振った。

「パードレ・ルイス、ありがとうございます……。たしかに、ただミッサを執り行うだけであれば、イルマゥン・ジョアウン・フェルナンデスの助けがあれば可能でしょう……。ですが……、教会（エクレーシア）の場所を選定したり、そのほか、細々とした相談ごとに対処したりするのは、この国に来てひと月のあなたには、難しいことが多いはずです……。私の病状が少しでも快復すれば、すぐに大村（オオムラ）へ伺います……。ご了解いただけないでしょうか……」

最後のところは、病床で首をもたげ、朝長新助殿（ドン・ルイス）のほうを見ながらの訴えだった。朝長新助殿（ドン・ルイス）は、その言葉を通訳される前にトルレスの表情と声から返答の内容を察したようで、「デアルカ……」と、とても残念そうに肩を落とした。

我らとしては、最良の理解者であるこの横瀬浦（ヨコセウラ）の殿（トノ）を失望させたくはない。だが、トルレスの決断も理解できるし、ジャパウン布教長（スペリオール・デ・ジャパウン）である彼の決断には、従うほかはない。

　誰よりもやさしいことで定評のある朝長新助殿（ドン・ルイス）は、少し天井を見て何事かを考えたのち、うなずいて、穏やかに微笑してくださった。そして、トルレスの体調が回復したら、すぐに大村（オオムラ）を訪問する——その方針で、大村純忠殿（ドン・バルトロメウ）の家臣団（ヴァッサルス）に彼から返事をしていただけることになった。

　表向きは納得されたご様子でも、去ってゆく朝長新助殿（ドン・ルイス）の背中には強い失意が感じられて、我らは罪悪感を抱いた。我らにとって、またとない布教の機会を得られそうな時に、トルレスが熱病（フェーブリ）で病臥しているというのは、悪魔の妨害（インテッフエレンスイア）（interferência）なのかもしれない。このように、我らにとって良い状況が続いている最中に悪魔の妨害（インテッフエレンスイア）が入ることは、珍しくない。もちろん、デウスは全能なので、それすらも摂理（プロヴィデンスイア）の一部である。悪魔（デイモーニウ）が自由に動き回ることをデウスがあえて黙認されているのは、我ら人間が悪魔の妨害（インテッフエレンスイア）や悪魔の誘惑（テンタサウン）に屈さずにいられるかどうかを試されているからこそ、なのだ。

　このような時に私がよく思い出して、心の支えにしている聖句（シュクリプトゥム）がある。

「Tribulatio patientiam operatur（トリビュレイシオ・パティエンティアム・オペラートゥル）. Patientia autem probationem（パティエンティア・アウテム・プロバティオーネム）, probatio vero spem（プロバーティオ・ウエーロ・スペム）, spes autem non confundit（スペス・アウテム・ノン・コンフンディット）.」（＝患難は忍耐を養う。忍耐だが、それは試される期間であり、試される期間に希望がある。この希望には、失望させられることがない）

　もし我らの航海において好天しかなく、嵐（テンペシュターデ）の危険がなければ、我らは、いのちの大切さを忘れてしまう。嵐（テンペシュターデ）に耐え忍びながら、それを乗り越えられたらと願う希望の中で、好天の恵みに気づくことができるのだ。今回のトルレスの病臥は、その意味で、嵐（テンペシュターデ）の試練に似ていると言える。嵐（テンペシュターデ）の航海では、いのちを落とす者もいれば、助かる者もいる。それを決められるのはデウスだが、我らはデウスを信じて祈ることができる。トルレスの体調が回復して一日も早く大村（オオムラ）に赴けるように、私たちは祈るしかない。

一五六三年の八月十一日——永禄（エイロク）六年の七月二十四日、朝長新助殿（ドン・ルイス）が大村（オオムラ）へ出立したその日の夜、それまで大友宗麟殿（オオトモソウリンドノ）の領地である豊後（ブンゴ）で活動していた同志（クンパニエール）——ポルトガル出身の修道士（イルマウン）であるアイレス・サンシェス（Ayres Sanches）が、日本人（ジャプネーシュ）とシナ人（シネーシュ）（Chinês）の少年を五、六人連れて、横瀬浦（ヨコセウラ）へやってきた。

かつて読んだ定例報告（ヘラトーリウ）によれば、アイレス・サンシェスがイエズス会（クンパニア・デ・ジエズーシュ）に入ったのは、一昨年（一五六一年）のことだったはずである。彼もルイス・デ・アルメイダ同様、最初は商売人（コメルシアンテ）としてジャパウンへやってきたのだが、我らの活動を良く補佐してくれ、また、ジャパウン語をある程度まで習得していることもあり、イエズス会（クンパニア・デ・ジエズーシュ）の修道士（イルマウン）として迎え入れられた、と聞いていた。

「Boa noite（ボアノイテ）.（＝こんばんは）パードレ・ルイス、お会いできて光栄です」

「Boa noite（ボアノイテ）. イルマウン・アイレス、あなたはポルトガルのご出身なのでしたね。リスボン（リジュボア）ですか？」

彼の雰囲気になつかしい感じがしたので、ルイス・デ・アルメイダと同じく、私と同郷でリスボン（リジュボア）出身かと思ったのだ。

「いえ、ヴィアナ（・ドゥ・カステール）（Viana do Castelo）です」

彼が挙げたのは、ポルトガル北部の港町の名だった。ポルトガル名産の緑ワイン（ヴィーニョ・ヴェルデ）（vinho verde）の産地としても有名な場所である。なつかしい雰囲気だったのは、港町の出だから、なのかもしれない。

「そうでしたか。元々は商取引（コメールシウ）でジャパウンに来られたのですね？」

「実家は代々、商売人（コメルシアンテ）なのですが、まさかこんなにエウロパ（ヨーロッパ）から遠く離れた国で自分が修道士（イルマウン）として活動することになるとは、ほんの数年前には、夢にも思っていませんでした」

「そうした人生の神秘（ミステーリウ）こそ、デウスのお導き（オリエンタッサウン・デイヴィーナ）に、ほかならないでしょう。イルマウン・アイレス、あなたはジャパウン語をだいぶ使えると聞いています。私にはまだわからないことだらけですので、いろいろと教えてください」

「もちろん、私でお役に立てることがあれば、喜んで」

アイレス・サンシェスは私の五歳上で、今年、三十六歳になるらしい。ジョアウン・フェルナンデスの一歳下となるが、過労で今にも倒れそうなジョアウン・フェルナンデスとは対照的に、サンシェスは健康そうだった。トルレスやジョアウン・フェルナンデスに対しては、彼らの健康状態が心配で、あまり質問攻めにできないが、このサンシェスには遠慮なく質問できそうだ。

サンシェスは、ヴィオラ・デ・アルコ（viola de arco）の演奏やミッサでの奉仕（セルヴィッス）（serviço）を教え込んだ少年たちを、四日後に迫った聖母マリーア被昇天の祭日（フェスタ・ダ・アサンプサウン・ダ・ヴィルジエン・グロリオッサ・ノッサ・セニョーラ）（festa da Assumpção da Virgem gloriosa Nossa Senhora）のために連れてきてくれた。サンシェスは少年たちに、ポルトガル語やラティン語も少し教えているようだ。その話を聞いたせいか、サンシエスには、商売人（コメルシアンテ）というよりも、どことなく音楽家（ムーズイク）（músico）や教育者（エドゥカドール）（educador）のような雰囲気が感じられる気がした。彼は物事を他人に教えることに向いてそうなので、彼からジャパウン語や、この国のことについて学びたい、という気持ちが強まった。

ミッサを盛大に執り行うために、わざわざサンシェスが駆けつけてくれたのには、理由がある。少し前に、インディア管区長（プロヴィンスィアル・デ・インディア）（Provincial de Índia）のアントニウ・デ・クアドロス（Antonio de Quadros）から書簡（カールタ）が届き、「八月十五日の聖母マリーア被昇天の祭日（フェスタ・ダ・アサンプサウン・ダ・ヴィルジエン・グロリオッサ・ノッサ・セニョーラ）のミッサをルイス・フロイスが執り行い、そこで、コスメ・デ・トルレスに終油の秘蹟（シュトゥレーマ・ウンサウン）（extrema unção）を授けるべし」、との通達があったのだ。

終油の秘蹟（シュトゥレーマ・ウンサウン）は、イエス・キリスト（ジェズーシュ・クリーシュトゥ）が病人に油を塗って治癒させたことに由来する、病気の者を癒すための秘蹟（サクラメントゥ）であったが、現在では、臨終の迫った者が、いつ最期の時を迎えても良いように、心身を備えるために行われる。トルレスは、その時期に来ていると三年前から考えられていたのだが、これまでは、彼自身以外に神父（パードレ）がこの地にいなかったため、ずっと先送りになっていた。

八月十五日は聖母マリーア（ヴィルジエン・マリーア）（Virgem Maria）が天に召された日であり、また、我らイエズス会（クンパニア・デ・ジエズーシュ）が創設された日でもあり、さらに、フランシスコ・シャヴィエール、コスメ・デ・トルレス、ジョアウン・フェルナンデスが十四年前に初めてジャパウンに到着した日でもある。そのため、シャヴィエールはジャパウンに到着した際、この地の守護を聖母マリーア（ヴィルジエン・マリーア）に求めた。聖母マリーア（ヴィルジエン・マリーア）は、我らイエズス会（クンパニア・デ・ジエズーシュ）だけでなく、ジャパウンという国の守護聖人（パドゥルエイル）でもあるのだ。

今は亡きシャヴィエール自身も、今後、福者（ベアトウ）や聖者（サントウ）に列されたあかつきには、ジャパゥンの守護聖人（パドゥルエイル）となられるべき方かもしれない。

我らにとって特別な意味を持つ八月十五日という節目に終油の秘蹟（シュトウレーマ・ウンサウン）を受けることになったのはトルレスのこれまでの美徳（ヴィルトウーデ）あればこそであろう。そのミッサを執り行う役割を与えられた私自身の責任に、身の引き締まる思いだ。特別な日に、私がジャパゥンでの初めてのミッサを執り行うことにしてくださったデウス、そして、聖母マリーア（ヴィルジエン・マリーア）のご加護（アジューダ）（ajuda）のありがたさを想う時、私は震えるほどの感謝を抱かずにはいられない。

アイレス・サンシェスが横瀬浦（ヨコセウラ）に到着した二日後——つまり、朝長新助殿（ドン・ルイス）が大村（オオムラ）へ発った二日後、この殿（トノ）が大村純忠殿（ドン・バルトロメウ）と家臣団（ヴァッサルス）の連名による新たな書状（ショジョウ）を手に早くも戻ってきたので、私たちは大いに驚かされた。そして、彼がもたらしてくれた書状（ショジョウ）は、またしても、予想していなかった内容だったのである。

「パードレ・コスメがご病気のため横瀬浦（ヨコセウラ）から動けぬ状況は極めて残念であるが、了解した……。であれば、ぜひ、パードレ・ルイスと、イルマゥン・ジョアゥン・フェルナンデスに、できるだけ早く大村（オオムラ）へお越しいただきたい……」

ジョアゥン・フェルナンデスが書状（ショジョウ）の内容を翻訳しながら読み上げてくれるのを聞きながら、私は驚きの声を上げてしまった。まさか、自分が名指しされるとは思っていなかったのだ。

「むろん、パードレ・ルイスがジャパゥンに来て日が浅いことは承知しているが……イルマゥン・ジョアウン・フェルナンデスが一緒であれば、我らが期待する務めは果たしていただけるものと信ずる……。大村殿(オオムラドノ)――すなわち大村純忠殿(ドン・バルトロメウ)――も、家臣団(ヴァッサルス)一同も、そのことを強く希望している。日が経ちすぎて彼らの気持ちが変わってしまう前に、一刻も早くお越しいただきたい。何卒よろしくお頼み申し奉る……」

言語(リングア)の壁があるとはいえ、先月、ジョアウン・フェルナンデスを交えて横瀬浦(ヨコセウラ)で大村純忠殿(ドン・バルトロメウ)と共に過ごした時間は、私にとって忘れ難い経験となった。この異国の地で私を快く受け容れてくれた彼には、人種や立場を超えて友情を感じたし、彼のほうでもそう感じてくれたと、私は信じている。大村純忠殿(ドン・バルトロメウ)が私を信頼してくださっているからこその、今回の家臣団(ヴァッサルス)の依頼だとすれば、受けない選択肢はないように思えた。トルレスが病臥していることは悪魔の妨害(インテツフエレンスイア)ではなく、私を大村(オオムラ)へ赴かせるためにデウスが定められた摂理(プロヴィデンスイア)なのかもしれない。

朝長新助殿(ドン・ルイス)も「フロイス殿(ドノ)、是非に(ゼヒニ)。お頼み申す(オタノミモウス)」と、彼にしては強い口調で私に迫った。私もむろんそのつもりだが、二日後に控えている大きなミッサのことを想定しながら、トルレスのほうを見た。

病床の神父(パードレ)は、目を閉じ、観念したように言った。

「大村純忠殿(ドン・バルトロメウ)や朝長新助殿(ドン・ルイス)、それに家臣(ヴァッサル)の方たちが、そこまで言ってくださっているのなら……パードレ・ルイス、イルマウン・ジョアウン・フェルナンデス、あなたたちに大村(オオムラ)行きを任せましょう……。ただし、パードレ・ルイス、二日後のミッサが済んでからにしてください……。朝長新助殿(ドン・ルイス)にも、その旨は、ご理解いただきましょう……」

朝長新助殿は、今すぐにでも私たちを連れて大村へ戻りたいように見えたが、二日後のミッサの特別な意味を説明すると理解してくださった。ミッサが済んでから大村へ向かうことで、私たちは合意した。

大村純忠殿の本拠地である大村の地で彼と再会することを想像するだけで、私の胸は高鳴る。だが、この国での私の最初の大仕事として、まずは二日後のミッサを、きちんとやり遂げねばならないだろう。

一五六三年八月十四日——永禄六年七月二十六日。ミッサの前日、横瀬浦の町や港は、賑々しい雰囲気に包まれていた。横瀬浦の町民たちは、説明を受けても終油の秘蹟の意味がよく理解できないようであったが、トルレスのために特別なミッサが執り行われる——しかも、それは、聖母マリーアに感謝するためのミッサでもあることを知ると、居ても立ってもいられない様子で、周囲の丘から採ってきた美しい枝や旗で家々を飾り立て、彼らの持ついちばん上等な服を着ていた。また、横瀬浦港には、ドン・ペードゥルの聖十字号のほかに、到着して間もない輸送用帆船（galeão）と大型の高速帆船（junco）も停泊していた。それらの船のポルトガル人乗組員たちのあいだでもコスメ・デ・トルレスの美徳は有名であったので、彼らはトルレスのために船を旗で盛大に飾り、いつでも祝砲を放てるように準備を整えてくれていた。

その夜の晩課（vésperas）で少年たちが歌い、私がラテン語の祈禱文（oratio）を唱えていた時のことだった。私は不意に悪寒を感じて、よろめいた。最初は気のせいだと思った。しかし、頭が次第に熱っぽくなってくるのが感じられ、声を発していても心は上の空で、立っていることさえ、つらくなってきた。

何とか晩課（ヴェースペラス）は終えられたものの、その後、横瀬浦（ヨコセウラ）に着いて間もないポルトガル人（ポルトゥゲーシュ）船員たちの告解（コンフィッサウン）(confissão＝犯した罪の告白)を聴く重要な職務が私にはあった。翌日のミッサを終えたら私は大村（オオムラ）へ旅立つし、トルレスは今、動けないほど体調が悪い。その夜、私が彼らの告解（コンフィッサウン）を聴くしかなかったのである。

告解室（サーラ・デ・コンフィッサウン）(sala de confissão)の中で意識が朦朧（もうろう）としながらも、どうにか全員の告解（コンフィッサウン）を聴き終えた。居館（カーザ）に戻った時には夜の十時で、部屋に入るなり私が倒れてしまったので、周囲は慌てた。「伴天連様（パテレンサマ）……」、「パードレ・ルイス……」などと私を呼ぶ声は、空気に膜がかかったかのように、不思議なほど遠くから聞こえていた。

寝台（カーマ）に横たわってからも、頭は茹（ゆ）でられているように熱く、帆船（ナウ）の中にいる時のように世界が上下し、船酔いに似た酩酊感（めいていかん）もあった。吐きけや寒けも感じていたが、それよりも、このままでは明日の重要なミッサを執り行えないかもしれない……という焦りが私を大いに苦しめていた。私にとって、この国で初めて執り行うミッサである――という個人的な感慨は重要な問題ではないが、イエズス会（クンパニア・デ・ジェズーシュ）の創設記念日に、我らの守護聖人（パドゥルエイル）である聖母マリーア（ヴィルジエン・マリーア）に捧げる我らにとって特別なミッサであり、何よりも、トルレスに終油の秘蹟（シュトウレーマ・ウンサウン）を授けるミッサなのだ。この大役を務められる司祭（サセルドーテ）は、今、この地に私しかいない。何とかミッサを無事にまっとうできますように……と、私は、熱にうかされ全身から発汗しながら、デウスと聖母マリーア（ヴィルジエン・マリーア）に祈り続けた。

一睡もできぬまま朝を迎える頃には、横瀬浦(ヨコセウラ)の教会(エクレーシア)は、屋内だけでなく周囲まで、たくさんのキリシタン(クリスタウン)で溢れていた。高熱のため私は頭と色身(コルプス)の節々が痛く、立ち上がろうとするだけで悲鳴を上げてしまうほどだった。周囲の者に手伝ってもらい何とか典礼服(ヴェステ・リトウージカ)に着替えると、デウスの恩寵(グラーサ)と司祭(サセルドーテ)としての責任感もあり不思議な力が湧いてきて、何とか乗り切れそうな気がしてきた。

そして、我らにとって特別なミッサが始まる。キリシタン(クリスタウン)たちが入祭(イントロイトウ)の聖歌をラティン語で合唱する中、私は、ふらつきそうになりながら、なんとかまっすぐ歩いて入場した。キリシタン(クリスタウン)たちの強い信仰(フイーデス)が、高熱をも一時的に忘れさせるほどの至福を、私に与えてくれている。私は説教壇(プウピトウ)からラティン語で聴衆に語りかけ、聖母マリーア(ヴィルジエン・マリーア)についての説教(セルマウン)をした。それをアイレス・サンシェスがジャパウン語に訳して伝えるのを、聴衆は一生懸命な表情で聴いていた。その後、全員で聖母への祈り(アーウエ・マリーア)(Ave Maria)を合唱すると、さらなる歓喜の念が込み上げてくる。

続いて、この日の主役であるトルレスが両脇を抱きかかえられながら入場してくると、参列者から「伴天連様(バテレンサマ)!」、「トルレス様(サマ)!」と、どよめきが生じた。トルレスは祭壇の前に座らせられると、そのまま力尽きてしまったかのように、いったん床に倒れ伏してしまったが、渾身の力で少しずつ上半身をまっすぐに起こし、さらに、両手を翼のように大きく広げた。

「我らが主デウス(デウス・ノッス・セニョール)!　この愚かなる下僕、コスメ・デ・トルレスに慈愛の光をお与えくださり、こんにちまでお導きいただいたことに感謝いたします!」

それは、今の彼の体調を考えると信じられないほど大きな、霊魂(アニマ)の叫び声であった。鎮まり返った聴衆の耳には、より大きく、霊魂（アニマ）の奥底まで響いたはずだ。叫んだ後、トルレスは感極まったのか涙を流し、両手を広げたまま色身（コルプス）を震わせ、嗚咽を漏らし始めた。年老いた神父（パードレ）のそうした姿を目のあたりにした参列者からも泣き声が上がり始め、誰もが涙を流し、声を限りに泣き叫び始める。聴衆の慟哭は我ら全員の霊魂（アニマ）を震わすほどの音の波となり、私は、しばし高熱のことも忘れてしまうほどの感動で、言葉を失っていた。

そこから私の意識は途切れ途切れで、もうほとんど思い出すことができない。どうにかミッサを務め終え、居館（カーザ）に戻るとすぐに、典礼服（ヴェステ・リトウージカ）のままその場に倒れてしまったことは、おぼろげに憶えている。

次の記憶では、私は下着だけの姿で、寝台（カーマ）に寝かされていた。近くにいた者に、トルレスの安否を尋ねた。トルレスは少し体調が回復したので、ポルトガル人（ポルトゥゲーシュ）たちの宴会に顔を出している、という返答を聞くと、安心し、そこで私の意識は完全に闇に沈んだ……。

延々と続く大海原を、一隻の帆船（ナウ）が航行している……。

夜空には月もなく、星もなく、陸地も見えないが、光のないその暗闇の中で、なぜか私には、その船の姿がうっすらと見えている。甲板（コンヴエシュ）は無人だが、その船は私そのものなのだ——と、思った。

船を上空から俯瞰（ふかん）していた視点が切り替わり、私は船首に立って、少しずつ白み始めた水平線を見つめていた。聖者（サントウ）の光輪（ハロ）（halo）のような太陽が姿を見せ始め、その放射状の光の中に、誰かの顔が見えた。

「パードレ・メストレ・フランシスコ……あなたなのですか？」

それは、たしかに、シャヴィエールのお顔であるようだ。

まぶしい輝きの中で、シャヴィエールは、やさしく私に微笑んだ。


朝長新助(ドン・ルイス)殿と共に、大村(オオムラ)へ行かねば――！

その重大な使命(ミッサウン)を思い出して、私は慌てて目を醒ました。私の寝台(カーマ)のすぐとなりの椅子に、アイレス・サンシェスが座っている。私を看病してくれていたのか。朦朧とする意識の中、私は彼に尋ねた。

「イルマゥン・アイレス、朝長新助(ドン・ルイス)殿は……どこですか？　殿(トノ)をお待たせして……申し訳ないです……。今から急いで支度せねば――」

発熱のため喉が腫れているようで、声を発するのも大変だった。私は上半身を起こそうとして、サンシェスに制された。以前、私がトルレスにしたその制止の動作が、今や逆転してしまった。

「パードレ・ルイス、どうかご無理なさらず、お休みください。朝長新助(ドン・ルイス)殿は、家臣(ヴァッサル)の方たちと、もう大村(オオムラ)へお戻りになりました」

思考がうまく働かず、彼の言うことが理解できない。

「……どういうことですか？」

「パードレ・ルイスのご体調が優れないようなので、大村(オオムラ)へ同行していただくのは難しい、と朝長新助(ドン・ルイス)殿は判断されたのです」

私は、横になったまま首だけを持ち上げて、同じ部屋にあるトルレスとジョアウン・フェルナンデスの寝台(カーマ)が空であるのを目で確認した。

「もしや……パードレ・コスメとイルマウン・ジョアウン・フェルナンデスが、私の代わりに朝長新助(ドン・ルイス)殿に同行されたのですか？」

だとすれば、特にトルレスには申し訳が立たないが、サンシェスは首を左右に振った。

「いえ……。パードレ・コスメは、本日は少し体調が回復されているようですので、ポルトガル人(ポルトゥゲーシュ)の客人たちと別室でお話しされています。イルマウン・ジョアウン・フェルナンデスも同席されています。ただ、パードレ・コスメは、まだ熱もありますし、とても大村(オオムラ)に赴けるご体調ではないので、朝長新助(ドン・ルイス)殿は、今回の機会は断念し、報告のため大村(オオムラ)へ戻られた次第です……」

「ああ、なんと……。朝長新助(ドン・ルイス)殿には申し訳ないことをしました……」

今回は私が大村(オオムラ)に同行できると朝長新助(ドン・ルイス)殿を大いに期待させて、ミッサのために二日も待っていただいたというのに、結果として、彼にまた失意の報告を持ち帰らせてしまったことに、強い罪悪感があった。せっかくデウスが与えてくださった布教の好機を、私の急な発熱のせいで逃してしまうとは……残念でならない。

「ですから、どうか今は、お休みください……」

そう言ってうなずくサンシェスの顔がなぜか不意に遠ざかり、深い穴に転落していくような墜落感を伴って、私の意識は闇に沈む――。しかし、すぐ次の瞬間には、私はサンシェスに揺り起こされていた。

「パードレ・ルイス……！　起きてください、パードレ・ルイス！」

たった今、「お休みください」と言われたばかりなのに、「起きてください」と言われるのも理不尽な気がしたが、もしや、私の意識が飛んで、長い時間、深い眠りについていたのであろうか……。時間の感覚がないが、室内にはろうそく(ヴェーラ)が灯っているので、まだ朝ではない。頭をもたげると、いつの間にか寝台(カーマ)の中に横たわっているトルレスとジョアウン・フェルナンデスも、私のあとに、サンシェスが順に揺り起こしているところだった。

依然として熱による気怠(けだる)さはあったが、同志(クンパニエール)のただならぬ様子に、緊張感が増した。

「イルマウン・アイレス、そのように慌てて……何事ですか……？」

「大村純忠(ドン・バルトロメウ)殿と朝長新助(ドン・ルイス)殿が……、殺害されたようなのです……」

「――なんですって！」

驚きのあまり反射的に上半身を起こしてから、頭がふらついて、私は両手を後ろについた。今度はサンシェスも私の動きを制止しなかった。

「大村(オオムラ)へ戻る途中の朝長新助(ドン・ルイス)殿の船が夜陰(やいん)に乗じて襲撃され、乗っていた者たち全員が殺害されたようです。彼らは『伴天連(バテレン)と伊留満(イルマン)を殺した！』と騒ぎ立てているようですので、パードレ・ルイスとイルマウン・ジョアウン・フェルナンデスが乗船していると誤解して襲撃したようです」

熱のせいもあってか、私には、状況が飲み込めない。

「海賊（ピラータ）……ですか？　大村（オオムラ）のほうへ向かう航路でしたら、外海を根城とする海賊（ピラータ）に襲われることは考えられないのでは……？　大村湾（バイーア・デ・オオムラ）の周辺は、大村純忠（ドン・バルトロメウ）殿の領内ですし……」

　そこで私は、何が起きたのかを察した。私の表情の変化を見て、サンシェスは、うなずいた。

「今回の話は、すべて、大村純忠（ドン・バルトロメウ）殿の家臣（ヴァッサル）たちの仕掛けた罠だったのです。パードレ・ルイスとイルマウン・ジョアウン・フェルナンデスを朝長新助（ドン・ルイス）殿に連れてこさせ、その道中で全員を殺害する――というのが連中の計略だったようです。朝長新助（ドン・ルイス）殿を殺害したあとで連中はのろし（スィナル・デ・フーム）(sinal de fumo) を上げ、大村（オオムラ）の仲間たちに大村純忠（ドン・バルトロメウ）殿襲撃の合図をしたそうです。そう騒いでいるのを聞いた者が、大急ぎで駆けつけて、先ほど報告してくれました。大村純忠（ドン・バルトロメウ）殿は、いつも頼りにしている彼の忠臣が夫人（シュポーザ）を故郷にお送りしているところで、警備は手薄だったようです。夜半に大人数で居館（カーザ）を包囲され急襲されたら、さしもの大村純忠（ドン・バルトロメウ）殿といえども……」

　その先は、口にするのも、はばかられるようだった。大村純忠（ドン・バルトロメウ）殿の家臣（ヴァッサル）たちが、私たちを急いで大村（オオムラ）に呼びたがっていた理由が、ようやくわかった。大村純忠（ドン・バルトロメウ）殿が頼りにしている忠臣の留守をねらっていたからこそ、彼らは、どうしても急ぐ必要があったのだ。

「大村純忠（ドン・バルトロメウ）殿と朝長新助（ドン・ルイス）殿が……」

　彼らのことを思うと、涙が溢れて止まらない。この国で最高の我らの理解者であることを抜きにしても、あのふたりの殿（トノ）は人間的に素晴らしく、我らは彼らを心から愛していた。朝長新助（ドン・ルイス）殿は、数時間（オーラ）前までは私が執り行うミッサの最前列に座り参加してくださっていた。彼はいつも通り、澄んだ瞳で、私のラティン語の｜説教《セルマウン》を真剣に聴いてくださっていたのだ！　彼の姿を見るのは、それが最後になってしまう——などと、デウスと違って全能ならざる私に、どうして予想できたであろうか。

もし私の熱がひどくなければ、ミッサのあと、すぐ｜大村《オオムラ》に発って、今夜にも｜大村純忠殿《ドン・バルトロメウ》に再会できるはず——と私は心から期待していた。昨夜からの急な発熱がなければ……私は今頃、殺されていたことになる……。

自分はデウスに生かされた——その感謝と同時に、どうして、｜大村純忠殿《ドン・バルトロメウ》や｜朝長新助殿《ドン・ルイス》は護られなかったのか、という疑問もあった。

熱を出すことで私を救ってくださったように、デウスには、｜大村純忠殿《ドン・バルトロメウ》や｜朝長新助殿《ドン・ルイス》を救えたはずである。だが、そうならなかったのは、彼らが私以上に｜キリシタン《クリスタウン》としての｜美徳《ヴイルトウーデ》を既に積んでいたからなのか……。

｜イエス・キリスト《ジエズーシユ・クリーシユトウ》は、全人類の｜罪《ペカードウ》を背負い、｜過越の祭《セレブラツサウン・デ・ペサハ》（celebração de Pessach）の日を選んで全人類の｜罪《ペカードウ》を｜贖《あがな》うためのデウスの｜仔羊《アニユス・デイ》（Agnus Dei）として｜磔刑《クルスイフイカツサウン》を受けられ、その｜受難《パシオン》（Pasión）により、デウスと人類の「｜新約《ノーヴム・テシユタメントウム》」（Novum Testamentum＝新しき契約）を結んでくださった。その後、｜異教徒《ジエンテイウ》にも教えを説いて回った｜使徒《アポストウル》（apóstolo）たちにより、我らカトーリクは今や全世界に広がり、盤石のものとなったのである。｜殉教《マルテイル》（mártir）を恐れずに宣教を続けた｜使徒《アポストウル》たちの血が、道を築いたのだ。

｜モーセ《モイゼス》と｜ヨシュア《ジヨズエ》の時代——いや、それ以前のカイン（Caim）と｜アベル《アベウ》（Abel）の時代や、アブラハム(アブラウン)とイサク(イザーキ)、ヤコブ(ジャコー)の時代より、繁栄の代償としてデウスが常に生け贄(サクリフィツスイウ)(sacrificio)の血を求めてきたのが人類の歴史である。

大村純忠(ドン・バルトロメウ)殿と朝長新助(ドン・ルイス)殿も、そのような聖者(サントウ)たちの列に加わるべく、殉教(マルテイル)の誉れをデウスから賜わったというのであろうか……。もしそうであるとしても、あまりにも唐突で、すぐには気持ちの整理がつかない。彼らと過ごした時間が、次々に思い起こされる。発熱のせいもあり、私は激しく混乱していた。

「パードレ・ルイス、パードレ・コスメ――そして、イルマウン・ジョアウン・フェルナンデスも。皆さん、ご体調が優れない中、申し訳ありませんが、すぐに逃げていただかねばなりません」

サンシェスの言うことが、また私には理解できない。放心状態の私の肩を力強く摑み、サンシエスは毅然(きぜん)とした声で言った。

「パードレ・ルイス、連中は、あなたも殺害するつもりだったのです。今回の叛乱は、大村純忠(ドン・バルトロメウ)殿がキリシタン(クリスタウン)になったことに家臣(ヴァツサル)たちが反発したものである可能性が高いでしょう。既に殿(トノ)をふたり殺している彼らは、パードレ・ルイスを殺しそこねたことに気づけば、すぐに横瀬浦(ヨコセウラ)までやってくるはずです。キリシタン(クリスタウン)たちも、心配して集まってきています。我らだけでなく、彼ら自身も危険です。パードレ・ルイス、さあ支度を――！」

熱が引いたわけではないのだが、驚きと緊迫感で、何とか動くことができそうだった。急いで着替えを済ませて外へ出ると、トルレスとジョアウン・フェルナンデスもいて、キリシタン(クリスタウン)たちが教会（エクレージア）の周りに集まってきていた。東の空は少し明るくなり始めている。彼らは我らを不安げに見ながら、しきりに「伴天連様（バテレンサマ）、伊留満様（イルマンサマ）、オニゲクダサイ」と、繰り返していた。「オニゲクダサイ」という言葉は初めて聞いたが、彼らの身振りや表情から、それが「Deve fugir.（デーヴェ・フジー）」（＝逃げて）という意味の言葉であることは察しがついた。

誰かが「ヒジャ、ヒジャ」と謎の言葉を叫び、横瀬浦（ヨコセウラ）の町の一角が燃えているのに我らは気づいた。早暁だが、家々から町民たちが飛び出してくる。彼らは口々に何かを叫びながら、走り回っている。

「敵襲かもしれません。さあ、急いで港（ポルトウ）のほうへ！」

サンシェスに促され、我らは大勢のキリシタン（クリスタウン）たちに囲まれて、港（ポルトウ）のほうへ移動を開始した。ところが、トルレスは片脚が不自由である上に、熱もあって、なかなか進めない。私自身も熱のせいでめまいがして、どちらの方角に港（ポルトウ）があるのかもわからない有様である。必然的に、トルレスと私が最後尾になる。サンシェスたちが何度も戻ってきては、私たちの手を引こうとしてくれるのだが、鉛でも入っているかのように不思議なほど脚が重く、私も、トルレスと同じくらい歩くのが遅くなってしまう。

「イルマウン・アイレス……あなたは、皆と先に……あとで合流します……」

サンシェスは迷った顔になったものの、ほかの者を先導するために、歩み去った。彼らとの距離が少しずつ開きながら、ようやく我らが丘を迂回し終えて港（ポルトウ）が見えた時、トルレスも私も絶望のあまり息を呑んだ。

横瀬浦港（ポルトウ・デ・ヨコセウラ）に停泊している三隻の帆船（ナウ）からも、火の手が上がっている……悪魔（デイモーニウ）が実体化したかのような黒々とした煙が、まだ薄暗い黎明の空高くまで立ちのぼっている！

潮の薫りの中に火の粉のにおいと、熱までもが伝わってくる。船員たちの何人かは懸命に消火しているようだが、それを邪魔している者や、船の近くで、刀（シュパーダ）（espada）で斬りあっている者たちが何人もいる。ポルトガル人（ポルトゥゲーシュ）と日本人（ジャプネーシュ）のあいだで激しい諍いが起きているようだ。サンシェスたちを護るように囲んでいたキリシタン（クリスタウン）たちが次々に斬られて倒れ、悲鳴と血飛沫（ちしぶき）が上がる。

つい昨日まで笑顔で商取引（コメールシウ）していた者たちが殺し合っている過酷な現実を前にした時、私の脳裡に浮かんだのは、イエス・キリスト（ジェズーシュ・クリーシュトゥ）が捕らえられる時に使徒（アポストウル）のペテロ（ペードゥル）（Pedro）に放った、戒めの聖句（シュクリプトゥム）だった。

「Converte gladium tuum in locum suum. Omnes enim, qui acceperint gladium, gladio peribunt.」（＝あなたの剣を、鞘におさめなさい。剣を取る者はすべて、剣によって滅びます）

剣を取り殺し合う者たちを制止しようと、届くはずのない手を、私は思わず虚空に伸ばす。その時、私の首筋に刃物の感触が――と思った次の瞬間、私は強い力で地面に突き倒され、苦悶の声を上げた。

トルレスと私は捕らえられ、近くにある蔵（クラ）と呼ばれる土づくりの倉庫（アーマゼイン）（armazém）の中に入れられた。壁の上のほうに採光窓はあるが中は薄暗く、さまざまな大きさの箱や樽などが、たくさん並べられていた。屋内にも屋外にも槍(ランサ)（lança）や刀(シュパーダ)を持った見張りがいたが、彼らの言葉で厠(カワヤ)と呼ばれる便所(トウアレーテ)（toalete）に行く時にだけ、見張りつきで外に出ることを許された。その倉庫(アーマゼイン)には貴重品も保管されているようなので、中を汚されたくなかったのだろう。

「パードレ・コスメ……我らを捕らえた連中は、大村純忠殿(ドン・バルトロメウ)に叛乱を起こした家臣(ヴァッサル)たちでしょうか」

「いえ……外へ出た時に、見憶えのある、この地域で有力な商売人(コメルシアンテ)のひとりがいました……彼はキリシタン(クリスタウン)ではありませんが……」

「商売人(コメルシアンテ)が我らを……？　我らは売られる、ということでしょうか……」

トルレスと私がポルトガル語で言葉を交わしていると、見張りから「ダマレ！」と叱られ、我らは、ほとんど会話をすることもできなかった。見張りは交代制で、彼らは常に立っていたが、トルレスも私も熱病(フェーブリ)の症状が癒えておらず、座っていることもできず、ひんやりとした土の床に寝転んだまま、デウスに祈り続けることしかできなかった。

その日の夜、トルレスが以前に見かけたことがあるという商売人(コメルシアンテ)——我らを捕らえた者たちの主人(セニョール)らしき男が、通訳者(インテールプレーテ)を連れて現れた。たしかに、私も以前、その男を港(ポルトウ)で見かけたような気がする。ただし、特徴のある顔立ちではないので、気のせいかもしれない。

主人(セニョール)は険しい顔をしている。彼は低い声で私たちに何か言い、通訳者(インテールプレーテ)が、それをポルトガル語で私たちに伝えた。

「我々はポルトガル人(ポルトゥゲーシュ)の商売人(コメルシアンテ)たちに、既に六万クルザードゥ以上も支払っている。だが、大村殿（オオムラドノ）と朝長殿（トモナガドノ）が殺された混乱に乗じて、誰かが横瀬浦（ヨコセウラ）に火を放ち、教会（エクレーシア）も含めて町（ヴィーラ）の大半は焼けて失われた。物盗りや殺人が横行し、ポルトガル人（ポルトゥゲーシュ）たちは海へ逃げてしまった。我々は支払った代金に見合った品物（メルカドーリア）(mercadoria)を受け取る必要があるゆえ、やむなく、お前たちを人質として監禁する」

ところどころ不正確な発音（プルヌンスィア）(pronúncia)や文法（グラマーティカ）(gramática)もあったものの、大体そのような内容のことを通訳者（インテールプレーテ）から聞き、私たちは状況を理解できた。我らの希望を育んでいた横瀬浦（ヨコセウラ）の大半が燃えてしまったという知らせは、信じられないほど——信じたくないほど悲しい。そんな中、ポルトガル人（ポルトゥゲーシュ）たちが海へ逃げられたと知ったのは、少なからず安堵の念も我らにもたらした。ジョアウン・フェルナンデスやアイレス・サンシェス、それにキリシタン（クリスタウン）たちが無事であることを祈る。

少量のサラダ（サラーダ）と水（アグワ）(água)は与えられたが、トルレスも私も高熱のため、食欲は、ほとんどなかった。横たわったまま、ひたすらデウスに祈り続け、この試練の意味について考えることしかできなかった。

大村純忠殿（ドン・バルトロメウ）と朝長新助殿（ドン・ルイス）のあまりに唐突な死は、言葉にできないほどの悲しみがある。同時に、彼らが篤（あつ）い信仰（フィーデス）の中で殉教（マルティル）を遂げたことは、救いでもある。彼らの霊魂（アニマ）は、既にデウスに救われている——今後は彼らも、我らを守護してくださるはずだ。

朝長新助殿（ドン・ルイス）の同行者たちは全員が殺されたようなので、熱を出して臥せっていなければ、私も確実に死んでいた。あえて熱を出させて私を死から遠ざけてくださったデウスの神意——

摂理（プロヴィデンスィア）を感じ、私にはまだ為すべきことがある、と改めて確信せずにはいられない。私が助かったのは偶然ではなく、デウスに生かされたのである。であれば、私には今後、このジャパウンで果たすべき重要な使命（ミツサウン）が、必ず、あるはずなのだ。

我らイエズス会（クンパニア・デ・ジエズーシュ）の同志（クンパニエール）たちは皆、初代総長のイナーシゥ・デ・ロヨラ（Inácio de Loyola）により開発された霊操（エクセルスイスイオース・シュピリツアイス）（Exercícios Espituais）の修行を経て修道士（イルマウン）や司祭（サセルドーテ）になった。そのため、延々と瞑想（メデイタツサウン）（meditação）を続けること自体は、まったく苦ではない。しかし、私の弱さゆえだが、熱のため集中が乱れて幾度も意識が飛び、時間の感覚がなくなっていくことには精神的な疲労を覚えた。

何日が経過したのかわからぬほどの時間が流れた、ある昼時のこと。例の商人（コメルシアンテ）らしき主人（セニョール）がまた通訳者（インテールプレーテ）を連れてきた。前に現れた時は厳しい表情であったが、今回は満面に笑みを浮かべているので、私は、彼らとポルトガル人（ポルトゥゲーシュ）たちの交渉がうまくいったことを察した。

「ポルトガル人（ポルトゥゲーシュ）たちは、我らが支払っていた代金に見合う品物（メルカドーリア）を渡した。そのため、お前たちを解放する」

その時、初めて倉庫（アーマゼイン）の両開きの扉が全開となり、まぶしい陽光が射し込んだ。トルレスと私に、強い光が降り注ぐ――。私たちが立つのに手を貸してくれる見張りの者たちからも、既に敵意は消えていた。

トルレスも私もいまだ熱病（フエーブリ）に苦しんでいたが、囚われの牢獄からの解放は、煉獄（プルガトーリウ）で苦しんでいた霊魂（アニマ）が天国（パライーズ）（paraíso）へ救済されたかのような至福の解放感を、つかの間だけ、我らにもたらしてくれた。

途切れ途切れに寝ていたせいか、一週間や十日ほどが経過したような感覚があった。ところが、私たちが倉庫（アーマゼイン）に囚われていたのは、実際には四日間だけだったらしい。

監禁されていた時に聞かされた通り、横瀬浦（ヨコセウラ）の町（ヴィーラ）の大半は火災で灰燼（かいじん）に帰し、混乱の中で略奪や殺人が行われ、かろうじて生き残った町民たちも、散り散りになってしまったようである。

大村純忠殿（ドン・バルトロメウ）と朝長新助殿（ドン・ルイス）の庇護の下、これまで横瀬浦（ヨコセウラ）はキリシタン（クリスタウン）の町（ヴィーラ）として発展してきたが、庇護者（グアルディアウン）である殿（トノ）たちが殺された今、この地に留まることは今や町民たちの身をも危険に晒す可能性が大いにあることは、理解できる。しかし、私がジャパウンに到着した時には二百人ものキリシタン（クリスタウン）たちが港（ポルトウ）まで迎えに来てくれ、ここ数か月で大村純忠殿（ドン・バルトロメウ）の領内で二千三百人もがキリシタン（クリスタウン）となったのに、たった一、二か月で、ひとりもいなくなってしまうなどと、誰に予想できたであろうか。そのくらい、領主である大村純忠殿（ドン・バルトロメウ）自身がキリシタン（クリスタウン）であった意味は巨きかったのだ。

ジョアウン・フェルナンデスとアイレス・サンシェスは、船に避難できたおかげで無事であった。それは喜ばしい知らせだが、我らが布教の拠点を失ってしまったため、サンシェスは他の地方の状況を調べるために出立し、ジョアウン・フェルナンデス、トルレス、私の三人は横瀬浦港（ポルトウ・デ・ヨコセウラ）に停泊する三隻の船で、分かれて暮らすことになった。別々の船となったのは、どの船にも個室の空き部屋が三つなかったこともあるが、万が一、我らがまた襲撃されても、各人が別々の船に乗っていれば、誰かひとりでも助かる確率が高くなる、という意図もあった。大村純忠殿(ドン・バルトロメウ)と朝長新助殿(ドン・ルイス)が殺された今、我らの身の危険は続く。このジャパウンの地で布教を続けていくためには、我ら全員が一度に殺されることだけは、あってはならない。

　ドン・ペードゥルの聖十字号(サンタ・クルス)に移ってからも、私の熱はいっこうに引かず、決して広くはない船室からほとんど一歩も出ることなく、ひたすら横になっていた。となりの高速帆船(ジュンク)で病臥するトルレスを見舞うことさえできなかったが、ドン・ペードゥルが、たまにトルレスの様子を見に行き、彼の様子を知らせてくれた。

「パードレ・コスメは、いつも泣きながら祈ってらっしゃいますよ。キリシタンの町(クリスタウン・ヴィーラ)として少しずつ大きくしてきた横瀬浦(ヨコセウラ)が一夜にして灰になり、大村純忠殿(ドン・バルトロメウ)と朝長新助殿(ドン・ルイス)は帰らぬ人となってしまったのだから、無理もありません。また、布教を再開したくても、ご病気のせいで行動が自由にならないご自身の境遇も、悲しんでらっしゃるようです」

　トルレスのそうした気持ちには私も共感するが、横瀬浦(ヨコセウラ)、そしてこの国で過ごした時間が彼と私とでは、ぜんぜん違う。感じる悲しみの深さも、おのずと違っているはずだ。トルレスはフランシスコ・シャヴィエールと共にジャパウンに来た十四年前から地道に活動を続けてきて、その集大成が、この国で最初のキリシタン大名(クリスタウンダイミョウ)となられた大村純忠殿(ドン・バルトロメウ)と、ここ横瀬浦(ヨコセウラ)の町(ヴィーラ)であった。ついに自身が終油の秘蹟(シュトウレーマ・ウンサウン)を授かった人生の最晩年においてのこの悲劇(トラジェーディア)の重荷は察するに余りあり、かける言葉も見つからない。その意味では、我々が別々の船で病臥することになったのは、むしろ幸いであったかもしれない。

横瀬浦に停泊する帆船の中でトルレスと私が病臥する日々は、数週間、大きな変化もなく続いた。そんなある日、となりの船にいるトルレスからの書簡が、ドン・ペードゥルによって私の下へ、もたらされた。それには、次のようなことが記されていた。

「パードレ・ルイス、船室の中の劣悪な環境でいつまで寝ていても、あなたの病は癒えないでしょう。まずは病を癒すために、ドン・ペードゥルが中国のマカオに戻る時にあなたも同行し、そこで静養して体調が回復されたあとで、またジャパゥンに戻ってきてください」

トルレスの気遣いはありがたいが、まだジャパゥンで何の成果も出していないのに、このまま逃げ出すことが、どうしてできようか。大村純忠殿とジャパゥン語で会話をするという夢は潰えてしまったが、彼の死を無駄にしないためにも、この国のキリシタンの活動がまた進展するように、自分も少しでも力を尽くしたい。その気持ちが強くある。

病身に鞭打ち、私は病床の中で急ぎ返信をしたためた。

「パードレ・コスメ、お気遣いに感謝いたします。こんな不甲斐ない私を心から申し訳なく思っています。ですが、私より二十二歳も年上のあなたにすべてのご苦労を押しつけて自分だけここから立ち去るなど、できるはずがありません。今は病で行動が自由にならないのは事実ですが、デウスが生かしてくださった私にも、この国で果たすべき役割があるはずなのです。どうか、この国で私が布教を続けることを、お許しください」

その返信をドン・ペードゥルに託した翌日、別の船で暮らしているジョアゥン・フェルナンデスが、私の下に見舞いに訪れてくれた。以前の彼は、多くのキリシタンへの対応をこなし続けていたので、常に消耗していた。ところが、皮肉にも、横瀬浦（ヨコセウラ）の町（ヴィーラ）が壊滅してキリシタン（クリスタウン）たちがいなくなったことで、彼は久しぶりに心身を休められたのであろうか。血色が良く、ずいぶん体力が回復したように見受けられた。以前は疲労ゆえ常に途切れがちだった彼の言葉が、今では、澱みなく流れている。

「パードレ・ルイス、パードレ・コスメからのご伝言を預かってきましたので、お伝えします。あなたのお気持ちと決意は、たしかに、パードレ・コスメに届きました。あなたのジャパゥン残留を彼は承認しました」

　残留が許可されたと知り、安堵の吐息をもらした。

「ただし、もはや壊滅してしまったこの横瀬浦（ヨコセウラ）を拠点に活動することはできませんし、パードレ・ルイスのご体調を考えると、大村純忠（ドン・バルトロメウ）殿の領内だった地域を移動するのは危険です。領主が殺されたことで、このあたりは、ひどい混乱に陥っているようです。そこでパードレ・コスメからのご提案ですが、私と共に、籠手田安経（ドン・アントニウ）殿の領土である度島（タクシマ）（Tacuxima＝長崎県平戸市）へ赴き、そこで体力を回復させせつつ再起の機会を窺ってはどうか、とのことです」

　それは私にとって、願ってもない提案だった。トルレスの深慮に私は感銘を受けた。私が布教を続けたい気持ちは心の底からのものであるが、大村純忠（ドン・バルトロメウ）殿の領内で叛乱が起きてしまった事実を考慮すると、現実的には、行く先が見つからなかったのだ。

　籠手田安経（ドン・アントニウ）殿という名は、久しぶりに耳にした。ジャパゥンに到着した夜にもその名を聞かされたし、その後、彼からの熱心な書状（ショジョウ）も記憶に残っている。とても良い印象のある殿（トノ）だ。

たしか、籠手田安経殿は、平戸の北にある島々を治める殿であったはず――。彼の殿にあたる平戸の肥州という大名は我らの敵だが、籠手田安経殿は常に我らの味方だと教えられている。

「イルマゥン・ジョアゥン・フェルナンデス、そのお話、謹んでお受けしますと、パードレ・コスメにお伝えください。また、あなたにはご迷惑をおかけしてしまうと思いますが、どうかよろしくお願いいいたします」

「いえ、以前、私の体調が優れなかった時には、パードレ・ルイスには、ずいぶん助けていただきましたから。今度は私があなたを助ける番です。まずは私が度島へ向かいます。そこで籠手田安経殿の了承が得られ、準備が整ったら、パードレ・ルイスを度島へお迎えします」

「承知いたしました。ありがとうございます」

横瀬浦港に停泊した帆船の中で病臥する日々は、次の目標が見つからないがゆえの不安があった。次なる目的地が決まっただけでも、心は晴れ、体調も少しマシになったようにさえ思えてくる。

この国で布教を続ける、という私の決意は、トルレスを通して、デウスに述べたものだ。デウスがそれに応えてくださったので、私は聖句を思い出しながら、胸を熱くしていた。

「Petite, et dabitur vobis. Quarite, et invenietis. Pulsate, et aperietur vobis.」（＝求め続けなさい、そうすれば、それはあなたに与えられます。探し続けなさい、そうすれば、見つかります。扉を叩き続けなさい。そうすれば、それは、あなたへと開かれます）

私が強く求めたことで、今後も布教できる機会が与えられた。

具体的な機会を探したことで、それは見つけられた。

扉を叩いた私に、デウスは新しい扉を開いてくださったのである。

ジョアウン・フェルナンデスが度島(タクシマ)へ旅立ったことで、横瀬浦(ヨコセウラ)の港(ポルトウ)には、イエズス会(クンパニア・デ・ジエズーシュ)の者としては、トルレスと私だけが残される形となった。しかし、それ以前にあった先の知れない閉塞感は薄れ、狭い船室で病臥していても、今後への期待と希望だけが私を包み込んでいた。

横瀬浦(ヨコセウラ)炎上から間もなく一か月が経過しようかというある日、夢の中に大村純忠殿(ドン・バルトロメウ)が出てきて、私に微笑みかけてくれた。

「――フロイス殿(ドノ)」

彼の声がすぐ耳元で聞こえた気がして、はっとして私は目を醒ました。あまりにも鮮明で、何か意味のある夢である気がした。聖霊(シュピリトウ・サントウ)が、夢を通して、何かを伝えてくれたのかもしれない。

依然として熱病(フェーブリ)の症状は続いていたが、その日は少し体調が良かったので、久しぶりに甲板(コンヴエシュ)に出てみようと思い立った。ずっと病臥している日々なので、少し歩いただけで疲れ、脚の筋肉が落ちていることを痛感させられる。船室から外へ出ると、海風の中に、少し涼しさを感じた。熱のせいではなく、夏が終わりに向かっているのだろう。私が初めて経験するジャパゥンの夏が、もうすぐ終わる。こうして季節は移りゆくのに、私の状況はずっと停滞している。そんな境遇が、不意に悲しく思えた。

船員たちは、どこかへ行っているのか、船内には人影は見当たらず、あたかも世界に私ひとりしかいないような、取り残された不思議な孤独感があった。甲板（コンヴェシュ）を歩いていると、丘のほうから数騎の馬が駆けてくるのが見える。その先頭の人物を見て私は驚き、声を上げた。

以前、私が初めて馬上の大村純忠殿（ドン・バルトロメウ）を目にした時、すぐ後ろに彼の家臣（ヴァッサル）の馬が二騎、続いていた。そのうち一騎は朝長新助殿（ドン・ルイス）で、あの時、もう一騎のほうに乗っていた大村純忠殿（ドン・バルトロメウ）の忠臣が、今、彼の部下らしき数騎を従えて、こちらへ駆けてくるようなのだ。たしか、彼の名前は、ダミアゥン（Damião）こと今道純近殿（イマミチスミチカドノ）。我らの教えについての関心の強さと理解度においては大村純忠殿（ドン・バルトロメウ）や朝長新助殿（ドン・ルイス）ほどではないものの、自他共に認める大村純忠殿（ドン・バルトロメウ）第一の忠臣として知られていた方のはずである。

胸騒ぎを覚えながら、そちらのほうへ甲板（コンヴェシュ）を歩いていくと、今道純近殿（ダミアゥン）はこちらに気づいて、「伴天連殿（バテレンドノ）ー！」と馬上から笑顔で手を振った。その姿は、初めて目にした時の大村純忠殿（ドン・バルトロメウ）を私に想起させるものであった。

私が甲板（コンヴェシュ）から木製のタラップ（ブランシャ）を駆け下りるのと、今道純近殿（ダミアゥン）たちが私のそばまで来て馬を下りるのが、ほとんど同じだった。

「伴天連殿（バテレンドノ）、シバラク」

今道純近殿（ダミアゥン）は私のすぐ前まで来て一礼すると、微笑みをたたえたまま、ジャパゥン語で何かを言った。何と言われたのか理解できなかったものの、「大村殿（オオムラドノ）」という言葉は聴き取れた。

「今道純近殿（ダミアゥン）、大村純忠殿（ドン・バルトロメウ）は、もしや……」

尋ねる声が震えた。察したように、彼は、うなずく。

「大村殿（オオムラドノ）、ゴブジニテソウロウ」

「生きているのですか？」

言葉は違っても、表情で伝わった。

うなずく彼の表情も、雄弁に喜びを物語っていた。


熱による倦怠感（けんたいかん）も忘れ、今道純近（ダミアウン）殿たちと一緒に、となりに停泊している、トルレスの病臥している高速帆船（ジュンク）へ移動した。船員たちに事情を話し、ジャパゥン語のわかる者を呼んでもらう。

トルレスは、今道純近（ダミアウン）殿と私の姿を見るなり苦しそうに歪んでいた表情を輝かせ、彼の体調を考えると信じられない敏捷さで上半身を起こした。

「今道純近（ダミアウン）殿、それに、パードレ・ルイスも一緒に……まさか……」

「パードレ・コスメ、大村純忠（ドン・バルトロメウ）殿は生きています」

私が告げるとトルレスは「Ô!（オー）」と叫び、両手を組んで瞑目し、デウスへの感謝の言葉を捧げ始めた。彼の目からは大粒の涙がこぼれていて、今道純近（ダミアウン）殿も私も涙を抑えられなかった。

その後、今道純近（ダミアウン）殿が懐（ふところ）から取り出し、朗々と読み上げる大村純忠（ドン・バルトロメウ）殿からの書状（ショジョウ）の内容を、通訳者（インテールプレーテ）が私たちにポルトガル語で伝えてくれた。

「我（ワレ）、ドン・バルトロメウ、キリシタンの教えに反発する家臣（ヴアッサル）らの謀叛により大村館（オオムラヤカタ）を包囲され、襲撃され、火をかけられるも、デウスのご加護（アジューダ・デイヴィーナ）により九死に一生を得て、多良岳（タラダケ）山中にて生き延びてそうろう。我が信仰（フィーデス）、いささかも衰えず。今後、デウスの名の下に領内の叛乱を順に鎮圧して参る所存なれど、それには、しばしの時間を要すると思われそうろう。その旨、ご理解いただきたくそうろう」

船室のすぐ外で聞いていた船長や船員たちから拍手喝采がさざ波のように沸き起こったかと思うと、彼らは「大村純忠殿（ドン・バルトロメウ）は生きていたぞー！」と、両手を突き上げ口々に絶叫しながら、船内を駆け回った。船員たちは旗で船を飾りつけたばかりか、祝砲を連続で放つほどの歓びようであった。

「この祝砲は、きっと大村純忠殿（ドン・バルトロメウ）にも届くでしょう」

私の言葉を通訳者（インテールプレーテ）から聞いて、今道純近殿（ダミアウン）は同意したようにうなずいた。

朝長新助殿（ドン・ルイス）の殉教（マルテイル）の悲しみは消えないものの、デウスが大村純忠殿（ドン・バルトロメウ）を窮地から救ってくださったことは、我らイエズス会（クンパニア・デ・ジエズーシュ）にとって、これ以上はない朗報だと言えるであろう。

「今道純近殿（ダミアウン）、どうか、大村純忠殿（ドン・バルトロメウ）をよろしく頼みます」

私の言葉に、彼は通訳者（インテールプレーテ）を介して、頼もしい言葉を返してくれた。

「このスミチカ――ダミアンのいのちに代えても、大村殿（オオムラドノ）はお守り申し上げる所存。フロイス殿（ドノ）、どうかご安心めされ」

今道純近殿（ダミアウン）の表情と声からは、大村純忠殿（ドン・バルトロメウ）への強い愛情と尊敬が伝わってきて、この御方がついていれば安心できる、と私は信じられた。

裏切り者たちは、この今道純近殿（ダミアウン）や大村純忠殿（ドン・バルトロメウ）の善良さにつけ込んで叛乱を起こしたが、今後はふたりも今まで以上に警戒するはずなので、だいじょうぶだろう。

大村純忠殿(ドン・バルトロメウ)の大村(オオムラ)領内に安定が回復するには、彼が書状(ショジョウ)で述べていたように今しばらく時間を要するかもしれない。だが、彼が無事で、そのそばに忠臣も控えていることを確認できたので、これで私は安心して度島(タクシマ)へと旅立てそうであった。

第五章　キリシタン（クリスタウン）の島（イーリヤ）

No mesmo dia em que se embarcou o Padre Cosme de Torres para o Tacaxe, vierão de Firando duas embaracações de christãos, que Dom Antonio mandava em busca do Padre Luis Frois, e dalli se foi direito a Tacuxima.

（＝神父（パードレ）コスメ・デ・トルレスが高瀬（タカセ）へ向けて船出したのと同じ日に、平戸（ヒラド）のほうからキリシタン（クリスタウン）たちを乗せた二艘の小型船がきた。それは籠手田安経殿（ドン・アントニウ）が神父（パードレ）ルイス・フロイスを迎えるために派遣したもので、そのまま度島（タクシマ）へ向かった）

コスメ・デ・トルレスは、熱病（フェーブリ）の苦しみよりも精神的な消耗のほうが深刻であるように見受けられた。

「私は終油の秘蹟（シュトウレーマ・ウンサウン）も授かり、間もなく天に召されるのを待つだけの身なので、もはや港（ポルトウ）の周囲を歩き回る気力すら湧いてきません……」

トルレスはそう語り、船室内で臥せったままであった。

熱病（フェーブリ）に苦しめられている身の上は同じでも私は彼より二十二歳も若く、まだこの国で何も果たせていない。この先に待つ度島（タクシマ）での新生活のことを考えると、少しでも歩いて体力づくりをしておかねばならないと思った。遠出すると以前のように襲撃されたり、かどわかされたりする危険もあるので、帆船（ナウ）の中を歩き回ったり、となりに停泊する船にトルレスを見舞うなどして、たとえ少しずつでも毎日歩くことを心がけた。

今道純近殿（ダミアウン）が吉報を我らにもたらしてくれた数日後となる一五六三年の九月二十日——永禄（エイロク）六年九月三日、私が船内を歩いていると、船員のひとりが少し離れたところから、大声で私を呼んだ。

「パードレ・ルイス、こちらに中型帆船（フスタ）(fusta)が近づいてきます。船首から、誰かがこちらへ手を振っています。おおっ——あれに見えるのは、なんと、イルマウン・ルイスのようです！」

熱のせいもあり、また、予期せぬ事態だったこともあり、その言葉の意味をすぐさま理解できなかった。願望もあったのか、最初は、死んだはずの朝長新助殿（ドン・ルイス）が天国（パライーズ）から船に乗って降りてきたかのような錯覚を抱いた。続いて、もうひとりの私自身がどこかから船でやってきたかのような想像も頭に浮かんだ。「ルイス」という名が共通しているがゆえに起きた錯覚である。「イルマウン・ルイス」とは、朝長新助殿（ドン・ルイス）でも、「パードレ・ルイス」と呼ばれる私ルイス・フロイスでもなく、二か月ほど前にジョアウン・バプティスタ・デ・モンテと一緒に横瀬浦（ヨコセウラ）から豊後（ブンゴ）へと旅立った、ルイス・デ・アルメイダのことに、ほかならない。

体力が低下しているため走ることはできないが、私は早足で船尾のほうへ向かった。お椀（テイジエーラ）を伏せたように見える形の島が目印となっている横瀬浦港（ポルトゥ・デ・ヨコセウラ）の入口のほうから、二本の帆柱（マストゥル）を備えた中型帆船（フスタ）が近づいてくる。その船首に立ち、こちらに手を振っているのは、たしかに、アルメイダのようだ。そのとなりに立つ高貴な身なりの日本人（ジャプネーシュ）は、私には見憶えのない方だった。

数人のキリシタン（クリスタウン）とともに横瀬浦港（ポルトゥ・デ・ヨコセウラ）に下り立つと、アルメイダは私のほうへ歩み寄ってきて、抱擁（アブラース）を交わした。

「パードレ・ルイス、ご無事で本当に良かった……」

「イルマウン・ルイス、事件の知らせが豊後（ブンゴ）にまで届いたのですか？」

「ええ、豊後（ブンゴ）から高瀬（タカセ）（Tacaxe＝熊本県玉名市菊池川の河口付近）まで四日かけて陸路を行き、高瀬（タカセ）で船を探して三日待ち、それから海路で、ここまで戻ってきました。横瀬浦（ヨコセウラ）の町（ヴィーラ）は、港（ポルトゥ）からは見えませんでしたが、すっかり燃えてしまった、と聞いています。そして、朝長新助殿（ドン・ルイス）のことは、本当に残念でした……」

やはり、彼も、同じ「ルイス」の名を持つ殿（トノ）には、特別な想いを持っていたようだ。

「大村純忠殿（ドン・バルトロメウ）のことは、聞かれましたか？」

「はい。最初、彼も殺されたらしいという話が伝わってきて、豊後（ブンゴ）のキリシタン（クリスタウン）たちも大きな混乱と動揺に包まれました。私が出立したのは事実確認の意味もあったのですが、高瀬（タカセ）で船を探している時に、大村純忠殿（ドン・バルトロメウ）は生きているようです、という知らせを現地のキリシタン（クリスタウン）たちから伝え聞きました」

「ちょうど数日前、大村純忠殿（ドン・バルトロメウ）の生存を、彼の第一の忠臣である今道純近殿（ダミアウン）が知らせてくれたところです。大村純忠殿（ドン・バルトロメウ）からの書状（ショジョウ）もいただきました。彼はご無事ですので、今後また復権していただけることと思います」

「そうでしたか。彼がご無事であったのは、我らにとっては、何よりの救いですね。デウスに感謝いたしましょう」

そうして言葉を交わす我らの周りには、アルメイダに同行してきたキリシタン（クリスタウン）たちが集まってきた。アルメイダは、先ほど船首でとなりに立っていた高貴な方を、「こちらの方は、島原純茂殿（シマバラスミシゲドノ）の家臣のキリシタン（クリスタウン）、ドン・ジアウン（Dom Jião）です」と紹介してくれた。

「皆さんは、島原（シマバラ）から来られたのですか？」

私が問うと、ドン・ジアウンは質問を察したように、「いかにも（イカニモ）、島原（シマバラ）」と、うなずいた。

有馬（アリマ）と呼ばれることもある島原（シマバラ）は、大村純忠殿（ドン・バルトロメウ）が生まれ育った土地で、大村純忠殿（ドン・バルトロメウ）の父——今は「仙厳（センガン）」（＝有馬晴純（アリマハルズミ）の法名）として知られる大名（ダイミョウ）の領土の一部だと教えられたことがある。ふだんは、大村純忠殿（ドン・バルトロメウ）の親戚筋にあたる、島原純茂殿（シマバラスミシゲドノ）という我らに友好的な殿（トノ）が統治しているようだ。

地図(マーパ)によれば、横瀬浦(ヨコセウラ)から陸地に沿って外海を南下し、陸地が途切れるところで東へ進むと、早崎瀬戸(ハヤサキセト)と呼ばれる、ふたつの陸地に挟まれた海峡がある。その先が九州島(イーリャ・デ・キュウシュウ)で最大の湾(バイーア)――有明海(アリアケカイ)で、海峡から湾内に入った北側が島原(シマバラ)である。十六レグア（約八十キロメートル）くらいの海路だろうか。陸路なら、横瀬浦(ヨコセウラ)から島原(シマバラ)は、横瀬浦(ヨコセウラ)から大村(オオムラ)への、二倍くらいの距離となる。

「島原殿(シマバラドノ)がドン・ジアウンを派遣してくださったのですか？」

トルレスのいる船のほうへアルメイダたちを先導しながら、私は訊いた。島原純茂殿(シマバラスミシゲドノ)は、私がジャパウンに到着したあと、「伴天連殿(バテレンドノ)を派遣していただきたい」という書状(ショジョウ)をくださった殿(トノ)だ。その方であれば、我らに救いの手を差し伸べてくださることは大いにありうる、と思えた。しかし、私の質問は、いつも明るいアルメイダの表情を曇らせた。歩きながら、彼は、首を左右に振った。

「それが……そう単純な話でもないのです……」

トルレスが臥せっている船室まで移動した私たちは、病床にある同志(クンパニエール)にドン・ジアウンを紹介した。トルレスは、数日前に今道純近殿(ダミアウン)と会った時とはまた別種の驚きと喜びを見せた。彼は少しのあいだだけ上半身を起こしたが、つらそうなので、無理はせずに横になってもらった。私も、立っていると倒れそうになる時があるのだが、アルメイダの話への関心が熱の倦怠感に勝った。

「今まで、息子である大村純忠殿(ドン・バルトロメウ)の手前、仙厳(センガン)は異教徒(ジエンテイウ)でありながら、彼の本拠地である口之津(クチノツ)(Cuchinocçu＝長崎県南島原市）の地での我らの布教を黙認してくれていました。そのため、口之津(クチノツ)は、島原(シマバラ)、横瀬浦(ヨコセウラ)、豊後(ブンゴ)などと同様、我らの布教の重要拠点となっていたのです。ところが、愛する息子が殺されたという知らせを受けて以来、仙厳(センガン)は口之津(クチノツ)でキリシタン(クリスタウン)の弾圧を始めています。布教を禁止し、キリシタン(クリスタウン)には信仰を捨てるように告げる布令を出し、十字架(クルス)も切り倒されてしまいました。仙厳(センガン)の支配は絶対ですので、誰も逆らえません……。ここへ来る途中で、口之津(クチノツ)にも停泊したのですが、その際、仙厳(センガン)の家臣の訪問を受け、危うく殺されるところでした」

悲しい知らせに、我らは嘆息した。改めて、大村純忠(ドン・バルトロメウ)殿の存在の大きさを実感させられる。これまで我らの布教が順調に拡大し続けてこられたのは、大村純忠(ドン・バルトロメウ)殿の庇護あればこそ、だったのである。いったん失われたことで、よりいっそう、そのありがたみを痛感した。

口之津(クチノツ)は、有明海(アリアケカイ)の入口である早崎瀬戸(ハヤサキセト)の北側に広がる地域で、島原(シマバラ)の西どなりにあたる。

「……すると、島原(シマバラ)でも……？」

声を振り絞るように、トルレスが病床から尋ねた。

「はい。横瀬浦(ヨコセウラ)の話が広まった影響か、島原(シマバラ)の町(ヴィーラ)から町民たちの多くが逃げ出して、だいぶ人口が少なくなってしまったようです。島原殿(シマバラドノ)は今も我らの支持者で、弾圧に加担はしていないものの、彼の殿(トノ)にあたる仙厳(センガン)の手前、表立ってキリシタン(クリスタウン)を庇護することはできないのでしょう。口之津(クチノツ)と島原(シマバラ)は隣接しており、島原(シマバラ)も仙厳(センガン)の支配下にある領土の一部ですので、弾圧は及んでいます」

大村純忠(ドン・バルトロメウ)殿が仙厳(センガン)の息子であることを考えると、大村純忠(ドン・バルトロメウ)殿の大村領(オオムラ)もまた、仙厳(センガン)の間接的な影響下にある、と言える。今は大友宗麟殿のほうが領土は広いようだが、仙巌は元々、九州島では最大の勢力を誇る大名であり、息子の有馬義貞殿（大村純忠殿の兄）に殿の座を譲ったはずの今なお、その影響力は、有馬殿とは比べものにならないほど絶大であるらしい。仙巌が我らの弾圧を始めたというのは重大事で、ジャパウンにおける我らの布教の大きな後退をも意味する。

　事態の深刻さに言葉を失う我らを励ますように、ドン・ジアウンが、努めて明るい声で「伴天連様、伊留満様。我ら、キリシタン、也」と言ってくれた。彼の協力には感謝したいが、彼の殿である島原殿ですら表立って布教を保護できない立場であるのなら、島原での布教が厳しくなるのは間違いない。

「そのような事情のため、今後、口之津、島原での布教は難しいです。有明海を挟んで島原の対岸となる高瀬は大友宗麟殿の領内ですので安心ですが、今の状況ですと、高瀬に行くまでの道中が危険です。デウス、および、大村純忠殿のお力で、何とか状況が好転することを期待するしかありません」

「イルマウン・ルイス、実は、私自身は、パードレ・コスメからのご提案で、今後しばらく度島を活動の拠点にしようかと思っています。その準備のため、イルマウン・ジョアウン・フェルナンデスが少し前に出立しました」

「そうでしたか……では、パードレ・コスメは……？」

「私は……自分では、もうどこへも動けそうにないのですが……この横瀬浦港に、いつまでもとどまることは、さすがに、できないでしょう……では、デウスのお導き(オリエンタッサウン・デイヴイーナ)で高瀬(タカセ)へと移動できる状況になったら、そちらへ移動しようかと思います……」

その方針で我らは一致した。ドン・ジアゥンは、いったん彼の船で島原(シマバラ)へと戻っていったが、アルメイダは、我らを助けるために、横瀬浦(ヨコセウラ)にとどまってくれた。

そのようなわけで、トルレスとアルメイダは高瀬(タカセ)へ移動できるようになるのを待ち、私は度島(タクシマ)へ移動できるようになるのを待つ日々が始まった。トルレスと私の熱病(フエーブリ)はいっこうに快復の兆しすら見せぬものの、トルレスとしても、次の目的地が定まったことは、明らかに励みとなっているようである。

「いつ末期(まつご)の時を迎えてもおかしくない私に、デウスは、また歩くべき道をご用意くださったのです……ありがたいことです……」

私が見舞いに訪れた時、そう語るトルレスの表情からは、色身(コルプス)が朽ち果てるその瞬間までデウスに奉仕(セルヴイッス)し続ける、という彼の強い決意と覚悟が感じられた。私としても、デウスが示してくださった道の先に、より己の価値を活かせる展開が待っていることを期待し、そうなるように、日々、祈りを欠かしてはいない。

アルメイダたちが横瀬浦(ヨコセウラ)までトルレスを迎えに来てから一か月ほどが経過した頃、大村純忠殿(ドン・バルトロメウ)から横瀬浦(ヨコセウラ)の我らに、新たな書状(ショジョウ)が届いた。それは、彼の父・仙厳(センガン)による口之津(クチノツ)や島原(シマバラ)でのキリシタン(クリスタウン)弾圧について謝罪する内容だった。

「我が父上、仙厳(センガン)はデウスの教えについて今はまだ理解していないものの、自分が説得して誤解を解くつもりなので、しばし時間が欲しい。また、大村領内の叛乱も順番に鎮圧しているが、こちらの件も、まだしばらく時を要するかもしれない。必ずや領内の治安を回復させるゆえ、それまでのあいだ、伴天連殿らには、ご不便をおかけして誠に申し訳なく存ずる」

彼はそのように書いてくれていたが、我らとしては、彼には感謝の気持ちしかない。大村純忠殿が殺されたという誤報が流れただけで、大村領内は無法地帯となり、仙厳は、たちまち我らの弾圧を開始したのである。そうした不穏な動きが今まで押さえつけられていたのは、大村純忠殿あればこそ、なのだ。卑劣者たちの裏切りによって大村純忠殿の被った打撃は大きく、彼が完全に復権するまでには、今しばらく時を要するかもしれない。だが、デウスに愛されたあの殿ならば、必ずや、やり遂げてくださるだろうし、我らとしても、自分たちにできる布教活動を進めていくことが、彼への誠意になるはずである。

横瀬浦の丘が紅く色づき始めると、いよいよ秋の到来で、次第に気温が下がってきているのを実感する。私が初めて経験する、ジャパウンの秋である。船室から外に出た時に寒けを感じることがあるのは、熱病のせいだけではなく、秋風の冷たさゆえだろう。

最初のうちは、次なる目的地が決まった安堵と期待だけがあった。しかし、ジョアウン・フェルナンデスが度島へと旅立ち、ドン・ジアウンが島原へ戻ってから間もなく二か月が経つことを意識する頃には、次第に焦りも強まり始めていた。いつまで経ってもトルレスと私の熱は引いてくれないし、次の場所へ移る目標も、なかなか実現しそうにない。こういう時にこそ我らの信仰が試されていると頭では承知していても、病で弱った心が不安になるように、悪魔が、どこからともなく囁きかけてきているのである。せめて熱さえ引いてくれれば、とも思うのだが、熱がなかなか引かないのは、私が己の弱さを自覚するためにデウスが用意してくださった試練であるに違いない。

一五六三年十一月二十日――永禄(エイロク)六年十一月三日、ついに、待ちわびたその時が訪れた。船員たちが「Padre, o navio chegou!(パードレ　ウ・ナヴィウ・シエゴウ)」(=神父(パードレ)、船が来ましたよ！)と船室で病臥している私を呼びに来たのである。トルレスか私か、どちらのお迎えに来たのかを確認せぬまま甲板(コンヴエシュ)に出ると、見憶えのある中型帆船(フスタ)が、横瀬浦港(ポルトウ・デ・ヨコセウラ)の入口からこちらへ近づいてくるところだった。我らに手を振るドン・ジアウンは笑顔で、その表情から機が熟したことを察した。

トルレスの船室で、我らは通訳者(インテールプレーテ)を介してドン・ジアウンから事情を聞いた。先月の書状(ショジジョウ)での約束通り、大村純忠殿(ドン・バルトロメウ)から仙厳(センガン)に、「自分が助かったのはデウスのおかげゆえ、キリシタンの弾圧は止められたし」との依頼があったという。それによって、仙厳(センガン)は、キリシタン(クリスタウン)が自領を移動しても黙認してくれる程度には、態度を軟化させてくれたようだ。仙厳(センガン)自身はキリシタン(クリスタウン)ではないので、口之津(クチノツ)や島原(シマバラ)で布教を再開するのは時期尚早であるものの、トルレスたちが口之津(クチノツ)と島原(シマバラ)を経由して高瀬(タカセ)まで移動するのは見逃してもらえるだろう、とのことだった。

アルメイダは、ドン・ジアウンの報告に、とても満足したように見えた。

「それだけでも、ありがたいお話です。二か月前に島原(シマバラ)と口之津(クチノツ)を経由してこの横瀬浦(ヨコセウラ)に来る道中は、仙厳(センガン)の部下に、実際に私は殺されそうになりました。大きな前進です。改めて、大村純忠(ドン・バルトロメウ)殿には感謝せねばなりませんね。パードレ・コスメ、では、我らと一緒に高瀬(タカセ)へとお移りいただく、ということで、よろしいですね？」

「それで構いません……。高瀬(タカセ)に行けるようになった、ということは、それがデウスのご用意くださった道であるはずです……。パードレ・ルイスをここにひとりだけ残していくことは心苦しいですが……」

「パードレ・コスメ、私でしたら、だいじょうぶです。ドン・ペードゥルや他の船員たちも良くしてくれています。それに、私もそう遠くない時期に度島(タクシマ)へ移れるのではないかと思います」

「そうですね……。では、いったん、ここでお別れですね……」

ずっと寝たきりだったトルレスは、ほとんど自分の力で歩けないほど衰弱していたので、体格のいい船員たちが数人がかりで巨体の彼を寝た姿勢のまま運び、ドン・ジアゥンの船まで移した。そうして船室から船室まで寝たまま移されたトルレスと、アルメイダとも順に抱擁(アブラース)を交わし、ドン・ジアゥンには御礼を言って、私は彼らを送り出した。ジャパゥンに着いてからの四か月と二週間、ずっと共に過ごしてきたトルレスとの別れには寂しさもあった。特にこの三か月は、熱病(フェーブリ)に苦しめられ船室で寝たきりになっていた境遇も同じなので、彼には特別な親近感があったのだ。彼が自分から去っていくことを意識すると、トルレスを乗せた船がそのまま天国(パライーズ)へと上昇していきそうな錯覚すら、私は抱いていた。

「パードレ・ルイス、ついに、我々だけになりましたね……。本当に、マカオ(マカウ)に戻らなくて良いのですか？　いくらデウスのご加護(アジューダ・ディヴィーナ)があるとはいえ、そのご体調でこの国におひとりでとどまるのは、あまりに危険だと思いますが……」

去っていく船に手を振りながら、私のとなりでそう言ったのは、ドン・ペードゥルであった。

「ドン・ペードゥル、出航をお待たせして、申し訳ありません。私の下にもお迎えが来ると思いますので、だいじょうぶです……」

私の言葉は信仰だけでなく期待でもあったが、驚いたことに、トルレスたちが高瀬へと去っていった数時間後に、二艘の船が横瀬浦港に入ってきた。その時、私は船室で横になり休んでいたが、自分が呼ばれた気がして起き上がったところで、船員が「Padre Luis, as pessoas que vão buscá-lo ter chegado.」(=パードレ・ルイス、お迎えの方々が来られたようです）と、私を呼びに来た。

「伴天連様、伴天連様ハ、イズコー」

そのように叫ぶ大きな声が、船内の通路にまで聞こえてきた。甲板に出ると、二艘の小型船(embarcaçao)の上に、合計十人ほどの日本人がいた。彼らは私に気づくと、歓声を上げて手を振った。私が手を振り返しただけで泣き崩れてしまう者もいて、この国のキリシタンの純粋な気質に、私は、改めて心を打たれた。

彼らの中には、ポルトガル語を少しだけ話せる通訳者がいて、「Vim aqui sob a ordem de Cotedadono.」(=籠手田安経殿の命により、伴天連様をお迎えに上がりました）と、私に説明した。

「Onde está Irmão João Fernadez agora?」(=イルマウン・ジョアウン・フェルナンデスは、

今、どこにいるのですか?)

「O Irmão está esperando o Padre na Tacuxima.」(=伊留満様は、度島で、伴天連様をお待ちしています)

ジョアゥン・フェルナンデスの旅立ちを見送ってから二か月以上待ったが、ようやく、その時が来た。私の精神は高揚し、いまだ続く熱の倦怠感も、いつもほど気にならない。あらかじめまとめておいた荷物は、ポルトガル人船員たちや度島から来た日本人たちが小型船の中に運んでくれた。

「ドン・ペードゥル、インドのゴアを発ってから今日まで一年七か月、本当にお世話になりました。あなたを我らに遣わしてくださったデウスに感謝いたします」

「パードレ・ルイス、私こそ、あなた方のお手伝いができたことについて、デウスに感謝しているのです。横瀬浦でのことは残念でしたが、デウスがあなた方の歩く先を照らしてくださることを私も信じて、祈っています。これから我々は中国へ向かいますが、来年また戻ってきます。度島――あるいは別の場所になるかもしれませんが――来年、またお会いできることを期待しています」

「Dom Pedro, muito obrigado. Deus te abençoe hoje e sempre.」(=ドン・ペードゥル、本当にありがとうございました。あなたにデウスの恩寵がありますように)

一年七か月もの長期間お世話になったドン・ペードゥルと、船員のひとりひとりと抱擁を交わし、私は、迎えに来てくれた小型船で、ついに横瀬浦港を出立する時を迎えた。

このような形で横瀬浦から自分が出航することになるとは、四か月前にジャパゥンに到着した時には、夢にも思わなかった。デウスを除いて、我ら卑小なる人間の誰ひとりとして、このような展開は予想できなかった。

このあと、ドン・ペードゥルたちの船が出てしまえば、横瀬浦は、いよいよ廃墟となってしまうだろう。この国のキリシタンたちにとって聖地となりつつあった町の終焉、そして、ドン・ペードゥルとの別れを寂しく思うが、同時に、デウスが私の前に用意してくださった度島での新生活への期待を大いに膨らませてもいた。

我らの乗る船は、横瀬浦港を出て、少し西へ進んだあと、まっすぐ北上した。事前に地図で確認していたので、度島の大体の場所は把握している。横瀬浦から度島までは八レグア（約四十キロメートル）ほどで、風に恵まれて潮流に乗れば、数時間で着ける距離であるらしい。私は、自分の移動する海路を目に焼きつけたかったので、船室で休まずに、甲板に出て通訳者と話をしていた。

「このあたりは、島が多いのでしょうか」

「はい。ジャパゥン語で、クジュウクシマ——つまり、九十九の島（noventa e nove ilhas）——と呼ばれています」

「これらの島々が、すべて、籠手田安経殿の領土なのですか？」

「籠手田殿の領地でもあり、肥州の領土でもありますね」

籠手田安経(ドン・アントニウ)殿は熱心なキリシタン(クリスタウン)だが、その殿(トノ)で平戸(ヒラド)の大名(ダイミョウ)である肥州(ヒシュウ)は我らの敵——その複雑な関係性が、私には、いまだ不思議に感じられる。自分の殿(トノ)が反対している我らの教えに強い信仰(フィーデス)を持たれていることからしても、籠手田安経(ドン・アントニウ)殿もまた、大村純忠(ドン・バルトロメウ)殿と同じく、デウスに選ばれし我らの真の友に違いなかろう。

通訳者(インテールプレーテ)の話によると、逆風であれば二日かかることもあるようだが、私の新天地への移動をデウスが祝福してくださっているかのように、その日は順風満帆であった。近くに見えるいくつかの小さな島(イーリャ)をぐんぐん通り過ぎながら北へ進むと、やがて、進行方向の左右両側それぞれに、遠く大きな陸地が見え始めた。左に見える島が平戸島(イーリャ・デ・ヒラド)(Ilha de Firando)だと教えられた。

視界の左側に広がる平戸島(イーリャ・デ・ヒラド)と右の九州島(イーリャ・デ・キュウシュウ)の距離は少しずつ縮まっていき、ふたつの陸地がいちばん近くなったあたりは、平戸瀬戸(ヒラドセト)と呼ばれているらしい。口之津(クチノツ)の南の海峡は、たしか、早崎瀬戸(ハヤサキセト)という名前だった。「瀬戸(セト)」は、海峡を意味するジャパウン語であることを私は理解した。

平戸瀬戸(ヒラドセト)のあたりは、かなり潮流が速くなっているらしく、そこに近づくにつれて、急流を下っているかのように加速した。我らの船はデウスの用意してくださった風の援(たす)けを借りてうまく波に乗り、そのまま海峡を抜けられそうだ。

海峡を見下ろす平戸島(イーリャ・デ・ヒラド)の小高い山の上に、今まで目にしたことのない立派な建物が、樹々のあいだから突き出るように聳(そび)えていた。この国の建物は平屋がほとんどのはずだが、その建物は、複数の階層がある。本来は白であるように見えるその建物は、今は夕陽を背に赤と黒の陰影がついていて、私は奇妙な胸騒ぎを覚えた。

「あの立派な建物は何ですか？」

「ああ……あれは、肥州（ヒシユウ）のオヤカタです」

「オヤカタ……？」

「居館（カーザ）の丁寧な表現（イシユプレッサウン・ポリーダ）（expressão polida）です。エウロパ（ヨーロッパ）では城（カステール）（castelo）と呼ぶのではないでしょうか。この国では、背の高いオヤカタのことはテンシュとも呼びます。テンシュは、天を守る（グアルダール・ウ・セウ）（guardar o céu）という意味です」

我らの敵——肥州（ヒシユウ）の暮らす御館（オヤカタ）（天守（テンシユ））だと聞いただけで、夕陽を受けて聳えるその建物が禍々（まがまが）しく感じられ、建物や背後の雲の赤と黒の陰影が、翼を広げた悪魔（デイモーニウ）の姿であるかのようにすら思えてきた。熱のことも忘れて私は身を引き締めたが、平戸瀬戸（ヒラドセト）は潮流が速いので、肥州（ヒシユウ）の御館（オヤカタ）は、どんどん視界から遠ざかっていく。

肥州（ヒシユウ）のことはひとまず忘れ、私は注意を前方に戻した。視界を遮るように左から右に迫（せ）り出している平戸島（イーリヤ・デ・ヒラド）の陸地を南東から北西方向に大きく迂回すると急に視界が拓けて、我らは驚きと歓喜の声を上げた。

少し前方——茜色の夕陽を反射する海上に、左右一直線に広がる島（イーリヤ）が見え、その手前に十数艘の船が波間を漂っている。船上の人たちは、我らの船に気づくと、こちらに手を振り、何かを叫んでいる。その島（イーリヤ）の港（ポルトウ）では、三百五十人ほどにもなろうかという人たちが横一例に並んで、やはりこちらに手を振って、叫んでいる。その中央にジョアゥン・フェルナンデス・オヴィエドがいるのを見つけて、目頭が熱くなった。

　近づくにつれて、人々が「伴天連様（バテレンサマ）ー」と叫びながら手を振ってくれていることがわかった。随喜（ずいき）の涙が頬を伝い、私の色身（コルプス）は歓喜に震え、長く私を苦しめる熱病（フエーブリ）のことすら、一時的に、気にならなくなっていた。

　四か月前、横瀬浦（ヨコセウラ）に到着した時にも私は盛大な歓迎を受けて感動したが、あの時は、まだジャパウンのことがわかっていなかった。迎えてくれたキリシタン（クリスタウン）たちにしても、私たちがどのような人物かわからないが、とにかく「伴天連様（バテレンサマ）」というだけで、私とジョアウン・バプティスタ・デ・モンテを歓迎してくれたのである。だが、今回は違う。今では私自身も彼ら日本人（ジャプネーシュ）のことが少しずつわかるようになっているし、彼らからしても、「イルマウン・ジョアウン・フェルナンデスがよくご存じのパードレ・ルイス・フロイスという方」として私を待ってくれていたはずなのだ。度島（タクシマ）に暮らす人々は、まさに私を必要としてくれている感じがして、このような舞台を私に用意してくださったデウスの恩寵（グラーサ）に、感謝の念が沸き起こった。

　私の船を護るように海上の船が近くに寄ってきて、すべての船が横並びに入港する。その見事な操船術は、何かの見世物のようでもあった。船が繋留され、港（ポルトウ）に下り立った私は、「伴天連様（バテレンサマ）ー」と叫ぶ人々に、もみくちゃにされた。「Salvete.（サルウエーテ）」や「Boa tarde.（ボアタールデ）」と叫ぶ人もいれば、「ルイス様（サマ）」、「フロイス様（サマ）」と私の名を呼んでくれる者もいる。彼らのひとりひとりに笑みを返しながら、私は二か月ぶりに会う同志（クンパニエール）にも視線を送った。人々に取り囲まれる私を輪の外から見つめ返してうなずくジョアウン・フェルナンデスは、横瀬浦港（ポルトウ・デ・ヨコセウラ）での静養で体力を回復した時のまま、今も元気そうに見えて安心した。

「Bem-vindo a Tacuxima, Padre Luis.」（＝度島へようこそ、パードレ・ルイス）

　かつての横瀬浦では、教会のある地区は丘に囲まれた盆地にあったが、町全体は近くにある別の盆地や丘の上にまで広がっていたので、閉塞感はなかった。度島は島民が三百五十人ほどの小さな島なので、島内を歩いていると、ここが四方を海に囲まれた場所であることを実感する。平戸島や九州島を見渡せる丘の上に教会があり、そのとなりの居館が私の新たな住居となった。ジョアウン・フェルナンデスが島民たちと信頼関係を築けていたので、到着した夜から、私も、さっそく島民たちと親睦を深めることができた。

　今となっては、なつかしいあの横瀬浦での最初の夜は、町民たちが私をなかなか解放してくれなかったものだ。今回は、ジョアウン・フェルナンデスが私の体調を考慮して、早い時間に島民たちを家に帰した。島民たちが従順に従ったのは、この修道士への信頼もあっただろうが、それ以上に、この度島が孤島であるため、私が急にいなくなることはない、という安心感もあったのかもしれない。

「イルマウン・ジョアウン・フェルナンデス、あなたは、すっかりお元気になられたようで、本当に良かったです。それに引き換え、私自身はまだ病が癒えず、いまだデウスに赦されざるみずからの信仰の弱さが情けなくなります」

「パードレ・ルイス、そんなことは、おっしゃらないでください。あのパードレ・コスメほどの方ですら、病ばかりは、どうしようもないのです。パードレ・メストレ・フランシスコ・シャヴイエールも、最後は熱病で天に召されました。そのご体調ゆえにパードレ・ルイスが度島に来られたことこそ、デウスのお導きでしょう」

「そのように勇気づけてくださり、ありがとうございます。病が続いて少し弱気になってしまいがちなのですが、イルマウン・ジョアウン・フェルナンデスのおっしゃる通りです。そう信じることができない限り、病は癒えませんね」

「そんなご体調のあなたをお迎えに上がるのがすっかり遅くなってしまい、申し訳ありませんでした。実は、私がこの地に来た二か月前からずっと——今もなのですが——籠手田安経殿は、彼の殿である肥州と一緒にいくさに出ていまして、なかなかお会いできなかったのです」

肥州の名が出て、度島に来る途中に見た、あの御館を思い出した。夕陽を受けた姿から禍々しい印象を受けたのだが、肥州は不在であったようだ。

「すると、籠手田安経殿は今、この度島にも、平戸にも、いらっしゃらないのですね？」

「はい。今はいくさのため留守にされていますが、彼は肥州がいちばん頼りにしている筆頭格の家臣ですので、ここ度島ではなく、ふだんから平戸で暮らしていることが多いそうです。同じく平戸で暮らす夫人のドナ・イザベル（Dona Izabel）には、先日、お会いできました。彼女が書状を書いてくださり、いくさ場に籠手田安経殿を訪ねて、パードレ・ルイスを度島にお招きするご許可をいただけました。そもそも殿自身も望んでくださっていたことなので、もちろん快諾でした。そうした経緯もあり、二か月を費やしてしまったのです」

私が横瀬浦港（ポルトウ・デ・ヨコセウラ）の船の中で臥せっているあいだ、同志（クンパニエール）がそのように方々を動き回って調整してくれたことに、謝意を述べた。また、彼がそこまで体力が回復したことが嬉しく、私も一日も早く快復せねば、と、励みと良い目標になった。

大村純忠殿（ドン・バルトロメウ）の夫人（シュポーザ）はまだキリシタン（クリスタウン）となられていないが、籠手田安経殿（ドン・アントニウ）は夫人（シュポーザ）も既にキリシタン（クリスタウン）となられている点が、いっそう素晴らしい。夫人（シュポーザ）の理解があるかないかでは、殿（トノ）本人の信仰（フィーデス）にも少なからず影響が出ることも考えられるだろう。

「籠手田安経殿（ドン・アントニウ）とドナ・イザベルのおふたりには、私も早くお会いしたいものです。そのためにも、私の熱病（フェーブリ）を早く治さねばなりませんね。病臥したままでは、高貴な方々にお会いできませんので」

度島（タクシマ）の島民たちは皆、熱心なキリシタン（クリスタウン）のようなので、横瀬浦（ヨコセウラ）でのように、外敵から襲われる心配は、ひとまずなさそうである。その点は安心できる。ずっと船の中で寝ていたので、寝台（カーマ）が揺れないというのも、数か月ぶりのことだ。新天地を訪れた興奮で神経は高ぶっていたが、移動中、無理をして起き続けていたことで症状が悪化し、初日の夜は、自分がうなされたかどうかすら憶えていない、深い眠りだった。

翌日は、朝早くから島民たちが次々と押し寄せてきた。また、平戸（ヒラド）からドナ・イザベルの遣いの方が挨拶に来てくださったほか、籠手田安経殿（ドン・アントニウ）の領土である周辺の島々（イーリャス）からも、私に会うために、たくさんの方が度島（タクシマ）を訪れてくださった。籠手田安経殿（ドン・アントニウ）とドナ・イザベルだけでなく、その領民たちも真摯なキリシタン（クリスタウン）ばかりであることがわかり、私は、この地での布教に大きな希望を抱き始めている。彼らのたくさんの愛情に接しているおかげで、何とか熱にも耐えて人々に応対することができた。

横瀬浦（ヨコセウラ）では、トルレスと私、ふたりの司祭（サセルドーテ）がいたので、役割を分担することができたが、私ひとりだと、背負う責任は、そのぶん大きく、重くなる。ジョアウン・バプティスタと私が横瀬浦（ヨコセウラ）に辿りつくまで、おひとりで下（シモ）地方を支えてくださっていたトルレスのご苦労を初めて実感でき、改めて彼のこれまでのご尽力に頭が下がった。

高瀬（タカセ）に向かったトルレスやアルメイダのその後も気になるが、他人のことを考える余裕もないほど、早朝から夜遅くまで、人々への応対に追われた。人々は私の服にすがりつくようにして「ミサ」、「ミイサ」と懇願していたので、一刻も早くミッサを挙げる必要性を私は感じていた。

度島（タクシマ）到着から三日後、ジョアウン・フェルナンデスの力を借りて、八月十五日以来となる、この国で二度目のミッサを挙げることとなった。度島（タクシマ）や周辺の島々（イーリヤス）から押し寄せたキリシタン（クリスタウン）は教会（エクレーシア）に入り切らず、丘の下のほうまで群衆が並ぶほどだった。あまりの活況に、島の大工たちが教会（エクレーシア）を増築してくれることも決まったほどである。

かつて、横瀬浦（ヨコセウラ）でもそうだったが、度島（タクシマ）のキリシタン（クリスタウン）たちも、私たちがゴアから持参した聖なる数珠（コンタス・ベンタス）や聖ヴェロニカの聖骸布（サントウ・スダーリウ）、仔羊の聖画（アニュス・デイ）を乞い願い、それを欲する真剣な気持ちを示すために何日も断食するほどだった。私たちは、それらを珠（コンタ）ひとつずつ、小さな布や画の断片に分割して、できるだけ多くの者に分け与える以外なかった。

皮肉なことに、度島（タクシマ）が、かつての横瀬浦（ヨコセウラ）以上の活況を見せ始めたことで、せっかく回復していたジョアゥン・フェルナンデスが、過労でまた体調を崩し始めた。デウスは、この従順で有能な修道士(イルマウン)を休まず奉仕(セルヴィッス)させるほどに愛しておられるのだろう。私も、静養するどころか日に日に雑事が増えているせいか、いっこうに熱が引かない。それでも、この海に守られた新たな聖地で布教に専念できることは何より幸せで、日々、デウスに感謝の祈りを捧げていた。

度島(タクシマ)は素晴らしい環境だが、海から吹きつけてくる潮風の冷たさは、冬が近づくにつれて、厳しさを増しつつあった。私にとって、初めて体験するジャパゥンの冬の到来である。

一五六三年十二月一日——永禄(エイロク)六年十一月十六日、教会(エクレーシア)の増築が終わり、立派な香部屋(サクリステイア)(sacristia ＝聖具室)まで備えつけられたので、さっそく、その部屋に典礼服(ヴエステ・リトウージカ)やミッサの道具など、重要なものを収納した。新しい、素晴らしい布教の拠点を得たことで、とても幸せな気持ちだし、度島(タクシマ)のキリシタン(クリスタウン)たちは、いよいよ沸き立った。私自身、安堵の気持ちが大きかったのか、その日は雪が激しく降るほどに寒さが厳しかったせいか、熱に負けて早めに寝台(カーマ)に横になることにした。最近また体調を崩しがちなジョアゥン・フェルナンデスも、その夜は休養のため早めに休んでいた。

過労による睡魔と高熱に飲まれるように眠りに沈んだ私は、暗闇の中で、うなされていた。横瀬浦(ヨコセウラ)の町が燃えた時の状景が、よみがえってきた。誰かが「ヒジャ」と叫んでいたのを、憶えている。そして、今も——。

「伴天連様(バテレンサマ)、伊留満様(イルマンサマ)、火じゃ(ヒジャ)！」

――夢ではない！　まさに今、誰かが叫んでいる！

ジョアウン・フェルナンデスと私が飛び起きると、何人かの者たちが我らの部屋に駆け込んできて、「火事じゃ(カジジャ)。お逃げください(オニゲクダサイ)」と我らに告げた。廊下に出ると、台所のほうが激しく燃えている。何人かが必死に消火しようとしているが、風の強い日なので、火は、さらに燃え上がるばかりだ。

この冬を越せるように、ドン・ペードゥルが我らに寄付してくれた衣類や食料品を収納してある部屋も燃えている。私たちは蒼褪(あおざ)めて、香部屋(サクリスティア)へ向かった。私の中から別人のような力が湧いてきて、ミッサに必要な物を両手に抱えられるだけ抱えた。近くにいた者にも同じようにすべく指示し、外へ持ち出した。だが、いったん外にそれらを置いて、屋内へ戻ろうとすると、もう中は火の海で、周囲の者たちに制止されて、中には入れなかった。

その時、ジョアウン・フェルナンデスが「ああっ」と叫んだので、私は彼のほうを見た。彼は、霊魂(アニマ)が色身(コルプス)から抜け出てしまうのではないか、と思えるほど放心した顔をしている。そのただならぬ様子は、火事の衝撃だけが理由とは思えなかった。

「イルマウン・ジョアウン・フェルナンデス……Está bem?(シュタ・ベイン)」（＝だいじょうぶですか？）

「書物(リヴル)（livro）と帳面(カルタパーシウ)（cartapácio）が燃えてしまいました……」

今度は私が絶句して、放心する番であった。自分が耳にした言葉を信じたくはない。すぐ近くで教会（エクレーシア）が燃え続けていることも心から抜け落ちたように、私は同志（クンパニエール）を見つめた。

「書物（リヴル）と帳面（カルタパーシウ）が燃えた……？」

ようやくその言葉を繰り返すだけでも、せいいっぱいだった。

書物（リヴル）と帳面（カルタパーシウ）とは、ジョアゥン・フェルナンデスがジャパゥンに来てから十五年間、少しずつ書き溜めてきたものだ。すべての福音書（イヴァンジエリョ）（evangelho）、一年のすべての祭日のための説教（セルマウン）、使徒信条（クレドゥ）（Credo）を列挙したもの、主禱文（パーテル・ノステル）（Pater Noster）、聖母への祈り（アーウエ・マリーア）、戒律集（マンダメントウス）（madamentos）、その他、日本人（ジャプネーシュ）への布教に必要な単語（パラーヴラ）をジャパゥン語に翻訳したものである。それらが失われたなら、今後の我らの布教は大きく後退し、困難を極めるのは間違いない。

私自身が個人的に執筆していた旅の記録も同じ部屋に置いていたので、それも喪われたことになるが、ジョアゥン・フェルナンデスが十五年かけて蓄積してきた物に比べれば、私のそれは些細なものである。とはいえ、自分の人生の一部が火災と共に永遠に消え去ったような喪失感は拭えなかった。

教会（エクレーシア）から出た炎は強風に乗って近くの家にも燃え移り、周辺にあった十軒以上の民家が燃えていた。最初のうちは消火しようと試みていた島民たちも、火勢のあまりの強さに断念し、屋外に出て立ち尽くしていた。小さな子供たちを抱いている人たちもいる。彼らは自分の家を失ったことに呆然としながらも、「伴天連様（バテレンサマ）、伊留満様（イルマンサマ）」と、我らの下に集まってきて、この島に来て早々に活動の拠点を失ってしまった心配をしてくれているようだった。私は彼らを安心させるために「Estou bem.《シュトウ・ベイン》」（＝だいじょうぶです）と答えながらも、精神的には打ちひしがれていた。だいじょうぶ、なはずがない。雪が降り続く冬の寒さや、高熱による寒けなど、大した問題ではない。度島《タクシマ》の島民たちが増築してくれた教会《エクレーシア》が完成したその日に焼け落ち、同志《クンパニエール》が十五年かけて少しずつ積み上げてきた書物《リヴル》と帳面《カルタパーシウ》が燃え尽きてしまったことが、悲しくて、悔しくてならないのだ。

火事は教会《エクレーシア》の建っていた丘の一角を燃やし尽くしそうだったが、麓までは燃え広がらないと判断できたので、火が辺りを焼き尽くすのを待たず、我らは、その場を去る決断をした。

誰もが悄然《しょうぜん》と肩を落としながら、島《イーリヤ》の反対側にある、ペードゥル（Pedro）という名の地元の有力者の家に案内された。我らをあたたかく迎えてくれたペードゥルに感謝しながらも、その家に着く頃には私の体調はさらに悪化し、立っていられないほどになって、ほとんど崩れ落ちるように、床に倒れ込んだ。

キリシタン《クリスタウン》たちは私たちが横になれるように敷物《エステイラ》（esteira）を用意してくれ、枕の代わりに使うための松材《ピーニョ》（pinho）も持ってきてくれた。私は寒けのため震え続けており、私のとなりで横になるジョアウン・フェルナンデスは、悲しみの涙を流していた。そんな私たちの様子に、集まったキリシタン《クリスタウン》たちも、誰もが泣いていた。

ペードゥルは、我らのために、巻貝《ブーズイウ》（búzio）や海藻《アウガ》（alga）、にんにく《アーリョ》（alho）、調理した大麦《セヴァーダ》（cevada）などをふるまってくれたが、私たちは、ほとんど食事も喉を通らなかった。寒さに震える私たちに、自分たちの着物《キモノ》（kimono）を脱いで、かけてくれる人もいた。

暗闇の中で人々が嘆き悲しむのを聞きながら、自分が眠っているのか、そうでないのかもわからぬまま、私は、ずっとうなされていた。自分が今、どこで何をしているのかもわからなくなりそうで、霊魂（アニマ）が煉獄（プルガトーリウ）を彷徨（さまよ）うのはこのような感じなのだろうか……と、場違いな考えも時折、なぜか浮かんでいた。

翌朝、まだ体調は優れなかったが、教会（エクレーシア）の跡地を見に行かないわけにはいかなかった。夜のうちに雪は止んでいたが、地面は白く覆われている。寒さに震え、雪に足を取られそうになりながら、島民たちと一緒に坂道を登った。丘の上にあったはずの教会（エクレーシア）や家々は燃え尽きて、昨日までとは景色が変わってしまっている。焼けてしまった家の住民たちは、その場に泣き崩れていた。私たちも泣きたい気分だが、デウスの計らいにより奇蹟的に燃え残っていた典礼服（ヴェステ・リトゥージカ）や、少量の米（アホシュ）、ミッサのためのワイン（ヴィーニョ）、この国の殿（トノ）たちに献上するための貴重な品々を、雪の下から、いくつか掘り出すことができた。私にとって涙が出るほどの喜びだったのは、個人的な旅の記録が雪の下から無事で見つかったことだ。雪を払い落とした紙（パペウ）の上には、私の筆跡で、こんなことが書かれていた。

「我らエウロパ人（エウロペウ）の暦（カレンダーリウ）における一五六三年の七月六日——目的地のジャパウンの暦（カレンダーリウ）では、永禄（エイロク）六年の六月十六日となる今日——、私、ルイス・フロイスはついに、その時を迎えようとしている。十五年前からずっと強い関心を抱き続けていた『不思議の国（パイース・ダス・マラヴィーリャス）』——ジャパウンと呼ばれる国――に足を踏み入れる瞬間が、とうとうやってきたのだ。」
　この文章を書いていたのは、ジャパウンに到着する直前の、聖十字号（サンタ・クルス）の船室でのことである。書いていた時に、たしか、ジョアウン・バプティスタが私を呼びに来てくれたのだった。甲板（コンヴェシュ）に出て、横瀬浦（ヨコセウラ）に到着して……そこから今日までは、今にして振り返ると、一瞬の出来事のようだったが、この文書が遺っていたおかげで、私の心は、五か月前のあの時を鮮明に追想することができた。自分にとって貴重なこの記録を焼失から救ってくださったデウスに、私は雪原に跪いて感謝を捧げた。

　度島（タクシマ）の島民たちの暮らしはあまり裕福ではないようだが、平戸（ヒラド）や、博多（ハカタ）(Facata)という近くの地域からミッサに参加するために度島（タクシマ）へやってくる者たちには少し生活の余裕があるようで、そうした方々が毎日のように、我らに食糧を届けてくださった。その食糧を島民たちにも分け与え、また、家が焼けてしまった者たちには、再建の足しとなるように、少しずつだが銀貨（プラータ）(prata)も渡した。

　布教のことを考えると、ペードゥルの家に、いつまでも厄介になっているわけにもいかない。だが、この度島（タクシマ）は資材に乏しく、しばらくは教会（エクレーシア）再建の目処は立たなそうであった。

「パードレ・ルイス、購入できそうな建物がないか、私が探してきます」

ジョアウン・フェルナンデスの言葉に、私は驚かされた。

「建物を購入とは……別の場所に移り住む、ということでしょうか？」

「いえ、エウロパ（ヨーロッパ）の石づくりと異なり、この国の建物は木造で、解体し、持ち運び、別の場所で組み立てることができるのです。なので、もし条件の良い建物があれば、それを購入して運んでくることが、いちばんの近道です」

建物を持ち運びする――というのは、我らの文化ではありえないことだ。解体し、別の場所で組み立てられる、という話には感心した。木造だと燃えやすいのが欠点だが、移動が可能であるのは大きな利点である。

その日から、ジョアゥン・フェルナンデスは、度島（タクシマ）島民に船を出してもらい、周辺の島々（イーリャス）を回ってくれた。その成果として、六日後には、海風があまり直撃しない、丘の麓の内陸寄りの場所に、粗末なものだが藁葺きの家（カーザ・デ・パーリャ）（casa de palha）を二棟、建ててもらうことができた。我らは、そのうちのひとつを教会（エクレーシア）に、ひとつを居館（カーザ）として使うことにした。扉の代わりに二枚の古い敷物（エステイラ）を垂らしているだけ、という簡素なものだ。先日、立派な香部屋（サクリステイア）が完成した途端に燃えてしまったのは、我々の贅沢と慢心を戒めるデウスのはからいに違いないので、質素なことは問題ない。

しかし、冬の隙間風の冷たさは、熱病（フエーブリ）が癒えない身には少々応えた。

藁葺きの家（カーザ・デ・パーリャ）は燃えやすいし、また、空間にも余裕がなかったので、島民たちからの提案もあり、焼け跡から回収した貴重品については、平戸（ヒラド）に住む谷口（タニグチ）トメ（性別は男）というキリシタン（クリスタウン）の蔵（クラ）に運んでもらうことにした。

私自身はまだ会ったことはないが、谷口（タニグチ）トメのことは、かつて定例報告（ヘラトーリウ）で読んで承知している。

彼は今から十二、三年前に（一五五〇年から一五五一年にかけて）トルレスが平戸（ヒラド）を拠点に活動していた時の宿主なのだ。トルレスが彼や、その妻子などをキリシタン（クリスタウン）にしたはずである。その話になると、ジョアウン・フェルナンデスは、とてもなつかしそうにしていた。

「ええ、よく憶えています。あの時は、パードレ・コスメを平戸（ヒラド）に残して、パードレ・メストレ・フランシスコ（・シャヴィエール）と私のふたりで、都（ミヤコ）まで出向いたのです。この国で最高の権力者である内裏（ダイリ）に会い、布教の許可を得るためでしたが、結局、会えずじまいで、平戸（ヒラド）まで戻ったのです……」

その話を聞きながら、私は、自分たちの最終目標を、改めて確認していた。我らイエズス会（クンパニア・デ・ジェズーシュ）の目的は、この国の象徴である内裏（ダイリ）、あるいは、内裏（ダイリ）以上の権力を持つという公方様（クボウサマ）にお会いして、我らの教えを支持していただくことなのだ。都（ミヤコ）地方で活動するガスパル・ヴィレラの働きにより、公方様（クボウサマ）から布教の特許状（パテンテ）（patente）は既に得ているというが、それは黙認であり支持ではない。この国で、イエス・キリスト（ジェズーシュ・クリーシュトウ）の教えを広めるには、内裏（ダイリ）なり公方様（クボウサマ）の支持が必要で、それこそが我らの果たすべき最大の目標である。

今は、まず度島（タクシマ）を拠点に布教の礎（いしずえ）を築く段階だが、いつか私自身で都（ミヤコ）の土を踏みたい。そのためにも、まずは厄介な熱病（フエーブリ）を快癒させなくてはならないのだが……。

火の元には充分に注意を払いながら、度島（タクシマ）の藁葺き（カーザ・デ・パーリャ）の家での新生活に、少しずつ慣れていった。ジャパウンに到着してから五か月が経過したが、そのうちの四か月近くは熱病（フエーブリ）に苦しめられているので、言語(リングア)学習は、ぜんぜん進展していない。

度島(タクシマ)の環境が安定しているせいか、熱があまり上がらない日も増えてきた。私は、ジョアゥン・フェルナンデスと一緒に、ジャパゥン語の文法書(リヴル・デ・グラマティカ)(livro de gramática)や単語帳(リヴル・デ・ヴオキャブラーリウ)を作成する作業を空き時間に進められるようになった。同志(クンパニエール)が十五年かけて作成したものは燃えてしまったので、新たに、つくり直す必要があるのである。

「今までゴアでジャパゥンについての報告は読み続けてきましたが、言語(リングア)については、実際に、この国に到着してから初めて知りました。我らエウロパ(ヨーロッパ)の言語(リングア)とジャパゥン語の最大の違いは、名詞や形容詞に性の区別がないことでしょうか。やはり、この点に、まずいちばん驚きました」

「そうですね。最初はとまどいますが、慣れてしまえば、むしろ単語(パラーヴラ)を憶えるのは楽かもしれません。また、格変化がない点にも違和感があります。ジャパゥン語には格変化がないので、我ら『ソキエタス・イエス』(=イエズス会(クンパニア・デ・ジエズーシュ))の名称に含まれる『イエス』が人名だと誤解している日本人(ジャプネーシュ)が多くいます。実際には、イエスース(・クリストゥス)が人名ですから、『イエス』は『イエスースの』という帰属を意味する格変化で、人物名ではないのですが……」

「そのあたりは、ジャパゥン語の助詞まで含めて格変化だと捉えると、わかりやすいかもしれませんね。つまり、『イエスース』への帰属を意味する時に単語が『イエス』に変わるような格変化はジャパゥン語には存在しないとしても、ジャパゥン語の助詞『ノ』を補って、『イエスース、ノ、ソキエタス』(=イエスのための組織)と言えば同じ意味になります。この『イエスース、ノ』を一語として、一種の格変化として憶えてしまえば良いかもしれません」

「なるほど、助詞を補った表現を一種の格変化と捉えてしまうわけですね。たしかに、それなら、我らの言語（リングア）と同じ感覚で憶えられます。さすが、言語（リングア）の才で知られたパードレ・ルイスですね。私が今まで作成した文法書（リヴル・デ・グラマテイカ）や単語帳（リヴル・デ・ヴオキヤブラーリウ）が燃えてしまったのは、あなたが新たにつくり直すように、というデウスの摂理（プロヴイデンスイア）であったのかもしれません……」

同志（クンパニエール）の言葉に、私は、はっとさせられた。彼がつくり上げてきた文法書（リヴル・デ・グラマテイカ）と単語帳（リヴル・デ・ヴオキヤブラーリウ）が燃えてしまった時、この世で最高の宝物が喪われたような感覚を私が抱いたのは、言語（リングア）への愛着ゆえだと思っていた。その面も実際あるはずだが、同時に、同志（クンパニエール）が苦心した学びの集積を活用できなくなった、という甘えた失望感もあったのかもしれない。いつでも援けてもらえることが最初からわかっていたら、人は努力を怠ってしまう。ジャパゥン語について、同志（クンパニエール）を頼りにしすぎていた私には、学びへの真摯さが足りなかったようだ。

文法書（リヴル・デ・グラマテイカ）と単語帳（リヴル・デ・ヴオキヤブラーリウ）をデウスが燃やされたのは、私への戒めと、自分で精進せよという愛のある激励であるようにも感じられる。そのような愛の鞭なのであれば甘んじて受け、むしろ、この苦難を喜ぶべきであろう。人智を超えた次元で我らを善き方向へと常に導いてくださる我らが父（ノッス・パードレ）の無限の愛情が感じられて、私は至福の余り震えてしまう。

「いずれにしても、すべてはデウスの摂理（プロヴイデンスイア）でしょう。我らはデウスを信じて、感謝するのみです。デウスだけでなく、イルマウン・ジョアウン・フェルナンデス——もちろん、あなたにも感謝しています。ただし、今までのように、あなたの知識に頼りすぎる受け身の学習ではなく、今後は、より自発的に、能動的な学習も心がけたいものです」

私のジャパウン語能力の向上を最初に強く希望してくださったのは、以前、横瀬浦（ヨコセウラ）で数日間を共に過ごした大村純忠殿（ドン・バルトロメウ）だった。現在、度島（タクシマ）の島民たちも、私が彼らの言葉に通暁（つうぎょう）することを熱望してくれている。というのも、彼らは、私がジョアウン・フェルナンデスの告解（コンフィッサウン）を聴くのを見て、そのことをとても羨ましく思っているようなのだ。告解（コンフィッサウン）は、彼らが洗礼（バウティズモ）を授かったあとに犯した罪を解消するためには欠かせない秘蹟（サクラメントウ）。「伴天連様（バテレンサマ）、オネガイジャア」と号泣しながら私に懇願する彼らの告解（コンフィッサウン）――罪の告白――に耳を傾けるためにも、一日も早くジャパウン語を習得することが私の急務となる。

熱が下がり始めると、ジャパウン語の学習が進み、また、学習に集中すればするほど、熱の上昇を抑えられているような気がした。語学に苦手意識のある人は、逆に学習によって熱が出る、という話も聞いたことがある。私にはやはり、語学学習が、性に合っているようだ。というより、言語（リングア）が好き、というのが正確かもしれない。そのような気質を与えてくださったデウスに、私は感謝している。

一五六三年十二月二十五日――永禄（エイロク）六年十二月十日の降誕祭（フエスタ・ドウ・ナターウ）（festa do Natal＝クリスマス）、この聖なる夜（サグラダ・ノイテ）（sagrada noite）のミッサに参列させるために、ドナ・イザベルは、彼女の子供たちを平戸（ヒラド）から度島（タクシマ）へ寄越した。教会（エクレーシア）は島の内外からやってきた人々で賑わい、聖母への祈り（アーウエ・マリーア）を歌う夕刻には既に満席になっていた。皆で軽く食事をしたあと、男性たちと女性たちは性別ごとにまとまって起立し、その聖夜の神秘（ミステーリウ）について語った聖典（サグラダ・エシュクリトウラ）（Sagrada

Escritura）の文章を歌い上げた。その後のミッサでは、私がラテン語で語り、ジョアウン・フェルナンデスがジャパウン語に翻訳するのを、誰もが真剣に聴いていた。ひと月ほど前の悪夢の火災が嘘のように、イエス・キリスト《ジェズーシュ・クリーシュトウ》の誕生した夜にふさわしい、デウスのご加護《アジューダ・デイヴィーナ》の感じられる、崇高なひとときとなった。

まだ仔羊の聖画《アニュス・ディ》を受け取っていないキリシタン《クリスタウン》たちが、それを求めて殺到した。全員に行き渡らせるために、私たちは、それを本当に小さな欠片にまで分割しなくてはならなかった。彼らは、木や骨で器用につくった自作の箱にそれを入れて、「アイノカケラ」と呼んで、とても大切にしていた。「アイノカケラ」というジャパウン語は、愛の遺物《ヘリーキアス・デ・アモーレ》（relíquias de amor）といった意味に解釈できるようだ。とても良い言葉だと思ったので、書き留めておいた。また、それらの箱の表面には、イエス《ジェズーシュ》のラテン語である「IESUS」と十字架《クルス》、そして、磔刑《クルスイフイカッサウン》を示す三本の釘《トレーシュ・クラヴシュ》（três cravos）、いばらの王冠《コローア・デ・シュピーノシュ》（coroa de espinhos）が描かれていて、そんなところからも、彼らのイエス《ジェズーシュ》への深い敬愛が実感できて、私は感銘を受けた。

度島《タクシマ》に来て早々に教会《エクレーシア》が焼けてしまった時には途方にくれそうになったが、その後、この島では大きな波乱もなく、私のジャパウン語学習も、少しずつだが順調に進展している。熱病《フエーブリ》の症状も和らいでいる日が増え、快方に向かっていることを実感し、横瀬浦港《ポルトウ・デ・ヨコセウラ》で病臥して無為に過ごしていた悔恨の日々を、今ようやく取り戻せている実感があった。近隣地域からは毎日のようにキリシタン《クリスタウン》の訪問者があったが、度島《タクシマ》は海に囲まれているため、突然、外敵に襲われる不安はなく、私が療養しながらこの国の風土に慣れるには、最適の環境と言えるかもしれない。この地で過ごすように勧めてくださったトルレスの判断は正しかった。もちろん、それは、聖霊(シュピリトウ・サントウ)がトルレスの口を借りて、私に道を示してくださったのであろう。

　我らにとって一月一日というのは、とりたてて大きな意味を持たないが、この国の人々は一月の一か月間を「正月(ショウガツ)」(Xóguachi)と呼び古くから特別視しているらしい。特に(永禄(エイロク)七年の)一月一日(一五六四年二月十三日)には、彼らが持っているいちばん上等の着物(キモノ)を着て、いつも以上に、かしこまった様子で私たちに挨拶に来た。そのことを不思議に思ったので、この国での生活が長い同志(クンパニエール)に私は説明を求めた。

「彼らが正月(ショウガツ)の特に最初の数日間を特別視するのは、一月一日が、彼らにとっては、一年が切り替わる最大の節目だからなのです。そのため、異教徒(ジエンテイウ)の者たちは仏(ホトケ)の寺院(モステイル)や、今は仏(ホトケ)の一部と見なされている神(カミ)を祀る社(ヤシロ)に正月(ショウガツ)最初の三日間に正装して詣でる風習があり、初詣(ハツモウデ)と呼ばれています。最初の聖地詣で(プリメイラ・ペリグリナツサウン)(primeira peregrinação)——という意味の言葉です」

　ジョアウン・フェルナンデスの解説で、私は納得した。

「なるほど、彼らが上等の着物(キモノ)を着て我らを訪れるのは、その初詣(ハツモウデ)なる風習にのっとったものなのですね。我らとしては、一月(ジャネイル)(janeiro)よりは、復活祭(パスクア)(Pascoa)が最大の節目となりますが、この国のキリシタン(クリスタウン)たちは、そのことを承知しているのでしょうか?」

「過去十五年間の布教活動で、復活祭(パスクア)がいかに重要であるかを私たちは各地で説いてきましたので、ほかの地方から度島(タクシマ)に来ている者たちには、承知している者もいるでしょう。ただ、我ら

「イエズス会が度島で復活祭を迎えるのは今年が初めてですので、きちんと啓蒙する必要はあるでしょうね」

日本人たちが伝統的に重視する、正月最初の三日間が終わった、永禄七年一月四日——すなわち、一五六四年二月十六日に我らが灰の水曜日（Quarta-feira de cinzas）を迎えられたのは、良い巡り合わせであったかもしれない。なぜなら、これから復活祭までの四十六日間は節制が求められる四旬節（Quaresma）の期間となるので、正月だからという理由で正装するのは、キリシタンらしからぬふるまいだからだ。現に、その事実を、私がラティン語で告げ、ジョアゥン・フェルナンデスが彼らの言葉に訳して伝えると、人々は、自分たちの昨日までのふるまいを、涙を流して恥じていた。罪滅ぼしのため断食をすることを認めていただくか、あるいは鞭で打って欲しいと彼らが希望してきたので、その思いつめた様子に驚かされた。彼らの告解を私が聴くことさえできれば、そのような小さき罪（pecado venial）は赦されるのだが、私が彼らの言葉を解さぬがゆえに、そこまで追いつめてしまうことを、私は本当に申し訳なく思う。司祭の位階にある神父として、彼らの霊魂を救済していく上では、やはり、ジャパウン語の習得は絶対に欠かせない。

一五六四年（永禄七年）の灰の水曜日の夜、鞭打ちの苦行を続けていたキリシタンたちに家に帰るように勧めていたところ、外が騒がしくなった。外に出た私たちは、口々に驚きの声を上げた。

南の空の巨大な天穹全体が、ぞっとするほど赤黒く染まっている。

闇の中、海の向こうの平戸島（イーリャ・デ・ヒラド）では、山脈のように巨大な火炎が空高く上がり、強風を受けて、大きく揺れ動いていた。そのさまは、地獄（インフエルヌ）の業火を思わせる印象である。我らキリシタン（クリスタウン）の敵である肥州（ヒシユウ）への報いなのかもしれないが、谷口（タニグチ）トメの蔵（クラ）に預けてある我らの貴重品や、平戸島（イーリャ・デ・ヒラド）で暮らすドナ・イザベルのことが心配だ。世界には夜の帳（とばり）が下りていたが、平戸島（イーリャ・デ・ヒラド）全島を包み込むかに見えるほどその火炎は大きく、我らは島民たちと移動し、度島（タクシマ）の港（ポルトウ）に自然と集まっていた。

数時間（オーラ）もせず、平戸島（イーリャ・デ・ヒラド）のほうから、数人が乗った小型船（エンバラカツサウ）が近づいてきた。島民たちによると、彼らは籠手田安経殿（ドン・アントニウ）に近しい筋の、平戸（ヒラド）のキリシタン（クリスタウン）であるらしい。

港（ポルトウ）に船が着く以前に、声が届く距離まで近づくと、彼らは大声で何かを叫んだ。「火事（カジ）」、「燃えた（モエタ）」という単語は、聴き取ることができた。船から飛び降りた彼らを島民たちが取り囲み、質問攻めにする。ジョアウン・フェルナンデスと私が人込みをかき分けて近づくと、平戸島（イーリャ・デ・ヒラド）からやってきた彼らも「伴天連様（パテレンサマ）、伊留満様（イルマンサマ）」と我らに気づき、泣き顔で近づいてきて、私の袖に、すがりついた。

「イルマウン・ジョアウン・フェルナンデス、彼は何と言っていますか？」

報告を受けて蒼褪める同志（クンパニエール）の表情を見ながら、私は、ジャパウン語ができない不便を痛感した。こういう非常時には特に、自分の語学力の不足が恨めしくなる。

「パードレ・ルイス、大変なことになりました。二度と火災の被害に遭わないよう谷口（タニグチ）トメの蔵（クラ）に保管してもらっていた我らの貴重品が、蔵（クラ）ごとすべて燃えてしまったそうです……」

私は絶句し、凍りついた。私たち自身も含めて、家が焼けてしまった者たちは昨年十二月の火災の痛手からようやく少しずつ立ち直りつつあったのだが、安全だと思って貴重品を預けていた平戸（ヒラド）の谷口（タニグチ）トメの蔵（クラ）が、まさか、燃えてしまうとは……。

私たちの動揺は周囲のキリシタン（クリスタウン）たちにも伝わり、皆が泣き始めた。

「幸い、ドナ・イザベルはご無事のようですが、籠手田安経（ドン・アントニウ）殿の居館（カーザ）も含めて、平戸島（イーリヤ・デ・ヒラド）の多くの部分が燃えてしまったそうです……」

ドナ・イザベルの無事は朗報だとしても、今後の布教に必要な貴重品の数々を失ってしまったことは、我らにとって深刻な痛手となる。このような惨事さえも、時間が経過すれば、デウスの摂理（プロヴィデンスイア）の一部として、きっと納得できるのだろう。だが、今この瞬間においては、それは、我らの布教活動を順調に進展させまいとする悪魔（インテツフエレンスイア）の妨害としか思えない、まさしく悲劇（トラジエーディア）であった。

平戸島（イーリヤ・デ・ヒラド）の大火は、その後、鎮火するのに二日を要した。その間に聞いた話によると、大火の原因は、平戸島（イーリヤ・デ・ヒラド）で行われていた仏（ホトケ）の祭りの最中に、酔った誰かがろうそく（ヴェーラ）を倒して、ある家が火災になったことであるらしい。風の強い夜だったので、たちまち火が燃え広がったのだ。

平戸島（イーリヤ・デ・ヒラド）の住人の多くは九州（イーリヤ・デ・キユウシユウ）島に、一部は度島（タクシマ）にも避難してきていて、平戸島（イーリヤ・デ・ヒラド）には、ほとんど人がいなくなっているようである。そんな中、「この機に乗じて海賊（ピラータ）たちが略奪にやってくる」という噂が広がり、私たちは、戦々恐々としながら、それに備えねばならなかった。

私たちイエズス会（クンパニア・デ・ジエズーシユ）の同志（クンパニエール）には、航海中に海賊（ピラータ）に襲われていのちを落とした者たちも多くいる。財宝目当ての海賊（ピラータ）たちは、デウスへの畏怖（いふ）を知らず、平気で人命を奪う。大罪（ペカードウ・モータウ）を犯すことを恐れない連中なので、説得は無意味だと心得ておいたほうが良い。嵐(テンペシュターデ)であれば、たとえ遭遇したとしても、デウスに祈ることで耐え、凌げる可能性はある。しかし、海賊(ピラータ)に遭遇した場合は、いのちを喪うことを覚悟せねばならない。

島民たちから一艘の小舟を借りて、そこにミッサに必要な品々を隠しておき、いざ海賊(ピラータ)の襲撃があった際には、すぐに度島(タクシマ)の山中に逃げ込む段取りは決めておいた。

いつ海賊(ピラータ)の襲撃があってもおかしくない、と思っていると、まだ熱が残っていても夜も眠れなかった。また、平戸島(イーリャ・デ・ヒラド)の恐ろしい大火を目撃したことで、度島(タクシマ)の火災のことも思い出して、また火災が発生しないか、という不安も芽生えていた。そのように思ってしまうのは私の弱さの証しであり、だからこそデウスに試されているのを実感できた。

最大限に警戒はしていたが、何事も起きぬままに数日が過ぎ、一週間、十日が過ぎた。

平戸島(イーリャ・デ・ヒラド)に人が戻り始めたらしく、度島(タクシマ)と平戸島(イーリャ・デ・ヒラド)の往来も再開され、「海賊(ピラータ)が襲ってくる」という不安は、過去の噂となって、自然に消えた。幸いなるかな、何事もなく済んだが、我らが心配しすぎていた、とは思わない。我らが懸命に祈り、用心を怠らなかったからこそ、今回は、デウスのお赦しをいただけたのだ。デウスと違って全能ならざる我らは、自分たちの卑小さを忘れてはいけない。

四旬節(クアレズマ)の四十六日間は、日曜日(ドミング)（domingo）を除く四十日間、節制(テンペランサ)を心がけることがキリシタン(クリスタウン)としての責務だが、海賊(ピラータ)の噂に怯えながら助けあっていたことで島民たちは、おのずと、それを実行できていた。理想的なキリシタン(クリスタウン)である度島(タクシマ)の島民たちには、デウスの愛情も大いに注がれるであろう。

度島（タクシマ）での復活祭（パスクア）は初めてであったので、その一週間前である枝の主日（ドミング・デ・ラモシュ）（Domingo de Romos）から聖週間（セマーナ・サンタ）（Semana Santa）に入る頃になると、キリシタン（クリスタウン）たちの期待は弥（いや）が上にも高まり、彼らは、自分たちに貢献できること、為すべきことを教えて欲しい、と、我らに幾度も懇願した。

ナツメヤシ（タマレイラ）（tamareira）がこの地に生育していないことは明らかだったので、私たちは島民たちに、何でも良いから美しい枝を採ってきて、それで家々を飾るように指示した。島民たちは山に入り、思い思いの枝を採ってきては我らに見せ、それで軒先を飾っていた。

聖木曜日（キンタ・フェイラ・サンタ）（Quinta-feira Santa）には、ジョアゥン・フェルナンデスが、洗足式（ラヴアペシュ）（Lava-pés）についてキリシタン（クリスタウン）に説明した後、この島のもっとも貧しい老人十二人の足を、島民たち全員で洗った。彼らは自分たちの体験を通して、弟子たちの足を洗ったイエス・キリスト（ジェズーシュ・クリーシュトゥ）の謙譲（ウミルダーデ）と慈愛（カリダーデ）の美徳（ヴィルトゥーデ）をより深く理解し、いっそう信仰（フィーデス）を強めているように、私には見受けられた。この日は、雨が激しく降り風も強かったが、人々は、寒さも感じないような毅然とした様子で、島（イーリャ）の十字架（クルス）まで行進した。

この夜は、嵐（テンペシュターデ）となった。ジョアゥン・フェルナンデスがイエス・キリスト（ジェズーシュ・クリーシュトゥ）の受難（パシオン）について話している時に幾度か雷が鳴ると、人々は祈りながら「オオッ、ゼズス様（サマ）！」とか「キリシト様（サマ）！」などと叫びながら、感極まって涙を流していた。

聖土曜日（サーバドウ・デ・アレルイア）（Sábado de Aleluia）には、私が聖別した聖水（アグワ・ベンタ）（água benta）を求めて、島の内外からたくさんの人が教会に押し寄せ、その対応だけで一日が終わってしまうほどであった。彼らはそれぞれが器を持参し、「聖水、お頼み申す」と、それを差し出した。病人が出た時のために、自宅で聖水を大切に保管したい、と語っている者が特に多かった。

一五六四年四月二日——永禄七年二月二十一日、本年の復活祭において、キリシタンたちは、いちばん上等な着物に身を包み、誰もが笑顔で、見違えるほどに輝いて見えた。ジョアウン・フェルナンデスと私も頭に花の冠を載せ、私たちを先頭に、キリシタンたちは行列をつくって、島内を練り歩いた。

かつてキリシタンの聖地となるはずだった横瀬浦には異教徒がいたが、この度島は島民全員がキリシタンであり、島外からの訪問者もまたキリシタンのみ、という、まさに我らの天国であった。

こうした環境が良かったのか、この復活祭の日を境に私の熱病は、嘘のように完治した。高熱が消え去った色身は、それまでより軽く感じられ、天使（anjo）の翼が生えたかのようだった。

度島に移り住んでから四か月ほどとなり、それはジャパゥンでの最初の四か月とは比較にならないほど充実した日々だった。度島は小さな島であり、外部からの妨害がないため、島内に存分に教えを行き渡らせることができた。私の病は癒え、また、ジャパゥン語の学習にも進展を感じられるようになった。トルレスが——つまりはデウスが——私に与えてくださったこの布教の舞台は、ジャパゥンでの事実上最初の活動の場としては、まさしく最高のものであったと思う。ここでの成果を実感できた私は、次に私がデウスから賜わる課題について、考える機会が増えた。

度島（タクシマ）での布教活動も大切ではあるが、この場所は、ジャパウンの中では西の涯（はて）に位置する孤島である。だからこそ、我らだけの天国（パライーズ）となりえたのだが、ここにとどまっているだけでは、我らの最終目的は果たせない。都（ミヤコ）に赴き、内裏（ダイリ）あるいは公方様（クボウサマ）に我らの教えを支持していただくという、我らの最終目標を忘れてはならない。

第六章　平戸(ヒラド)への帰還

Antes de chegar nao de Dom Pedro, havia 27 dias que tinhão chegado perto de Firando uma nao e um junco de Portugueses, os quais não quiseram entrar no porto sem licença do Padre Luis Frois, que estava como desterrado na ilha de Tacuxima.

（＝ドン・ペードゥルの帆船が到着する前に、ポルトガル人たちの帆船と高速帆船が二十七日間、平戸の近くまで来ていたが、度島にいる神父ルイス・フロイスの許可が得られるまで港に入ろうとしなかった）

復活祭の歓喜と熱狂が冷めやらぬ翌日、平戸のキリシタンたちから度島の我らの下へ、信じられないほど良い知らせが届いた。安満岳（Yasumandaqui）の名で平戸を中心とする地域に君臨していた坊主たちの首領が肥州によって追放された、というのである。

安満岳は、平戸島の北西に聳える同島でいちばん高い山の名でもあり、そこにある仏の寺院の首領が、その山の名（「安満岳」）で呼ばれていた。ジャパウンにおいては、仏の寺院が高い山の上にあり、そこの坊主が山の名で呼ばれることは、珍しくないようだ。私自身は、まだ平戸の地を踏んだことが一度もないので、安満岳と面識はないが、その人物についての報告は、かつて定例報告で読んだことがある。日本人の名前は我らには憶えにくいので、報告に出てくるすべての人物を把握することは難しい。それでも、安満岳という名は、強く記憶に刻まれている。なぜなら、その坊主は、かつて我らの平戸での布教活動を崩壊させた張本人であったからだ。

今から六年前の一五五八年――この国の暦では永禄元年――当時、我らイエズス会はまだ平戸を拠点にしていたが、安満岳が肥州に働きかけたことで、キリシタンが弾圧されることになった。肥州の命令で教会は燃やされ、十字架は引き抜いて破棄され、当時、平戸で布教活動を行っていたガスパル・ヴィレラは、追放されたのである。しかも、安満岳は肥州を唆し、平戸のキリシタンたちに棄教をも強制させようとした、という。当時、既にキリシタンであった籠手田安経殿が全力で抵抗したことで、キリシタンたちが信仰を棄てなくて良いことだけは、肥州は渋々ながら黙認した。その後も、平戸には常に多くのキリシタンたちがいたのであるが、これまでは、安満岳が権勢を振るっていたため、平戸では表立っての布教活動ができなくなっていた。安満岳（ヤスマンダケ）が肥州（ヒシユウ）に追放されたというのは、我らにとって最高の知らせであり、この国のキリシタン（クリスタウン）たちの熱意に、デウスが応えてくださったようでもあった。

「ですが、なぜ、安満岳（ヤスマンダケ）は、追放されたのですか？」

その点について、キリシタン（クリスタウン）たちから報告を受け、詳細を聞き出している最中のジョアウン・フェルナンデスに、私は待ち切れずに説明を求めた。

「安満岳（ヤスマンダケ）は、肥州（ヒシユウ）をはじめ、この地域の有力者の多くと縁戚関係にあり、我らの支持者である籠手田安経殿（ドン・アントニウ）が安満岳（ヤスマンダケ）を放逐しようとしても、多方面への配慮から、今まで、なかなか思うようにはいかなかったそうです。ところが先日の平戸（ヒラド）の大火は、安満岳（ヤスマンダケ）の命令により手下の者たちが籠手田安経殿（ドン・アントニウ）の居館（カーザ）や谷口（タニグチ）トメの蔵（クラ）に火を放ったのが発端であったことが、その下手人（オフェンソール）(ofensor)が酔った勢いで吹聴し、明らかになったようです。もっとも、あの夜は想像以上に風が強く、平戸（ヒラド）の大部分が燃えてしまうほどの大火となってしまったのは、安満岳（ヤスマンダケ）にとっても想定外の事態だったようですが……」

あれは今年の灰の水曜日（クアルタ・フェイラ・デ・シンザシュ）の夜のことであったから、よく憶えている。夜の海を挟んで対岸の平戸島（イーリャ・デ・ヒラド）で燃え盛る巨大な赤黒い火柱は、まるで悪魔（デイモーニウ）のようだと私は感じたのだが、仏（ホトケ）という悪魔（デイモーニウ）を崇拝する坊主（ボンズ）の首謀者——安満岳（ヤスマンダケ）が黒幕であったのならば、あの時の光景も、うなずける。

「先日の平戸（ヒラド）の大火は安満岳（ヤスマンダケ）の仕わざであった、という事実がいくさ場（カンプ・デ・バターリヤ）の肥州（ヒシユウ）にも伝わった、ということですか？　籠手田安経殿（ドン・アントニウ）や肥州（ヒシユウ）は、今もまだいくさ場（カンプ・デ・バターリヤ）なのですよね？」

私が度島(タクシマ)での生活を始めてから四か月以上になるが、籠手田安経殿(ドン・アントニウ)と肥州(ヒシユウ)は、肥州(ヒシユウ)の領土の別の地域でのいくさ(ゲーハ)が続いているため、ずっと平戸(ヒラド)を留守にしているようである。私自身、まだ一度も籠手田安経殿(ドン・アントニウ)にはお会いできていない。

「はい。ただ、平戸(ヒラド)の大火が安満岳(ヤスマンダケ)の仕わざであったことは、いくさ場(カンプ・デ・バターリヤ)の籠手田安経殿(ドン・アントニウ)と肥州(ヒシユウ)にも伝わりました。籠手田安経殿(ドン・アントニウ)からすれば、自分の居館(カーザ)が燃やされたばかりか、我らが布教する上で大切な貴重品の数々を保管していた谷口(タニグチ)トメの蔵(クラ)までも燃やされて、さすがに業(ごう)を煮やしたようです。肥州(ヒシユウ)が安満岳(ヤスマンダケ)を処罰せぬなら、籠手田安経殿(ドン・アントニウ)自身が今すぐいくさ場(カンプ・デ・バターリヤ)を離脱して、安満岳(ヤスマンダケ)を誅滅する――と、彼は、肥州(ヒシユウ)に強く迫りました。籠手田安経殿(ドン・アントニウ)は肥州(ヒシユウ)に次ぐ地位の殿(トノ)であり、その家臣団(ヴァツサルス)の戦力は肥州(ヒシユウ)の軍では最強なので、肥州(ヒシユウ)としては、彼を戦線から離脱させるわけにはいかず、もはや安満岳(ヤスマンダケ)を追放するしかなかったのです。肥州(ヒシユウ)としても、自身の本拠地である平戸(ヒラド)を燃やしたのが安満岳(ヤスマンダケ)であると判明した以上、いかに縁戚関係にあるとはいえ、もはや庇い立てすることはできなかったのでしょう」

「なるほど、かつて我らの同志(クンパニエール)であるパードレ・ガスパル（・ヴィレラ）を追放し、平戸(ヒラド)のキリシタン(クリスタウン)を弾圧するように仕向けた張本人の安満岳(ヤスマンダケ)は、デウスのお裁き(ジュイーズ・デイヴィーヌ)により、ついに己にふさわしい報いを受けた、ということですね」

「そういうことです。肥州(ヒシユウ)の命令により、安満岳(ヤスマンダケ)の領土は、すべて没収。その上、肥州(ヒシユウ)の領土から永久追放された、とのことです。今後、あの坊主(ボンズ)が我らの妨げになることはないでしょう」

安満岳(ヤスマンダケ)自身が蒔いた種なので、いっさい同情には値しない。聖句(シユクリプトウム)にもある通り、デウスによる必然のお裁き（ジュイーズ）（juizo）が、下されるべくして下されたのである。

「Scimus enim quoniam judicium Dei est secundum veritatem in eos qui talia agunt.」（シムス・エニム・クオニアム・ジュディシウム・デイ・エシュトウ・セクンドウム・ウエリタテーム・イン・エオシュ・キ・タリーア・アグントウ）（＝このような罪を犯した者たちに、真実に基づいてデウスのお裁きが下されることを、私たちは知っています）

だから私たちは、たとえどんなに非道な悪人を前にしたとしても、私たち自身で裁こうとする必要はないし、私たち自身が裁いてはいけない。私たち自身が裁こうとすることは、私たち自身の手をも罪（ペカードウ）に染めることになる。デウスを信じて、お裁き（ジュイーズ）は、お任せすれば良い。たとえ今すぐにでなくても、お裁き（ジュイーズ）は、必ず下される。我慢できずに我らがみずから他人を裁こうとするのは、デウスへの不信、そして、冒瀆（ブラシュフエミア）（blasfêmia）である。デウスを信じる心があれば、我ら自身が悪人を裁く必要はない、と理解できる。

「Nihil autem opertum est, quod non reveletur. Neque absconditum, quod non sciatur.」（ニヒル・アウテム・オペルトウム・エシュトウ、クウオド・ノン・レヴエレトウル。ネケ・アブスコンデイトウム、クオド・ノン・スイアトウル）（＝隠されたもので、暴かれないものは、ありません。秘されたものは、必ず知られるのです）

それにしても、いつもながらデウスは、最適の時期に納得できるお裁き（ジュイーズ）をしてくださる。私は改めて畏敬の念を強め、感謝の祈りを捧げた。

六年前にガスパル・ヴィレラが平戸（ヒラド）から追放された際、キリシタン（クリスタウン）たちは、その意味がわからず、嘆き悲しんだと聞いていた。中には、もしデウスが存在するなら、どうしてこのようなことになるのかと、信仰（フィーデス）が揺らいだ者も、いたかもしれない。だが、今回の件のように、一時的に我らにとって不利な方向に物事が進んでいるように見えたとしても、あとになってふり返れば、必ずやそこに、デウスの必然の意図――摂理（プロヴィデンスイア）――を読み解くことができるのである。すべてが順調に進む順境にある時、人は自分の力を過信し、慢心する。そうした思い上がりを戒めるためにこそ、逆境が必要となる。逆境において苦しむ時、人は己の無力さと、デウスのご加護（アジューダ・ディヴィーナ）のありがたさを思い出す。その感謝の心を忘れなければ、順境でも己を見失うことはない。

今回、復活祭（パスクア）という節目に合わせてデウスが我らにわかりやすい教訓を示してくださったことで、摂理（プロヴィデンスイア）の理解が深まるキリシタン（クリスタウン）がさらに増えることを、私は心から期待した。

領主の肥州（ヒシュウ）自身が我らの教えを受け容れたわけではないものの、平戸（ヒラド）における我らの最大の敵である安満岳（ヤスマンダケ）が「追放される」という形で失脚したことの意味は小さくない。かつて権勢を誇っていた安満岳（ヤスマンダケ）からの迫害を恐れていた平戸（ヒラド）のキリシタン（クリスタウン）たちは、今や、最大の脅威から解放された。さっそく彼らは、度島（タクシマ）の対岸にある平戸（ヒラド）の田浦（タノウラ）(Tanoura)という籠手田安経（ドン・アントニウ）殿の領内に、我らのために小さな教会（エクレーシア）を建ててくれた。用心の意味もあり、まずはジョアゥン・フェルナンデスひとりが招待された。そこで二週間ほど過ごし、度島（タクシマ）へ戻ってきた彼から私は報告を受けた。

「まだ肥州（ヒシュウ）の許しが出たわけではないので表立っては活動できないのですが、平戸（ヒラド）のキリシタン（クリスタウン）たちは一日に数人ずつ交代制で、毎夜、田浦（タノウラ）の秘密の教会（エクレーシア）を訪問し、私の説教（セルマウン）を真剣に聴いてくれました。ドナ・イザベルは、パードレ・ルイスに田浦（タノウラ）でミッサを挙げてほしい、と熱望してくださっています」

領主である肥州(ヒシュウ)の許可が出ていない今、平戸島(イーリャ・デ・ヒラド)で布教活動を本格的に再開することの危険はあるが、籠手田安経(ドン・アントニウ)殿の夫人(シュポーザ)ドナ・イザベルがミッサを希望してくださっている以上、我らに断る理由はない。幸いなるかな、度島(タクシマ)の対岸にある田浦(タノウラ)は、平戸島(イーリャ・デ・ヒラド)の中とはいえ、肥州(ヒシュウ)ではなく籠手田安経(ドン・アントニウ)殿の領内であるし、ちょうど山が目隠しとなっていて、平戸島(イーリャ・デ・ヒラド)の内陸部から見られる心配はない。むろん、用心する必要はあるが、我らにとっては活動しやすい場所だと言える。

さっそく我らは支度を整え、田浦(タノウラ)の教会(エクレーシア)でミッサを執り行うことにした。ドナ・イザベルにはこの時に初めて会ったが、高貴な雰囲気をまとっているため、ひと目でわかった。過度に贅沢をしているわけではないが、それでも庶民たちより上等な着物(キモノ)を着ておられるし、表情や佇まいからも身分の高さが窺えた。それは高慢(スペールビア)とは明らかに違い、生まれついての品格、気品に由来するものであろう。

「伴天連殿(バテレンドノ)。妾(ワラワ)、汝(ナンジ)にお会(オア)いでき(イデキ)、イトウレシ」

「ドナ・イザベル。某(ソレガシ)、同(オナ)じ、有り難き幸せ(アリガタキシアワセ)」

私のジャパゥン語は発音も文法もまだずいぶん不自然で間違いも多いと自覚しているが、ドナ・イザベルには伝わったようだ。嬉しそうに、うなずいてくださった。

ここ数か月の度島(タクシマ)での生活で新たに学んだことであるが、この国では自分のことを「某(ソレガシ)」、相手のことは「汝(ナンジ)」と呼ぶのが一般的であるようだ。より畏(かしこ)まった自分の表現としては、男性の「我(ワレ)」、女性の「妾(ワラワ)」。また、男性を敬う場合は「貴殿(キデン)」、女性を敬う場合は「貴女(キジョ)」を用いることもあるという。

ドナ・イザベルは、この日のミッサのために平戸（ヒラド）にいる親族や関係者を多く集めていた。籠手田安経（ドン・アントニウ）殿は、まだ肥州（ヒシユウ）といくさ場（カンプ・デ・バターリャ）に出ているようで、不在である。いつもは数人ずつ集まるようにしている平戸（ヒラド）のキリシタン（クリスタウン）たちも、この日はミッサに参加するために、ほとんどすべての者が集まってくれたようだった。肥州（ヒシユウ）がいくさ（ゲーハ）のために平戸（ヒラド）を留守にしている時期だからこそ、このミッサは可能となった。もちろん、そうした信じられないほど我らに都合の良い巡り合わせは決して偶然ではなく、すべてデウスのお導き（オリエンタツサウン・デイヴイーナ）であることは、言うまでもない。

安満岳（ヤスマンダケ）の策謀によりガスパル・ヴィレラが平戸（ヒラド）を追われてから六年――、ついに、この地でふたたびミッサを挙げられることになった。キリシタン（クリスタウン）たちの誰もが随喜の涙を流していた。彼らの感激の大きさから、六年前の弾圧の激しさを想像できた。よくぞここまで堪えてくれた――と、彼らを讃えたい。

ミッサの終盤、聖体拝領（エウカリステイア）の秘蹟（サクラメントウ）で、ひとりひとりに聖体（オステイア）を授け、感極まる彼らにうなずきながら、私自身も、特別な感慨を抱いていた。

この国に来てすぐ、大村純忠（ドン・バルトロメウ）殿と邂逅（かいこう）できたまでは良かったものの、その後、朝長新助（ドン・ルイス）殿が暗殺され、横瀬浦（ヨコセウラ）は壊滅。私自身は熱病（フエーブリ）に苦しめられ、何か月も狭い船室で病臥する生活を強いられた。コスメ・デ・トルレスは私に、マカオ（マカウ）に戻って静養することさえ勧めた。だが、意を決して留まり、新天地の度島（タクシマ）で地道に活動したことで病は癒え、この国で最初の我らの聖地である平戸（ヒラド）の地で、ふたたびミッサを挙げられることになった我が身の至福を、デウスに感謝せずにはいられない。

安満岳が追放されても、我らの敵、肥州は今も健在であるが、この地の素晴らしいキリシタンの祈りは、きっとデウスに通じるだろう。平戸の地をふたたび我らの聖地とする日も近いのではないかと信じられて、その日はとても幸せなミッサになった。

ドナ・イザベルは、田浦の地で私によってミッサが執り行われたことを、いくさ場の籠手田安経殿に書状で知らせてくださったようである。籠手田安経殿からは、すぐ喜びの返信があった、とも聞いた。その内容は、度島の我らの下へも、ドナ・イザベル経由で知らされた。

「度島に続いて、我が領内の田浦でミッサが執り行われた由、誠にありがたし。我、デウスに衷心より感謝し奉る。安満岳が去ったとはいえ、眼の暗き肥州は、いまだゼズスの教えに理解を示そうとせず、平戸における布教再開は、今しばらくは困難と思われる。されど、その間、伴天連殿、伊留満殿には、我が領内の他の島々における布教を、何者にも憚ることなく、より盛大に続けていただきたし。是非にお願い申し奉る次第」

それは、我らにとって、願ってもない申し出である。ドナ・イザベルや、籠手田安経殿の家臣の方たちにも相談しながら、我らは度島の周辺の島々にも少しずつ出向いて布教活動を行うようになった。

度島の南西、平戸島の北西にある生月島（Ikitukixima）では、特に大きな成果を上げられた。我らの地図を信ずるなら、生月島は平戸島と比べると十ぶんの一ほどの面積だが、それでも度島の五倍ほども大きく、およそ二千五百人が暮らしているようである。度島のように全島民がキリシタンとなるには、それなりに時間を要するとしても、生月島でも、短期間で二百人以上がキリシタン（クリスタウン）となった。島（イーリャ）という閉鎖空間は、外部との人の往来が少ないので、教えが浸透しやすい環境かもしれない。

　そのように、度島（タクシマ）を拠点に、田浦（タノウラ）、生月島（イキツキシマ）、さらに周辺の島々（イーリャス）へ——我らの布教活動は広がりを見せつつあったが、籠手田安経殿（ドン・アントニウ）が書状（ショジョウ）に書いていたように、かつて我らの聖地であった平戸（ヒラド）での布教を再開するには、どうしても、領主である肥州（ヒシュウ）の許可が必要になる。そのために、どうすれば良いのか——我らは幾度も意見を戦わせたが、現時点では良い案は浮かばなかった。ただ、いつ何時デウスのご加護（アジューダ・デイヴィーナ）でその機会が訪れてもおかしくないので、いつそうなっても良いように、日々、心の準備だけは欠かさなかった。

　我らの庇護者（グアルディアウン）である籠手田安経殿（ドン・アントニウ）の領内だけを移動していたこともあり、度島（タクシマ）と周辺の島々（イーリャス）を忙（せわ）しなく行き来していた二、三か月ほどのあいだは、幸いなるかな、大きな波乱はなかった。私がジャパウンに到着してから最初の一年間の後半は、布教も軌道に乗り、安定していたと言える。

　一五六四年七月十八日——永禄（エイロク）七年六月十一日、ポルトガル人（ポルトゥゲーシュ）たちの乗る二隻の大型帆船が平戸（ヒラド）のすぐ近くまで来ている——という知らせが、我らに、もたらされた。ただし、二隻の船は平戸（ヒラド）には入港せず、陸の近くの洋上に碇（アンコラ）を下ろして停泊している、とのことである。その船の商売人（コメルシアンテ）たちを乗せた小型船が、度島（タクシマ）にいる私の下へ、やってきた。

「昨年まで商取引（コメールシウ）の拠点であった横瀬浦（ヨコセウラ）の港町がなくなってしまったので、その前に拠点であった平戸（ヒラド）にやってきたのですが、パードレ・ルイスが平戸（ヒラド）ではなく度島（タクシマ）にいらっしゃると聞き、入港は様子見しているところです。平戸（ヒラド）では、我らの教えが弾圧されていたはずですが、入港してもよろしいでしょうか？　平戸（ヒラド）の領主から、入港を求める使者も来ております」

そう尋ねるポルトガルの商売人（コメルシアンテ）らに、私は答えた。

「それは、なりません。デウスを信じぬばかりか、我らの教えを弾圧しようとする肥州（ヒシュウ）たちと商取引（コメールシウ）することは、デウスへの冒瀆（ブラシュフエミア）です。あなたたちが彼らと商取引（コメールシウ）する上では、肥州（ヒシュウ）が我らの布教活動を承認することが絶対条件です」

私の返答に納得したように、商売人（コメルシアンテ）たちは帰っていった。その翌日、肥州（ヒシュウ）の使者が書状（ショジョウ）を持参して、度島（タクシマ）にいる私の下を訪れた。肥州（ヒシュウ）からの使者が私を訪問するのは、初めてのことである。

私のジャパウン語能力は、まだ肥州（ヒシュウ）の書状（ショジョウ）を読み解けるところまで向上してはいないので、ジョアウン・フェルナンデスと、ほかの通訳者（インテールプレーテ）たちに内容を教えてもらった。

それは、次のような内容であった。

「伴天連殿（バテレンドノ）、ここ数か月ずっといくさ（ゲーハ）が続いていたため、これまで貴殿にご挨拶できなかった非礼は、どうかお赦しいただきたい。また、伴天連殿（バテレンドノ）は度島（タクシマ）を拠点としておられるようだが、ぜひ、平戸（ヒラド）にも、お越しいただきたい。必要であらば、新たに南蛮寺（ナンバンデラ）（＝教会）を建てる許可を出し、そのための土地を提供しても良いと思っている。なので、ぜひ我らにポルトガル船との商売の許可をお与えいただきたい」

私がもし何の予備知識も持たなかったら、肥州（ヒシュウ）のこの甘言の罠に、はまっていたかもしれない。

しかし、肥州（ヒシュウ）がこれまで我らイエズス会（クンパニア・デ・ジエズーシュ）にしてきた数々の妨害行為を、私は定例報告（ヘラトーリウ）で読み、知識として承知している。ジョアウン・フェルナンデスは、実際に体験してきた当事者なので、私以上に直接的な拒否反応を示した。

「パードレ・ルイス、肥州(ヒシユウ)のこれらの文言は、すべて偽り——虚言です。どこにも本心は含まれていませんから、信じてはなりません。ここで正しい判断ができるかどうか、我らはデウスに試されているはずです」

いつも穏やかな彼にそこまで言わせる肥州(ヒシユウ)は、やはり、我らにとっては心を許せる相手ではない、ということ。たとえ安満岳(ヤスマンダケ)が追放されても、肥州(ヒシユウ)がいる限り、平戸(ヒラド)での布教には困難が伴いそうである。

私たちは肥州(ヒシユウ)の書状(ショジョウ)には返答せず、ポルトガル船に入港許可を出さないでいた。すると数日後、今度は、なつかしの聖十字号(サンタ・クルス)が平戸(ヒラド)の近くまでやってきた、という嬉しい知らせを受けた。私は聖十字号(サンタ・クルス)からの遣いの者に伝言するだけでなく、この時は、みずから、聖十字号(サンタ・クルス)に赴いた。昨年十一月、再会を誓って横瀬浦港(ポルトウ・デ・ヨコセウラ)で別れた船長(キヤピタウン)のドン・ペードゥルには、直接会って挨拶したかったのだ。

ところが、度島(タクシマ)から小型船に乗って洋上を近づいていくと、かつて私自身も一年三か月を船内で過ごし愛着のある聖十字号(サンタ・クルス)の変わり果てた姿が視界に飛び込んできて、私は我が目を疑った。

本来は三本が聳えているはずの帆柱(マストウル)の二本は折れ、船体の側面にはいくつもの穴を塞いだ跡があり、至るところが破損していて、それはまるでいくさ(ゲーハ)で全身に傷を負って今にも力尽きそうになっている者のように、痛々しい姿であった。

海賊（ピラータ）に襲われたのだろうか、という考えが最初によぎったが、もしここまで船を破壊されるほどの攻撃を受けたのであれば、財宝を奪われ船は沈められたはずだ。おそらく、嵐（テンペシュターデ）の被害によるものだろう。帆柱（マストゥル）を二本も折られるほどの被害を受けながらジャパゥンまで無事に辿り着けたのは、まさしく奇蹟（ミラーグリ）にも等しいデウスのご加護（アジューダ・ディヴィーナ）である。

被害が深刻なので、船内の者たちが案じられた。不安が大きかっただけに、甲板（コンヴェシュ）上でドン・ペードゥルに出迎えられた時には、胸が熱くなった。試練があればこそ、感謝の気持ちが強まる。我らが必死になることで、かろうじて乗り越えられる試練を与えてくださるデウスのみわざ（アートゥ・ディヴィーヌ）には、いつもながら驚かされる。

「パードレ・ルイス、昨年十一月に横瀬浦（ヨコセウラ）でお別れして以来、八か月ぶりになりますね。あの時のあなたはまだ熱病（フエーブリ）の症状でひどく苦しんでおられましたが、ずいぶん、お元気になられたようですね」

ドン・ペードゥルは笑顔を見せてくれたが、そんな彼は初めて見ると感じるほど憔悴していて、今回は私が彼の心配をせねばならなかった。

「ドン・ペードゥル、ずいぶんお疲れになっていますね。船のあちこちが、かなり損傷しているようです。大きな嵐（テンペシュターデ）に遭われたのですか？　よくジャパゥンまで辿り着けましたね」

「そうなのです。ひどい嵐（テンペシュターデ）に二度も襲われて、帆柱（マストゥル）が二本折れ、あちこちが損壊し、難破するところでした。今回ばかりは本当に己の命運が尽きたかと思いましたが、神父（パードレ）を三人乗せていたおかげか、デウスのご加護（アジューダ・ディヴィーナ）により、どうにかまたジャパゥンへやってきて、あなたと再会できました」

我らの度島（タクシマ）での布教がたいへん順調であったため、インディア管区長（プロヴィンスイアル・デ・インディア）のアントニウ・デ・クアドゥロスがジャパゥンでの布教強化のため、さらに三人の神父（パードレ）をジャパゥンに派遣する、と決定した事実は、数日前に到着した帆船（ナウ）が運んできた書簡（カールタ）で既に私たちに知らされていた。

その三人——ベルショール・デ・フィゲイレド（Belchior de Figueiredo）、ジョアウン・カブラル（João Cabral）、バルタザール・ダ・コスタ（Baltasar da Costa）は、いずれも私同様に司祭（サセルドーテ）の位階にある神父（パードレ）である。ドン・ペードゥルと再会の言葉を交わしている最中に、甲板（コンヴェシュ）に出てきた同志（クンパニエール）たちとも挨拶できた。彼らとは以前、ゴアやマカオ（マカウ）で一緒になったことがあり、見知った間柄である。

ベルショール・デ・フィゲイレドは私と同年代、三十代前半のインディア人（インディアーヌ）（Indiano）。私より少し背が低く、色黒で、がっしりとしている。彼は頭と腕に包帯を巻いていて、顔にも痛々しい擦り傷や切り傷も見えた。

「パードレ・ベルショール、そのお怪我は、嵐（テンペシュターデ）の時に？」

「はい。最初の嵐（テンペシュターデ）に襲われた際、強い波が壁を破って船内に入ってきました。あの時、私は壁に叩きつけられて、もう少しで圧死するところだったのですが、デウスのご加護（アジューダ・デイヴィーナ）により助けられました。こうしてパードレ・ルイスとジャパゥンで再会できたことを嬉しく思います」

ジョアウン・カブラルも褐色の肌をしたインディア人（インディアーヌ）だが、彼は私の十歳ほど年上の四十代で、フィゲイレドより、さらに頭ひとつほど背が低い。彼はしきりに咳をしていて、言葉を発するのも苦しそうだった。

「今回の航海は、まさしくいのち懸けで……あったのですが、無事に試練を乗り越えて……安堵したせいか、少し前から、咳が……止まりません。これではミッサも執り行えませんので、早く……治したい……ものです」

「私も長期間、体調を崩していましたので、お察しします。今後の布教活動のためにも、パードレ・ジョアウン・カブラル、まずは静養なさってください」

三人目の新任神父（パードレ）、バルタザール・ダ・コスタはポルトガル人（ポルトゥゲーシュ）で、私と同じくらいの身長である。彼も四十代だが、細かいことを気にしない性格のためか、年齢よりだいぶ若く、私と同年代にも見える。

「たしかに、あれは大きな嵐（テンペシュターデ）でしたが……パードレ・ルイス、私は、心配していませんでしたよ。なぜなら、デウスが私をジャパゥンに導いてくださると信じていましたからね」

「あなたらしい、頼もしいお言葉ですね、パードレ・バルタザール。あなたにもぜひ、ジャパゥンでの布教活動ではご活躍いただきたいです」

そうして再会を果たした三人の同志（クンパニエール）と、ドン・ペードゥルも交えて、私は、平戸（ヒラド）領主の肥州（ヒシュウ）についての相談をした。肥州（ヒシュウ）の悪名は定例報告（ヘラトーリウ）によってゴアまで知れ渡っているので、くわしい説明は不要だった。

「パードレ・ルイスのご判断に、私も同意します。肥州（ヒシュウ）が我らの布教を許可しない限り、この船も、他の二隻も、平戸（ヒラド）に入港してはならないでしょう。異教徒（ジェンテイウ）の殿（トノ）を我らが進んで利する必要はありません」

　フィゲイレドの言葉に、ドン・ペードゥルが強く同意する。

「その通りです。肥州（ヒシユウ）は、大村純忠殿（ドン・バルトロメウ）の長年の宿敵だと聞いています。肥州（ヒシユウ）を商取引（コメールシウ）で利することは、我らの最良の友（メリヨール・アミーゴ）である大村純忠殿（ドン・バルトロメウ）の敵に力を貸すことになるのですから」

　この船長（キャピタウン）は昨年、大村純忠殿（ドン・バルトロメウ）と実際に会っているだけに、言葉には力がこもっていた。

　うなずきながら、バルタザール・ダ・コスタが、そこで口を挟む。

「異存はないですが……その肥州（ヒシユウ）の配下である籠手田安経殿（ドン・アントニウ）は我らの味方で、大村純忠殿（ドン・バルトロメウ）との関係も悪くないのでしょう？　殿（トノ）と家臣（ヴァッサル）が異なる神を頂くというのは、厄介な話ですね」

　そう言いながらも、あまり厄介に思っているようには聞こえない、楽天家のコスタらしい口調である。苦しそうに咳を我慢しているジョアゥン・カブラルを横目に、私も、意見を述べた。

「肥州（ヒシユウ）を改宗させるのは難しいと思いますが、デウスのお裁き（ジュイーズ・デイヴイーヌ）により、安満岳（ヤスマンダケ）という坊主（ボンズ）の首領は失脚しました。商取引（コメールシウ）の利を交渉材料に、今こそ平戸（ヒラド）での布教を肥州（ヒシユウ）に認めさせる絶好の機会ではないでしょうか。ですから、肥州（ヒシユウ）が我らの布教を認めるまで、断じて入港してはなりません。これは、肥州（ヒシユウ）と我々の根比べです」

　ドン・ペードゥルは私の意見に同意し、他の二隻ともその方針を共有することを確認した。

　三人の神父（パードレ）は私と共に度島（タクシマ）に移り、キリシタン（クリスタウン）たちに歓迎されていた。新任の神父（パードレ）たちの誰もが、かつて私がそうであったように、この地のキリシタン（クリスタウン）の熱意に驚き、強い感銘を受けていた。

　かつては私自身も新任の神父（パードレ）であったが、今は私がこの地の責任者として彼らを案内する立場にあることには、状況の進展を実感する。

　我らの最初の聖地である平戸を失ってから六年が経ち、今、ついに、その地での布教を再開できそうな機会が巡ってきた。デウスが我らに与えてくださったこの機会を活かすべく、我らのふるまいが今こそ試される。


　数日が経過し、商取引の利に目がくらんだのは、肥州よりもポルトガル人たちであった。あろうことか、それまで洋上で待機していた三隻のうちの一隻が、ついに痺れを切らして、独断で平戸に入港してしまったのだ。

　その報告を受けた我らは、せっかくの好機を潰す暴走に、耳を疑った。

「彼らは正気ですか！　なんと身勝手な……デウスへの裏切りです！」

　せっかくの肥州との駆け引きがすべて無駄に終わる恐れが生じたが、このように義に反する行動に対して、デウスのお裁きが下されないはずがない。我らの取り決めに違反して独断で平戸に入港した帆船は、その夜、異教徒たちに襲撃され、多くの財宝を略奪され、彼らが仮の宿にしていた家屋も燃やされた。彼らは、いのちからがら、ふたたび洋上に逃げ帰ることとなったのである。

　彼らが取り決めを破った時には、どうなることかと思ったが、愚か者の独断専行が招いた混乱によって、我らの決意は、よりいっそう強まった。いつものように、最初は災いに思えたことが、見事に幸いへ転じた。「神に勝った者」（Israel）とも呼ばれるヤコブの子で、兄たちに憎まれて井戸に投げ込まれエジプト（Egito）に売られたヨセフ（José）が、その地で全エジプトを支配する宰相（primeiro ministro）にまで昇りつめたように、こうした禍福の逆転は、『旧約聖書』の時代から変わらない、まさしくデウスのみわざの神髄、真骨頂である、と言える。

その後、ポルトガル船が我らの許可なく独断で入港することはなかったので、我らの長年の敵である異教徒の殿も、とうとう折れた。平戸での教会再建と布教の許可を、肥州は我らに文書として発行した。

かつてガスパル・ヴィレラが追放されてから六年――、我らイエズス会は、ついに、平戸での布教再開へと漕ぎつけたのである。

六年前、安満岳の陰謀によりガスパル・ヴィレラが平戸から追放された時には、異教徒たちが彼を取り巻き、罵倒される中での失意の旅立ちだった、と聞いている。今回は違う。逆に安満岳が追放され、平戸領主の肥州から正式な布教の許可を得た上での、デウスの栄光（glória）に包まれし我らの凱旋だ。

聖バルトロメウの祝日（dia do apostolo Santo Bartholomeo）である一五六四年八月二十四日（永禄七年七月十六日）――三隻のポルトガル船の船員たち、そして、平戸の多くのキリシタンたちが、港に上陸する我らを盛大な歓声で出迎えてくれた。キリシタンたちは歓喜のあまり嬉し涙を流し、笑いながら踊り回り、ポルトガル船は祝砲を何度も放ってくれた。

イエス・キリスト（ジェズーシュ・クリーシュトゥ）の「愛の教え」が平戸（ヒラド）で過去に容赦なく弾圧されたことは、誰もが承知している。平戸（ヒラド）での布教再開は難しいと誰もがあきらめていたからこそ、デウスのみわざ（アートゥ・ディヴィーヌ）による逆転劇に彼らが歓喜を爆発させることは、とても理解できる。私自身は、一年前の今頃は、横瀬浦港（ポルトゥ・デ・ヨコセウラ）に停泊する聖十字（サンタ・クルス）号の狭い船室の中で、未来への不安を抱えながら高熱に苦しめられる日々であった。あれから一年、すっかり体調も回復し、このように晴れ晴れしい日を迎えられたことに、強い感慨を抱かずにはいられない。

　ジョアゥン・フェルナンデスと私は、布教許可をいただいた御礼を申し上げるために、多くのポルトガル人（ポルトゥゲーシュ）たちと一緒に、平戸瀬戸（ヒラドセト）の海峡に面した丘の上にある、肥州（ヒシュウ）の例の御館（オヤカタ）を訪れた。我らは御館（オヤカタ）の前の広場で待つように指示され、屋内には入れていただけなかった。

「イルマゥン・ジョアゥン・フェルナンデス、肥州（ヒシュウ）は本当に出てくるのでしょうか？　会っていただけるなら、どうしてすぐに出てこないのでしょう？　彼は、体調を崩しているのでしょうか？」

「いえ、パードレ・ルイス、これが肥州（ヒシュウ）らしいやり方です。肥州（ヒシュウ）に限らず、この国においては、このような方法がよく用いられます。本当に歓迎しているのなら、同じ待たされるのでも、我らは屋内に通されています。我らを心から認めたわけではない――ということを、我らを待たせることで彼は示したいのでしょう」

「そうなのですか？　だとすれば、この国の人の考え方が、私には、まだ理解できていないのかもしれません」

本当に肥州（ヒシユウ）が現れるのか、半信半疑であったが、三時間（オーラ）以上も待たされた末に、大勢の供の者たちを従えた殿（トノ）が、ようやく現れた。

眉根を寄せ、他の者より胸を反り返らせるようにして歩く彼は見るからに威圧的であったが、我らの近くまで来ると、急に笑顔になった。

「肥州（ヒシユウ）である（デアル）。伴天連殿（バテレンドノ）、ヨクゾマイッタ。タイギジャ」

少し甲高い声でそう言うと、肥州（ヒシユウ）は我らひとりひとりの腕を軽く叩いて、笑いながら、ねぎらってくれた。その様子からすると、彼がすぐにまた我らを弾圧する様子はなさそうなので、ひとまず安堵した。

「肥州様（ヒシユウサマ）、恐悦至極（キヨウエツシゴク）。有り難き幸せ（アリガタキシアワセ）」

私は、事前にジョアウン・フェルナンデスから助言されていた通り、頭を深々と下げて、そのように感謝の意を述べた。「恐悦至極（キヨウエツシゴク）」というのは、これ以上ないほどの最上位の感謝の意を伝える表現であるらしい。肥州（ヒシユウ）は、「ホオ。話せるか（ハナセルカ）」と、嬉しそうに驚いていた。

「いかにも（イカニモ）。少々（シヨウシヨウ）、話せる（ハナセル）」

私が応えると、肥州（ヒシユウ）は珍しい生き物でも見るように目を丸くし、それから私を指差し、腹を抱えて大笑いした。どうして笑われたのかは、わからなかった。

肥州（ヒシユウ）とは短く言葉を交わしただけで、面会は終わった。御館（オヤカタ）に戻ってゆく肥州（ヒシユウ）に我らは頭を下げたが、彼は一度も振り返らなかった。家臣（ヴアッサル）の者から帰るように促され、我らは退散した。

肥州（ヒシユウ）の御館（オヤカタ）の建つ丘から下りていくと、麓のあたりに集まっている一団があり、その中心に笑顔で手を振っている人物がいた。彼は私たちが近づいてくるのを微笑みながらずっと見ていて、近くまで来ると、歩み寄ってきた。そして、私とジョアウン・フェルナンデスの手を順番に握った。

この方は、もしや——と思ったが、やはり彼であった。

「伴天連殿（バテレンドノ）、ようやくお会いできた（ヨウヤクオアイデキタ）。たいへん嬉しく存ずる（タイヘンウレシクゾンズル）。我（ワレ）、ドン・アントニウ、こと（コト）、籠手田安経（コテダヤスツネ）、也（ナリ）」

「籠手田安経殿（ドン・アントニウ）！ 某（ソレガシ）、お会いでき（オアイデキ）、いと嬉し（イトウレシ）」

籠手田安経殿（ドン・アントニウ）は日本人（ジャプネーシュ）たちの中では背が高く、筋肉質で、陽に灼けた肌は、いかにも「海の男」という印象である。彼が、平戸（ヒラド）周辺の島々（イーリャス）に君臨する領主であることは、外見からも納得できた。肥州（ヒシユウ）の家臣団（ヴァツサルス）の中では最強の軍を率いているため、肥州（ヒシユウ）ですら籠手田安経殿（ドン・アントニウ）にだけは強く出られない、と聞いている。

我らは近くにある籠手田安経殿（ドン・アントニウ）の居館（カーザ）に案内され、そこで、彼の母親にも挨拶することができた。夫人（シュポーザ）のドナ・イザベルも、もちろん同席していて、我らとの最高の形での再会を喜んでくださった。

籠手田安経殿（ドン・アントニウ）は、肥州（ヒシユウ）と共に長くいくさ（ゲーハ）に出ていたため、我らへの挨拶が遅れたことを、真摯に詫びてくださった。少し前にいくさ（ゲーハ）が終わってからも、肥州（ヒシユウ）の手前、彼だけが先に我らに挨拶することはできなかったようだ。我らが肥州（ヒシユウ）に挨拶を済ませたので、ようやく気兼ねなく会えることになったのである。今後は平戸（ヒラド）の地で堂々と会えることを、我らは互いに喜んだ。

その後、籠手田安経殿と彼の家臣団、そして、集まってきたキリシタンたちと一緒に我らは教会の建設予定地を視察した。肥州は約束通り教会を建設する土地は提供してくれたのだが、我らが平戸で暮らすための居館の良い場所がないので、見つかるまで、しばらく間借りするなりしてほしい、とも言っている。それも、肥州なりの我らへの抵抗なのかもしれない。

「伴天連殿、ご無礼、誠に、申し訳ござらん」

籠手田安経殿は心から申し訳なさそうで、自分の居館を使用して欲しい、と言ってくれた。しかし、そのお言葉に甘えると、彼がまた肥州に睨まれてしまう。彼自身はそれを気にもしない様子であったが、我らが申し訳ないので、今後しばらくは港に停泊しているポルトガル船を仮の宿とさせてもらうことにした。以前の、横瀬浦港に停泊する船内での闘病とは、状況が大きく異なる。船内を拠点にするのは同じでも、今回は平戸で布教できるのだから、私たちに不満はなかった。我らは「生涯清貧」を誓っているし、貪欲は重大な罪である。船内での暮らしは、健康体の時は特別な忍耐を要するほどではなく、ちょうど良い節制である。

ポルトガルの商売人たちが三百五十クルザードゥの寄付をしてくださったので、平戸の新しい教会を建設する費用も工面できた。建設には多くのキリシタンが尽力してくれたおかげで、工事は順調に進んだ。

聖母マリーアご誕生の祭日(festa do nascimento de Nossa Senhora)である一五六四年九月八日——永禄七年七月三十一日には、平戸における新しい教会が完成し、我らは盛大にミッサを執り行った。我らが横瀬浦で暮らしていた昨年、「ぜひ、平戸でもミッサを」と熱望する書状を何度もくださった籠手田安経殿（ドン・アントニウ）は最前列に座り、目を輝かせ、歓喜の涙を流していた。その表情を見れば、彼が真のキリシタン（クリスタウン）であることは明らかだった。平戸島（イーリヤ・デ・ヒラド）は人口が多いので、キリシタン（クリスタウン）は教会（エクレーシア）に入り切らないほどで、通り（ファ）までだいぶ人が溢れた。肥州（ヒシユウ）は当然ながら姿を見せなかったが、あとで聞いた話によると、肥州（ヒシユウ）の家臣（ヴァッサル）や平戸（ヒラド）の坊主（ボンズ）ら異教徒（ジエンテイウ）たちも遠巻きに見物していたようである。この日、皆で合唱した「グローリア」は、まさしくゼウスの「栄光（グローリア）を祝う凱歌のようであった。

かつて、この国で最初のキリシタン（クリスタウン）の聖地であったこの平戸（ヒラド）の地を我らの手に奪還できたことの意味は大きく、我らの活動が大いに前進したことを実感できる、無上の一日であった。

昨年十一月に横瀬浦（ヨコセウラ）で別れてからも、ジャパウン布教長（スペリオール・デ・ジャパウン）のコスメ・デ・トルレスとは書簡（カールタ）で定期的に連絡を取り合っていた。あのあと、トルレスは島原（シマバラ）を経由して高瀬（タカセ）に至り、そこから陸路で大友宗麟殿（オオトモソウリンドノ）のいる豊後（ブンゴ）まで向かう予定であった。ところが、島原（シマバラ）へ向かう途上でトルレスは体調を崩してしまい、彼だけ高瀬（タカセ）にとどまることにした。ひとまずトルレスをあとに残して、修道士（イルマウン）のルイス・デ・アルメイダだけが豊後（ブンゴ）に向かった、ということになる。大友殿（オオトモドノ）は、トルレスと再会できなかったことは残念がりつつも、彼が自分の領内の高瀬（タカセ）にいるだけでも喜んでくださり、いろいろと便宜をはかってくださったようだ。

その後、大村純忠殿（ドン・バルトロメウ）の実父である仙厳（センガン）に大友殿（オオトモドノ）から「仙厳翁も、ご子息の大村（純忠）殿を見習って、ゼズスの教えに耳を傾けられては如何（いかが）か。大村殿も我も、幾度の苦境を乗り越え、こんにちあるのは、ゼズスの教えあればこそなり。ご一考されたし」という書状(ショジョウ)が送られたようで、高瀬(タカセ)で暮らすトルレスの下に、口之津(クチノツ)の仙厳(センガン)から誘いがあった、という驚きの報告もあった。

大村純忠(ドン・バルトロメウ)殿が家臣(ヴァッサル)の謀叛により殺された、という噂が流れた際、怒り狂った仙厳(センガン)は口之津(クチノツ)や島原(シマバラ)のキリシタン(クリスタウン)を次々に、徹底的に弾圧した。しかし、その後、大村純忠(ドン・バルトロメウ)殿の生存がわかり、彼から実父・仙厳(センガン)へのとりなしもあり、口之津(クチノツ)や島原(シマバラ)は、また我らの布教の舞台となっている。

仙厳(センガン)が一度、我らを弾圧したことは事実だが、息子の死で我を失っていた事情は理解できるし、その後、異教徒(ジエンテイウ)でありながら我らに寛容な態度を回復させたことは、さすがは大村純忠(ドン・バルトロメウ)殿の実父だ、と言える。

大友宗麟殿(オオトモソウリンドノ)からの推挙、そして、仙厳(センガン)からのお誘いを受けては断る理由がなく、以降、トルレスは口之津(クチノツ)を生活の拠点にしているようである。トルレスは、横瀬浦(ヨコセウラ)から高瀬(タカセ)へ、そして口之津(クチノツ)に戻り——私は、横瀬浦(ヨコセウラ)から度島(タクシマ)、そして、平戸(ヒラド)へ——と、それぞれの別の道を歩きながらも、デウスの恩寵(グラーサ)により、我らは横瀬浦(ヨコセウラ)での事件の時より良き道を歩いている、と実感できる。デウスのお導き(オリエンタッサウン・デイヴィーナ)の神秘(ミステーリウ)は我ら卑小なる身には測り知れないが、デウスの摂理(プロヴィデンスィア)に間違いは起こりえない、ということは信じられる。

トルレスは書簡(カールタ)の中で度島(タクシマ)での布教の成功と平戸(ヒラド)での布教の復活を大いに喜び、新たなる大きな任務を、私に託してくださった。

「パードレ・ルイス、あなたのご活躍は私の期待していた以上で、デウスもあなたを祝福されていることと思います。我らの多くは言語(リングア)の壁だけでも苦戦させられてきたものですが、言語(リングア)への関心が人一倍強いあなたには、やはり、この異国の地での布教が性に合っているようですね。平戸を我らの手に奪還した今、あなたに期待するのは、都へ赴いて、内裏、あるいは公方様から我らの教えを支持していただくことです。あの肥州から許可を取りつけたあなたなら、きっと、それすらも実現させることでしょう。イルマウン・ルイスを呼び戻して迎えにやりますので、彼と都へ向かってください」

その文面を読みながら、私の色身は興奮と期待に震えた。これまでの活動をジャパウン布教長から評価していただけたことも光栄だが、それよりも、都への派遣命令をいただけたことが、涙が自然に頬を伝うほど嬉しかった。かつて、あのフランシスコ・シャヴィエールが実現を試みても叶わず、以来十六年、われらの悲願である「内裏か公方様に我らの教えを支持していただくこと」に挑戦する機会を、ついに与えられたのである。デウスの代理人たる神父として、これほど挑み甲斐のある使命はない。と同時に、この国で最高の町であり政治と経済の中枢である都を訪れてみたい、という純粋な好奇心も強くあった。

ジャパウンの地図を見ながら、平戸や度島からはるか東の、本州島の中心に位置する都へ想いを馳せる時間が増えた。

そして――その時は、ついに訪れた。

一五六四年十月二十三日――その日の夕刻、修道士のルイス・デ・アルメイダが、私のいる度島へ、やってきた。昨年十一月に横瀬浦で別れて以来、彼とは十一か月ぶりの再会となる。

「パードレ・ルイス、すっかりお元気になられたようで、良かったです。私は昨日、平戸（ヒラド）に着きまして、昨夜はポルトガル船に泊まっていました。新しい教会（エクレーシア）ができて、キリシタン（クリスタウン）たちが活気づいている様子を我が目で見ることができ、嬉しく思います」

「イルマウン・ルイス、この下（シモ）地方を精力的に動き回ってらっしゃるあなたのご活動の報告を受け、いつも強い感銘を受けていました。そして、昨年十一月にあなたとお別れしてから今日まで、ずいぶん我らの状況が好転したことを、本当に嬉しく思っています」

「おっしゃる通りです。これから都（ミヤコ）への旅路をご一緒させていただきます。よろしくお願いいたします」

「こちらこそ。ですが、その前に、やっておきたいことがあります」

翌日の朝、私は度島（タクシマ）のキリシタン（クリスタウン）たちに教会（エクレーシア）に集まってもらい、これから都（ミヤコ）へ赴くことを自分の言葉で告げた。

「某（ソレガシ）、本日（ホンジツ）、都（ミヤコ）、出立（シユツタツ）。これ（コレ）、デウスのため（ノタメ）」

私が発表すると、キリシタン（クリスタウン）たちから悲鳴が上がり、彼らは泣きじゃくりながら私にすがりついてきた。彼は口々に「ダメジャ」、「イカナイデ」などと叫び、私を決して離そうとしない。そうした彼らの熱い想いに私も涙を流したし、となりにいたジョアウン・カブラルとルイス・デ・アルメイダも、つられたように、涙で頬を濡らしていた。

「有り難き幸せ（アリガタキシアワセ）。されど（サレド）、デウスのため（ノタメ）。お頼み申す（オタノミモウス）」

そう彼らに懇願を続け、ずいぶん時間はかかったが、ようやく理解してもらうことができた。

これほどまでに私を愛してくれた度島の島民たちのために、私としても、最高のミッサを挙げるつもりだった。

この日のために以前から用意しておいた、新しい立派な十字架を私が彼らに見せると、花が咲いたように、彼らの泣き顔が笑顔に変わった。我らは度島の先端にある籠手田安経殿の御館まで移動し（この時、籠手田安経殿は平戸にいたので不在だったが）、そこに新しい十字架を立て、その場でミッサを執り行った。

「この十字架は、イエス・キリストであり、デウスであり、聖霊でもあります。これからは、この十字架があなたたちを、いつでも見守ってくれます。どうか安心してください」

私の言葉をアルメイダがジャパウン語で彼らに説明すると、島民たちは納得したように、神妙な顔でうなずいた。そして、その後、度島を旅立つ私たちを、笑顔で手を振って見送ってくれた。

洋上の小型船から彼らに手を振り返しながら、私は涙を抑えられなかった。度島で過ごした十一か月の日々のことが、次々に脳裡によみがえってくる……。初めてこの島を訪れた時には、島民たちからこんなにも愛してもらえるとは思っていなかったし、布教が順調に進む確信もなかった。私の病が癒え、布教が前進したのも、彼ら島民たちのおかげである。

この度島こそ、デウスが地上に生み出してくださった聖なる土地であり、私は、この島での体験を生涯忘れないであろう。

平戸では、籠手田安経殿とドナ・イザベル夫妻に、まず挨拶に赴いた。彼らも私が都へ旅立つことを悲しみ、引き止めてくださった。籠手田安経殿(ドン・アントニウ)夫妻や、ほかの平戸(ヒラド)の有力者たちからも、「せめて最後に一緒に食事を」と誘われた。彼らにはお世話になったので、無下に断るわけにはいかなかった。かつてガスパル・ヴィレラは、平戸(ヒラド)から追放される形で立ち去ったが、私は、この地での布教を再興して、旅立つのである。平戸(ヒラド)にいる異教徒(ジェンテイウ)たちに我らキリシタン(クリスタウン)の結束が強いことを示す意味でも、立ち去る前には、キリシタン(クリスタウン)たちに納得してもらいたい、という気持ちもあった。

そうして、ひとりひとりと別れの挨拶を交わし、これから始まる長旅の支度もしていたので、またたく間に何日も過ぎ去った。私がなかなか旅立たないので、「伴天連様(バテレンサマ)は都(ミヤコ)に行くのを取りやめられたらしい」という噂まで平戸(ヒラド)で流れ始めているようで、さすがに私は焦りを感じ始めていた。

「イルマウン・ルイス、このままだと、いつまで経っても出発できませんね」

私の迷いを察したように、アルメイダは、うなずいた。

「パードレ・ルイス、どこかで切り上げられたほうが良いでしょう」

それは、アルメイダというより、我らに正しき道を示す聖霊(シュピリトウ・サントウ)のお言葉でもあったはずである。平戸(ヒラド)を発って都(ミヤコ)へ向かうというデウスのお導き(オリエンタツサウン・デイヴィーナ)が与えられた以上、いつまでも平戸(ヒラド)にとどまっていてはいけない。

各方面への挨拶と旅支度を整えるのに、最終的に、十八日も要してしまった。出発する前日には、平戸（ヒラド）のキリシタン（クリスタウン）たちが食糧などを持参して、我らの下を訪ねてくれた。

そして、一五六四年十一月十日――出立の日、キリシタン（クリスタウン）たちに請われて、私は出発前最後のミッサを執り行うことになった。私たちが朝の三時に教会（エクレーシア）に赴くと、建物の外までキリシタン（クリスタウン）たちが溢れていて、周囲には騒ぎを聞きつけて見物のため集まってきている異教徒（ジエンテイウ）たちの姿も見られた。

田浦（タノウラ）の地でドナ・イザベルに請われて執り行ったミッサと、平戸（ヒラド）の教会（エクレーシア）再建の時のミッサのどちらとも異なる感慨が、この時はあった。そして、ミッサの最後の「Ite, missa est.（イテ ミッサ・エシユトウ）」（＝お行きなさい。祭儀は終わりました）の言葉は、この日は、私自身に贈る挨拶のようにも感じられた。

キリシタン（クリスタウン）たちは「デオ・グラーシアス」（＝デウスに感謝します）と私に返しながらも、目に涙を浮かべて私にすがりつき、取り囲んで、彼らの下から私を旅立たせようとはしなかった。アルメイダや、ミッサに参列していたポルトガル人（ポルトウゲーシユ）たちが必死にキリシタン（クリスタウン）たちをなだめ、私のために道をつくってくれて、ようやく教会（エクレーシア）から出ることができた。度島（タクシマ）を旅立つ時もそうであったが、平戸（ヒラド）の人たちが私に注いでくださる無窮（むきゅう）の愛には、感動を覚えずにはいられなかった。

イエス・キリスト（ジエズーシユ・クリーシユトウ）の教えは、ひとことで言えば、「愛の教え」である。尽きることのない愛に満ちた度島（タクシマ）や平戸（ヒラド）のキリシタン（クリスタウン）たちは、紛れもなく、デウスの恩寵（グラーサ）を受けた子供たちだと言えるだろう。

教会（エクレーシア）を出てからも、キリシタン（クリスタウン）たちは私に追いすがってきたが、ポルトガル人（ポルトウゲーシユ）の船員たちが私の周囲を固めていたので、歩行の妨げとなることはなかった。

夜が明け始めた港（ポルトウ）のところで、籠手田安経殿（ドン・アントニウ）、ドナ・イザベルと、彼らの家族がたくさん並んで、我らを待ち構えていた。私の事情を理解してくれているようで、彼らは泣いてはおらず、逆に微笑していた。

「伴天連殿（バテレンドノ）、お会いでき（オアイデキ）、良かった（ヨカッタ）。我（ワレ）、貴殿に（キデンニ）、感謝す（カンシャス）。デウスが（ガ）、また我らを（マタワレラヲ）、アワセタマワンコトヲ、祈る（イノル）」

籠手田安経殿（ドン・アントニウ）はそう言って私の肩に手を置いた。海の男らしく骨太、肉厚で、てのひらから大きな愛情が伝わってくるような、やさしい手であった。

「籠手田安経殿（ドン・アントニウ）、有り難き幸せ（アリガタキシアワセ）。我も（ワレモ）、貴殿に（キデンニ）、感謝す（カンシャス）」

ドナ・イザベルや、その家族ともひとことずつ言葉を交わしてから、アルメイダと私は、小型船に乗り込んだ。籠手田安経殿（ドン・アントニウ）たち家族とキリシタン（クリスタウン）たちは横一列に並んで、「伴天連様（バテレンサマ）」、「伊留満様（イルマンサマ）」、「ルイス様（サマ）」、「フロイス様（サマ）」、「アルメイダ様（サマ）」などと叫びながら、私たちに手を振った。

平戸（ヒラド）を出港し、港（ポルトウ）のキリシタン（クリスタウン）たちの姿が少しずつ遠ざかっていくのだが、何十人ものキリシタン（クリスタウン）が、沖のほうまで船で我らを追いかけてきた。そのままどこまでも追いかけてきそうだったので、アルメイダと私が甲板（コンヴェシュ）から大声で、引き返すように促さねばならないほどであった。

あきらめて悄然とする彼らを目にすると、罪悪感さえ抱いた。だが、彼らにどこまでもついてきてもらうわけにはいかない。遠くに小さくなっていく彼らのほうへ、私は、見えなくなるまで手を振り続けていた。

第七章　九州島の覇者（イーリャ・デ・キュウシュウ コンキスタドール）

Passados sete dias que ali estiverão descansando, se forão ao Usuqui o Padre e o Irmão Luis de Almeida, que são de Funai sete legoas, a vizitar el-rey de Bungo, e fazer-lhe a saber como hião para o Miaco.

（＝府内(フナイ)で七日間を過ごした後、神父(パードレ)ルイス・フロイスと修道士(イルマウン)ルイス・デ・アルメイダは、そこから七レグアのところにある臼杵(ウスキ)に豊後(ブンゴ)の大名(ダイミヨウ)を訪ねた。都(ミヤコ)への旅について、報告するためである）

平戸から口之津までは、平戸と横瀬浦間の三倍ほどの距離があるようである。平戸を出港してから、九州島に沿って外海を南下し、途中の港で二泊することになった。好天続きであれば、二日で口之津まで行けたかもしれない。出発して二日目は風が弱く、雨も降り出して夕方には港に入ったので、結果的に三日を費やすことになった。

航海三日目、九州島から外海に突き出た岬のところで東へ針路を変えると、やがて、左右から迫り出すふたつの陸地に挟まれた海峡――早崎瀬戸が、はるか前方に見えてくる。早崎瀬戸の南側の陸地は天草(Amacusa)と呼ばれる土地で、北側が仙巌の本拠地、口之津である。

一五六四年十一月十二日――永禄七年十月九日の真夜中、口之津の港に着いた我々は、夜半にもかかわらず、この地の居館で多くのキリシタンに迎えられ、コスメ・デ・トルレスと約一年ぶりに再会できた。依然として病臥している彼は一年前に会った時よりさらに老いて、その巨体は少し小さくなったように感じられる。彼の健康状態は決して良くなさそうだが、いつもの慈父の笑顔で私たちを迎えてくださった。

「パードレ・ルイス、イルマゥン・ルイス、平戸からの船旅、ご苦労さまでした。度島や平戸での布教はすこぶる順調であったようで、とても嬉しく思っています。デウスの恩寵と、あなたたちの良き働きに感謝いたします。一年前には、ここ口之津でキリシタンが弾圧されていたことを思うと、この地であなたたちと再会することが不思議に思えます。一年前には、我らの誰ひとりとして予想できなかったでしょう。デウスの摂理は我らには測り知れない、まさしく神秘です」

「あの時、大村純忠殿が殺されていたら、口之津での布教は難しくなっていたかもしれませんね。朝長新助殿のことは本当に残念でしたが、大村純忠殿を生き延びさせてくださったデウスのご加護に、我らは感謝しなくてはならないでしょう」

私たちは次の日一日を口之津で過ごした。トルレスと過ごす時間は、とても得難いものだが、はるか東の彼方の都まで、まだまだ先の長い旅路なので、出発点近い口之津に、いつまでも、とどまっているわけにはいかない。この地の領主である仙巌は、別の地域に赴いていて不在のようなので、彼に挨拶するために滞在する必要もなく、到着した二日後の朝には、口之津を出立することになった。

トルレスは、ずっと病臥し続けていることで、さらに脚を弱らせているようだ。以前にも増して歩行が大変そうだったが、体格のいいキリシタンたちに支えられながら、我らを港で見送ってくださった。

「パードレ・ルイス、これからあなたが都へ向かわれることを考えると、もうお会いできないかもしれませんが、私はこの口之津の地から、いつでもあなたの布教の成功を、デウスに祈っています。そのことを憶えておいてください。内裏か公方様に、お会いできますように——」

「パードレ・コスメ、私に都行きの機会を与えてくださったことに感謝いたします。この卑小なる我が身命を賭して、デウスへの奉仕のために全力を尽くし続けることを、お約束いたします」

最後に抱擁を交わした時、トルレスの巨体から感じられる力が昨年よりも一段と弱々しくなっていて、私は悲しい気持ちになった。彼の霊魂が天国へ旅立つ時が近いのだとすれば、それは喜ばしいことではあるのだが、コスメ・デ・トルレスの色身(コルプス)としての寿命が尽きることへの悲しさは、やはりある。

港(ポルトウ)から我らに手を振ってくれているトルレスの姿を目に焼きつけようとしたが、涙で視界がぼやけてしまった。しかし、あと戻りする道はない。都(ミヤコ)への長旅は、まだ始まったばかりなのである。

口之津(クチノツ)と天草(アマクサ)が向かい合っている海峡——早崎瀬戸(ハヤサキセト)は、有明海(アリアケカイ)という九州島(イーリャ・デ・キュウシュウ)最大の湾(バイーア)の入口となっている。口之津(クチノツ)を出港した後、我らを乗せた船は、左手に陸地を見ながら北上する。

このあたりを何度も行き来したことのあるルイス・デ・アルメイダによると、口之津(クチノツ)の北東に隣接するのが、有馬(アリマ)と呼ばれることもある島原(シマバラ)地域であるらしい。

「有馬(アリマ)——というのは、大村純忠(ドン・バルトロメウ)殿が生まれた土地ですね？」

流れ過ぎる景色を眺めながら、私はアルメイダに尋ねた。

「はい。大村純忠(ドン・バルトロメウ)殿は仙厳(センガン)の息子ですが、次男であったため、大村(オオムラ)の領主の家に養子に出されたのです。大村純忠(ドン・バルトロメウ)殿が大村(オオムラ)家を継ぎましたが、先代の大村(オオムラ)領主には実の息子がいたため、親族のあいだでは、諍いが起き——今も、その争いは続いています」

昨年、大村純忠(ドン・バルトロメウ)殿が先代領主の木像を焼いたことが、謀叛を誘発する直接の原因となったわけだが、その背景に大村(オオムラ)家の入り組んだ事情があったとは知らなかった。

「その先代大村(オオムラ)領主の息子は、どうなったのですか？」

「武雄(タケオ)（Takeo ＝佐賀県武雄市）の後藤(ゴトウ)（Goto）の領主に養子に出され、そこで家を継ぎました。後藤貴明というのが、その殿の名です。後藤殿は、大村純忠殿に大村家を乗っ取られたと恨んでいて、これまで幾度もいくさを仕掛けています。大村純忠殿自身は、かつて後藤殿を義弟として可愛がっていた時期もあり、自分から仕掛けたことは一度もありません。また、彼が後藤殿に敗れたこともないのですが、昨年の大村での謀叛は、後藤殿が黒幕であったようなのです」

「いくさでは勝てないから、謀叛を仕組んだ、ということですか……」

昨年の大村での謀叛には、私が思っていた以上に、根深い事情があったようだ。その事実に、今更ながら、驚かされた。

「謀叛の背景として、大村純忠殿がキリシタンとなられたことで、家臣団の保守派からの反発を招いた面があったのも、事実です。ただし、それを利用して火に油を注いだ後藤殿という存在が背後にあったのです。……あ、パードレ・ルイス、日野江城が見えてきました。あの建物が、大村純忠殿が生まれた御館――天守です」

アルメイダの指差す先を見ると、有馬の平野の中にぽつんと独立した丘があり、その上に白亜の城が聳えていた。平戸島で見た肥州の御館よりも大きく、立派なつくりに見える。仙厳こと有馬晴純殿は、かつて、九州島で最強の勢力を誇る大名であったと聞いているので、その御館も立派なものであることは、うなずける。ただし、仙厳が息子に有馬家を譲って彼が形の上で隠居した現在では、我らの良き庇護者である大友宗麟殿が九州島で最大の、圧倒的な勢力と見なされているようである。

昨年、大村純忠殿が殺されたという誤報が流れた際には、仙厳の一声で、口之津と島原のキリシタンは、すぐさま弾圧された。大名というのは、そのくらい巨きな影響力を持つ存在なので、仙厳と大友殿――この新旧の二大大名が我らの味方であることの意味は大きい。もっとも、仙厳は厳密には中立であり、彼がその姿勢であるのは、大村純忠殿の影響だ。我らが活動しやすいように、こうした絶妙の均衡を保った舞台を用意してくださったデウスには、改めて感謝の念が湧いてくる。

　九州島での布教活動は、我らに有利に進めることができていると思う。九州島を出ると、どのような苦難が我らを待ち受けているのか――今の私には、まだわからない。

「ジャパゥンで初めてのキリシタン大名となられたあの御方は、あの美しい城でお生まれになったのですね。きっと、珠のような赤子だったことでしょう……」

　大村純忠殿は私の一歳年下なので、彼が生まれたのは、今から三十一年前の一五三三年のことである。その年がジャパゥンの暦で、なんと呼ばれる年だったのかは思い出せないが、その頃には仙厳はまだ現役大名で、その勇名を九州島全土に轟かせていたのであろう。

「これから行く島原では、領主の島原純茂殿が、まだ洗礼は受けていないものの我らの良き理解者ですので、キリシタンは大いに保護されています。昨年、仙厳による弾圧を恐れ、いったん他の地方へ逃げ出したキリシタンたちも戻ってきて、今や、その数は九百人ほどにもなります」

「九百人――というのは、かなりの数ですね」

　私がジャパゥンに到着した際、横瀬浦で出迎えてくれたキリシタンは二百人ほどだった。横瀬浦で我らが洗礼を授けたキリシタンは、総計では二千五百人ほどにもなったが、その数には、大村など他の地方からの訪問者をも多く含んでいる。度島では、全島民三百五十人がキリシタンで、生月島では、我らが去る頃には二百人ほどがキリシタンとなっていた。平戸は大きな町なので、近い将来、千人以上の規模となるはずだが、長らく弾圧されていたので、今はまだ千人には満たないはずである。そう考えると、九百人、というのは、私がこの国に来てから会う最大規模のキリシタン集団であることは間違いない。

口之津から島原にかけては、半島になっているようだ。この地域は、雲仙（Unzen）と呼ばれる最高峰を中心とする巨大な山塊の麓の平地に田畑（campos）や家々が広がっていて、島原まで来ると、眼前に聳える雲仙の巨大さがよくわかる。平戸島でいちばん高い安満岳の三倍ほどの高さはありそうだ。この国に来てからこれまで私が見た山の中では、いちばんの巨峰であるのは間違いない。

夕暮れの中に聳える雲仙の影は、異様なほどの存在感がある。この地で畏怖されている仙巌は、かつて有馬晴純殿の名で君臨していた時代、人々にとっては、この山のように大きく、すがりたくなる存在だったのかもしれない。もっとも、その巨峰ですら、デウスのおつくりになったこの世界の中では、豆粒のように卑小な存在である。島原の人たちも、今では、そう気づいているからこそ、多くの者がキリシタンとなったのであろう。

追い風を受け、口之津を発ったその夜には、私たちは島原に到着した。港では、約一年ぶりの再会となるドン・ジアウンが、多くのキリシタンと共に我らを出迎えてくださった。

「パードレ・ルイス、お元気になられたか。良かった、良かった」

「ドン・ジアウン、お出迎え、有り難き幸せ。いと嬉し」

昨年、横瀬浦までアルメイダを送ってきてくれ、また、トルレスを連れ帰ってくれた時の彼は、少しのお供を連れているだけだった。だが今回は、たくさんのキリシタンを従えており、彼らが皆、ドン・ジアウンに気を遣っているのがわかった。彼がこの地の高貴な方であることを実感した。

我らのために用意されているという居館へ案内される道すがら、我らはキリシタンたちに囲まれるようにして歩いた。ひと息つく間もなく、彼らが説教を請うので、私は持参していた福音書から、いくつかの挿話をラティン語で紹介し、アルメイダがそれを通訳してキリシタンに伝えた。夜中になっても、彼らの熱気は、いっこうにおさまらなかった。

翌朝も、夜明け前からキリシタンたちが我らの居館へ集まってきた。彼らの多くは「伴天連様、洗礼、お頼み申す」と、私から洗礼を授かることを期待していた。彼らがどの程度、教理を理解しているのかを確認するために、アルメイダと私は手分けして彼らと話した。島原での二日目は、それだけで終わってしまった。

平戸を発つ前、我らはキリシタンたちから十八日も引き止められたが、島原のキリシタンたちの熱意も、それに匹敵するものであった。口之津でも良きキリシタンたちに多く出会えたが、口之津は異教徒である仙厳のお膝元であるため、仙厳への人々の配慮が、島原ほどの熱狂を妨げていたようにも思える。我らは都へ行かねばならないので、平戸での時のように、十八日も島原にとどまることはできないが、二、三日の滞在で旅立たせてもらえる雰囲気ではなかった。

島原（シマバラ）での滞在三日目には、我らの教理（ドウトリーナ）をよく理解している四十四人に洗礼（バウテイズモ）を授けた。その中には、島原（シマバラ）ではかなり高貴な方として知られる若者も含まれていた。また、キリシタン（クリスタウン）たちに請われ、教理（ドウトリーナ）を彼らがイロハの文字で書き写せるように指導した。

人々の熱狂が少し落ち着きを見せ始めた滞在四日目、この地の殿（トノ）である島原純茂殿（シマバラスミシゲドノ）が、ドン・ジアウンを伴って我らを訪問してくださった。キリシタン（クリスタウン）たちに敬われているドン・ジアウンも、島原殿（シマバラドノ）の前では、とてもかしこまっている。

「サヨウカ。ゴリョウニントモ、ルイス殿（ドノ）、であるか（デアルカ）」

島原殿（シマバラドノ）は、私たちが名乗って「ルイス」の一致に気づいたらしく、愉快げに微笑してくださった。まだキリシタン（クリスタウン）ではないものの、この殿（トノ）は我らの教えに強い興味を示し、昨年も、横瀬浦（ヨコセウラ）まで書状（ショジョウ）をくださった。そのことについても、アルメイダに通訳してもらい、私は御礼を述べた。

「パードレ・ルイス、島原殿（シマバラドノ）は、これから寒さが厳しい季節になるにもかかわらず、我らが都（ミヤコ）まで長旅をすることに、とても感銘を受けてくださっているようです。ご自分はまだ迷われているものの、いつか迷いが消えたら、その時にこそ大村殿（オオムラドノ）のようにキリシタン（クリスタウン）になるかもしれない、とも、おっしゃっています」

「殿（トノ）のように我らに好意的な庇護者（グアルディアウン）がいらっしゃればこそ、我らも布教活動に専心できます。いつか殿（トノ）にもキリシタン（クリスタウン）になっていただきたい、という私の気持ちを伝えてください」

アルメイダが通訳すると、島原殿（シマバラドノ）は承知してくださったように、私の目を見て、笑顔で、うなずいてくださった。その後、雲仙（ウンゼン）の麓にある島原殿（シマバラドノ）の御館（オヤカタ）まで我らも同行し、殿（トノ）に御礼を申し上げた後、ドン・ジアゥンの案内により、島原（シマバラ）の有力者たちの家を何軒か訪ねた。

既に島原（シマバラ）での滞在が四日目となり、早く都（ミヤコ）への移動を再開したい、という焦りもあるのが正直なところである。だが、キリシタン（クリスタウン）たちの聖地となりつつあるこの島原（シマバラ）の地で有力者たちに挨拶しておくことも大切なので、こうした寄り道は仕方ない。私たちが少し時間を割いて会うことで、キリシタン（クリスタウン）になる決意をしてくださる方もいる。それによってその方の霊魂（アニマ）が救われることを思えば、こうした小さな出会いのそれぞれもまた、大切な布教活動なのである。

滞在四日目の夜は、ドン・ジアゥンの居館（カーザ）に招待され、彼や地元の有力者たちと会食した。挨拶回りも一段落し、明日には島原（シマバラ）を旅立てそうなので、安堵の気持ちがあった。

「パードレ・ルイス、ドン・ジアゥンに今後の予定を尋ねられたので、高瀬（タカセ）から豊後（ブンゴ）へ、陸路で移動する旨を話しました。ドン・ジアゥンは、明日、我らと別れた後で、口之津（クチノツ）のパードレ・コスメを訪ねられるそうです」

「我らの来た海路を引き返すわけですね。イルマゥン・ルイス、ドン・ジアゥンは、パードレ・コスメに、何か御用があるのでしょうか？」

私の質問をアルメイダが通訳し、その答えも教えてもらった。

「ドン・ジアゥン――というより島原殿（シマバラドノ）が、大村純忠殿（ドン・バルトロメウ）から頼み事をされたようです。何でも、大村純忠殿（ドン・バルトロメウ）が今まで常に身につけていた十字架（クルス）がだいぶ傷んでしまったので、パードレ・コスメに新しい物をいただきたい、とのご相談なのだそうです」

ドン・ジアゥンは我らにしばし待つように伝え、いったん退室したあとで、大村純忠殿（ドン・バルトロメウ）から

（島原殿（シマバラドノ）が）託されたという上質な布に包まれた十字架（クルス）を我らに見せてくれた。それを目にした時、私は、思わず「あっ」と声をもらしてしまった。それは一年四か月前、横瀬浦（ヨコセウラ）を彼が訪問してくださった時に、我らが謹呈したものだった。かつて黄金の輝きを放っていたそれは、表面に無数の傷がついて、くすんでいた。その傷の数々こそ、大村純忠殿（ドン・バルトロメウ）がキリシタン（クリスタウン）として戦ってきた日々の軌跡だと考えると、胸が熱くなる。大村純忠殿（ドン・バルトロメウ）からトルレスへの書状（ショジョウ）を、ドン・ジアゥンが少しずつ読み上げ、アルメイダがそれを通訳してくれた。

「常に身につけていたこの十字架（クルス）の功力（クリキ）により、某（ソレガシ）は幾多の苦境を脱し、こんにちまで勝利し続けることができた。謀叛から生き延び、大村の統治を数か月で回復できたのも、すべて、この十字架（クルス）のおかげだと考えている。だが、さすがに、ずいぶん傷んでしまったので、今後のために、また新しい物をいただけないであろうか。何卒お願い申し奉る次第」

最後に漢字（カンジ）で「鈍波留止路銘」と書かれた直筆の署名も、ドン・ジアゥンは見せてくれた。彼の書状（ショジョウ）は今までに幾度も目にしているが、以前はジャパゥン語が皆目わからなかったので、それが彼の署名であることさえ推察できなかった。今回初めて認識したのであるが、その不思議な漢字（カンジ）の並びで「大村純忠殿（ドン・バルトロメウ）」と読めるのだそうだ。

大村純忠殿（ドン・バルトロメウ）とは、横瀬浦（ヨコセウラ）で別れて以来、一年四か月のあいだ、会っていない。彼が今も変わらぬ熱い想いを持ったキリシタン（クリスタウン）であることを確認できて、私は、とても嬉しくなった。私がここで大村純忠殿（ドン・バルトロメウ）の息災ぶりを確認できたことも、デウスの恩寵（グラーサ）であろう。口之津（クチノツ）での時のように急いで島原（シマバラ）を発っていたら、この書状（ショジョウ）の存在を知ることはなかったのだ。書状（ショジョウ）のお話を聞いたこと自体がデウスのお導き（オリエンタツサウン・デイヴイーナ）であると確信できたので、私の心は動かされた。

「イルマウン・ルイス、ドン・ジアウンに伝えてください。明日の出立の際、私の持っている最上の十字架（クルス）のひとつを託すので、それをぜひ大村純忠殿（ドン・バルトロメウ）に送り届けていただきたい、と」

それは、私自身の決心であり、同時に、聖霊（シュピリトウ・サントウ）が私に決断させてくれたのだろう。私の出した答えが正解であると告げるように、アルメイダが、笑みを浮かべて、うなずいた。

「パードレ・ルイス、あなたのご判断に心から賛成いたします。大村純忠殿（ドン・バルトロメウ）が初めて会ったエウロパ（エウロペウ）人は私です。私にとっても、彼の存在は永遠に特別なのです。彼は我らイエズス会（クンパニア・デ・ジエズーシュ）にとって、いつまでも、最良の友（メリヨール・アミーグ）です」

アルメイダが通訳し、ドン・ジアウンも快諾してくださった。このために我らは島原（シマバラ）の滞在を延ばすことになったのだな、と納得できる瞬間だった。このように、デウスが与えてくださる謎かけ（エニグマ）（enigma）のごとき人生の選択肢に、自分たちが正しい答えを出せたと確信できる時には、本当に嬉しくなる。その判断と決断を通して、自分たちがデウスとつながっていることを、実感できるからだ。

翌朝、島原（シマバラ）での滞在五日目となる朝、多くのキリシタン（クリスタウン）に見守られて、我らは出港した。キリシタン（クリスタウン）の中には湾（バイーア）に飛び込んで、泳いで我らを追いかけてこようとする者もいたが、我らは戻るように諭（さと）した。

我らの船と並んで、ドン・ジアウンの船も出港した。私が託した十字架（クルス）を、彼は、これから大村純忠殿の下へ運んでくれるのだ。ドン・ジアゥンには、大村純忠殿への伝言も託した。

「大村純忠殿、あなたに私の持つ最上の十字架を贈ります。あなたの無事と栄達への祈りを込めた十字架です。これがある限り、あなたにはデウスが味方します。我らは、いつでもあなたの味方です」

私が口述して正式な書状をしたためてもらう時間はなかったが、ドン・ジアゥンは私の伝言を書き留め、必ず伝えると約束をしてくれた。これからドン・ジアゥンの船に乗って大村純忠殿に会いに行きたい衝動にも駆られるが、より大きな使命のために、断念した。ドン・ジアゥンとは海上で別れ、我らは、有明海を東へ、対岸の高瀬へと航行した。


島原から見て有明海の対岸にある高瀬に渡るのには半日を要し、到着したのは同日の夜のことであった。アルメイダがよく知っているキリシタンの家に泊めていただき、幾人かの者が我らに会いに来てくれたが、島原や平戸、度島のキリシタンたちほどの熱意は感じられず、また、人数も、さほど多くはなかった。キリシタンたちの熱意には地域差があることを実感する。

「パードレ・ルイス、この高瀬から目ざす豊後までは陸路で、四日はかかります。明日からの移動に備えて、本日は、ゆっくりお休みください」

幸いなるかな、あるいは、残念なことに、と言うべきか、高瀬のキリシタンたちには引き止められることもなく、翌朝早くに私たちは出立した。

高瀬から豊後までは、九州島を西から東へ横断することになる。途中は険しい山道で、また、少し前に大雨が降ったらしく、ぬかるんでいた。平戸から高瀬までは船での移動が続いていたし、この国に来てから山道を歩き続けるのは初めてのことなので、疲労し、おのずと口数も少なくなる。

延々と山道を歩いていると、ジャパウンは「山と海の国」なのだと実感した。私がジャパウンに到着した日にジョアウン・フェルナンデスが話してくれたが、ジャパウンの国土の大半は山で、山と海のあいだのわずかな平地や、山間の盆地で、人々は生活しているのである。そのため、今回のように内陸を移動する際には、山道を歩き続けることが多くなるのであろう。

我らは三日のあいだ、ただ、黙々と歩き続けた。

高瀬を発ってから三日目の夜、朽網（Cutami＝大分県竹田市）という山間の村（aldeia）に到着した。小さな村だが、立派につくられた教会があり、我らが到着すると、村人たちから歓迎された。アルメイダが、村の長老らしき人物を私に紹介してくれた。

「パードレ・ルイス、彼はルーカス（Lucas）という名で、この地で最初にキリシタンとなった人物です。この地のキリシタンの取りまとめ役でもあります。教会も彼が十年前に建てたもので、豊後周辺地域で初めての教会でもあります」

「そうでしたか。ルーカス、この地であなたに巡り逢わせてくださったデウスに感謝いたします。忝し」

ルーカスの年老いた小さな色身を私が抱きしめると、この善良なキリシタンは「オオッ、伴天連様！　デウス様！」と感極まり、その場で泣き崩れてしまった。村の者たちに請われて説教をした後、皆で簡単な食事をした。星の綺麗な、とても静かな夜だった。

翌朝、朽網を発った我らは途中まで送ってくれた村民たちに御礼を言って、別れた。しばらく上り坂が続いているので、足下を見ながら歩くことに集中していると、アルメイダの弾んだ声で我に返った。

「パードレ・ルイス、府内（Funai ＝大分県大分市）が見えましたよ！」

顔を上げると、そこは峠道の頂上で、視界が大きく開けた。峠から見下ろせる平地に広がる光景は、私の予想を超えていた。東西、南北に大通りが何本も走り、その周囲には家々が密集し、たくさんの人が往来している。平戸の町の数倍はあろうかという広大な市（cidade）が、眼下に広がっていた。

「ここが豊後の中心地、府内ですか……平戸も栄えていましたが、まさか、府内が、これほどの規模だとは思いませんでした」

その市の大きさ、立派さは、豊後を中心に九州島の半分以上を傘下に置くという大名——大友宗麟殿の絶大な権力の証しであると思えた。

「この府内は、大友殿のかつての本拠地で、現在は少し離れた臼杵（Usuqui ＝大分県臼杵市）という市を拠点とされています。ただ、府内は今でも豊後の政治、経済の中心で、臼杵よりも栄えています」

だとすると、この府内は、現在の九州島では最大の市ということになるのだろう。坂道を下りながら、少しずつ大きく見えてくる府内の様子を観察した。

「パードレ・ルイス、あそこに十字架（クルス）が見えるでしょうか。あれが我らの教会（エクレーシア）です」

アルメイダが指差す先を見ると、東西と南北の大通りが交わる中心地の近く、屋根に十字架（クルス）のついた建物を見つけた。この国の建物のほとんどは平屋なので、屋根を高くつくっている教会（エクレーシア）は、遠くからでも目を引く。平戸（ヒラド）で我らが肥州（ヒシユウ）から与えられた土地は、中心地からは外れていた。府内（フナイ）では良き場所に教会（エクレーシア）が建っているのは、領主の大友殿（オオトモドノ）が我らの理解者ならばこそ、であろう。

麓まで下りる途中で我らを遠くから見つけて指差す者たちがおり、こちらへ駆け寄ってくる者もいれば、どこかに走り去る者たちもいた。通り（フア）に入ると、いつしか我らの周りに人込みができていた。アルメイダは彼らと顔見知りらしく、親しげに挨拶を交わしている。

「伴天連様（バテレンサマ）、教会（エケレジア）、彼方（アッチ）。案内（アナイ）、いたす（イタス）」

何人かの者が私の袖を引いて先導してくれるので、私も「アッチ？」と応じながら、彼らに案内された。

私たちに気づいたキリシタン（クリスタウン）から知らせを受けていたのか、教会（エクレーシア）の前では、先日、平戸（ヒラド）で別れたベルショール・デ・フィゲイレドと、昨年七月に横瀬浦（ヨコセウラ）で別れて以来、一年四か月ぶりの再会となる、ジョアウン・バプティスタ・デ・モンテが私たちを待っていてくれた。

昨年七月、ジャパウンに到着した翌日、横瀬浦（ヨコセウラ）で私が朝の散歩を終えた時にも、ジョアウン・バプティスタが教会（エクレーシア）の前で待っていてくれたことを、ふと思い出す。彼はあの時とほとんど同じ姿で、例によって春の風のように爽やかな笑みを浮かべながら、私のほうへ歩み寄ってきた。

「パードレ・ルイス、書簡（カールタ）でのやりとりはありましたが、こうして府内（フナイ）の地であなたと再会できたことを、嬉しく思います。横瀬浦（ヨコセウラ）が失われたことや朝長新助殿（ドン・ルイス）の死には私も胸を痛めましたが、度島（タクシマ）や平戸（ヒラド）では布教が順調であったようで、本当に良かったです」

彼と抱擁（アブラース）を交わすと、私も自然と笑みがこぼれた。

「パードレ・ジョアウン・バプティスタ、あなたの豊後（ブンゴ）での活動のご報告は、いつも嬉しく拝読していました。お変わりがないようで、何よりです。パードレ・ベルショール、お傷の加減は、いかがですか？」

続いて歩み寄ってきたフィゲイレドは、まだ頭に包帯を巻いていたが、平戸（ヒラド）沖で再会した時よりは、だいぶ顔色は良いように見えた。

「パードレ・ルイス、ここまでの旅路、ご苦労さまでした。まだ包帯は取れないのですが、嵐（テンペシュターデ）で負った傷のほうは、だいぶ良くなりました。この府内（フナイ）の環境がとても良いので、ジャパゥンに来る途中の二度の嵐（テンペシュターデ）は夢か幻であったかのように、今では感じられます」

彼らはアルメイダとも挨拶を交わした。フィゲイレドとアルメイダは、この時が初対面となるのは少し意外だったが、よく考えると、アルメイダがイエズス会（クンパニア・デ・ジェズーシュ）に入ったのはジャパゥンに来てからのことで、修道士（イルマウン）となる前の彼は商売人（コメルシアンテ）で医師（メーディク）だったのだ。フィゲイレドと面識がないのは、むしろ当然かもしれない。

私たちが府内（フナイ）に到着したのは、一五六四年十一月二十二日——永禄（エイロク）七年十月十九日。平戸（ヒラド）を発ってから、既に二週間近く経過している。

我らは旅の疲れを癒すために少し休息もしながら、府内（フナイ）での布教活動にも、もちろん協力した。

ゴアから横瀬浦（ヨコセウラ）まで行動を共にしたジョアウン・バプティスタと、また行動できることが嬉しく、彼と良い形で再会させてくださったデウスに感謝した。

府内（フナイ）は大きな市（シダーデ）なので坊主（ボンズ）たちも多く、数としては異教徒（ジエンテイウ）のほうが圧倒的に多いようだが、領主の大友殿（オオトモドノ）が我らの庇護者（グアルディアウン）であるおかげで、我らの活動が迫害を受けることはなかった。通り（フア）を歩いていると、たまに、坊主（ボンズ）や異教徒（ジエンテイウ）たちから皮肉か悪口らしき言葉を浴びせられた気もする。私にはわからない言葉であったので、気にしないように努めた。

府内（フナイ）での布教活動は、すこぶる順調であるのが実体験を通してわかり、やはり、地位のある方からの庇護の意味の大きさを、私は再認識した。この地が大友殿（オオトモドノ）のお膝元だからこそ、布教は、うまくいくのだ。坊主（ボンズ）たちや異教徒（ジエンテイウ）たちは必ずしも我らを歓迎しているわけではないので、ジャパウン全土での布教を大きく前進させるには、やはり我々が都（ミヤコ）へ赴き、内裏（ダイリ）、あるいは公方様（クボウサマ）から我らの教えを支持していただくことが不可欠だろう。逆に言えば、それさえ実現できれば、かつてローマ帝国（インペーリウ・ロマーヌ）（Império Romano）がそうであったように、イエス・キリスト（ジエズーシュ・クリーシュトウ）の「愛の教え」はジャパウンの国教となり、それはきっと、この国のより豊かな繁栄にもつながるはずである。

我らは臼杵（ウスキ）の大友殿（オオトモドノ）へ遣いを出し、ご挨拶させていただきたい旨をお知らせした。私の心は早く都（ミヤコ）へ行きたい気持ちで急いていたが、我らの良き庇護者（グアルディアウン）である大友殿（オオトモドノ）の領内を、挨拶もせずに移動することはできない。先日、仙厳（センガン）の領内は素通りしたが、仙厳（センガン）は我らの庇護者（グアルディアウン）ではなく、それどころか一時は弾圧者でもあり、息子大村純忠殿（ドン・バルトロメウ）の手前、我らを黙認してくださっている、というお立場の方だ。大友殿（オオトモドノ）とは、だいぶ事情が異なる。

幸いなるかな、豊後（ブンゴ）の殿（トノ）は、我らの申し出に快く応じてくださった。私たちは、一五六四年十一月二十九日――永禄（エイロク）七年十月二十六日、府内（フナイ）に着いてからの八日目となる日に臼杵（ウスキ）に移動し、この九州島（イーリヤ・デ・キユウシユウ）で最大の権力を持つ殿（トノ）に、光栄にも面会できることになった。

臼杵（ウスキ）の市（シダーデ）は、あとから開発されたせいか、アルメイダの言った通り、府内（フナイ）ほどの規模ではない。と言っても、九州島（イーリヤ・デ・キユウシユウ）の半分以上を統治する大名（ダイミヨウ）の拠点だから、府内（フナイ）に次いで、平戸（ヒラド）よりは大きな規模である。市（シダーデ）の規模を比較することで、大友殿（オオトモドノ）と肥州（ヒシユウ）の大名（ダイミヨウ）としての勢力の差を視覚的に実感できた気がする。

大名（ダイミヨウ）の勢力が強いから市（シダーデ）が栄えた、というより、広く豊かな土地を拠点としているからこそ、その大名（ダイミヨウ）の勢力がより増す面もあるのだろう。ジャパウンの国土の大半は山であるから、わずかな平地を巡って、領主たちのいくさ（ゲーハ）が各地で続いているのだ。大村純忠殿（ドン・バルトロメウ）が大村（オオムラ）地域一帯の支配者たりえているのは、彼が、大村（オオムラ）という肥沃な土地を本拠地としていることが大きく関係している、とも聞いている。

大友殿（オオトモドノ）の下を訪問しながら、いつか大村（オオムラ）の地で大村純忠殿（ドン・バルトロメウ）と再会したい気持ちが、また強まっていた。現実問題としては、大村（オオムラ）は府内（フナイ）や臼杵（ウスキ）から見れば西にあるが、私は、東の都（ミヤコ）を目ざさねばならない。大村純忠殿（ドン・バルトロメウ）との良き想い出は胸にしまい、彼の無事を祈りつつ、私自身もデウスから賜わった使命（ミツサウン）に全力を尽くすのみである。

臼杵（ウスキ）の市（シダーデ）は、九州島（イーリヤ・デ・キユウシユウ）の東の外海に面している。大友殿（オオトモドノ）の御館（オヤカタ）は、その東の端――しかも、海の中にあったので、私たちは、驚かされた。それは、正確には臼杵(ウスキ)のすぐ東の海上に位置する独立した島(イーリヤ)であり、四方を海に囲まれていて、切り立った崖の上には城壁があり、「天然の要塞」とでも呼ぶべきつくりであった。このような城(カステール)を、私は、ほかに知らない。

「イルマウン・ルイス、あの御館(オヤカタ)へは、船で行き来するのですか？」

「船を使うこともありますが、干潮の時に現れる干潟を渡れます」

その島(イーリヤ)は丹生島(ニウジマ)（Niujima）という名であるため、一昨年に完成した大友殿(オオトモドノ)の御館(オヤカタ)は、丹生島城(ニウジマジョウ)あるいは臼杵城(ウスキジョウ)などと呼ばれているそうだ。「ジョウ」という言葉は城(カステール)を示す「城(シロ)」というジャパウン語の別の読み方だと教えられた。それで腑に落ちたのだが、昨年、危うく謀叛でいのちを落としそうになった大村純忠殿(ドン・バルトロメウ)も、今年、本拠地の大村(オオムラ)に、三城(サンジョウ)（Sanjo）という名の堅固な御館(オヤカタ)をつくったと聞いている。この国では、いくさ(ゲーハ)が非常に多いようだから、彼ら大名(ダイミョウ)たちにとっては、本拠地の守りを万全にしておくことが肝要なのであろう。

干潮を待って我らは丹生島(ニウジマ)に渡り、待ち構えていた家臣(ヴァッサル)の方たちによって、大友殿(オオトモドノ)の御館(オヤカタ)に案内された。贈り物を家臣の方たちに渡すと、我らは一室で待たされ、しばらくしてから、広い部屋に通された。百人はゆうに入れそうな部屋の中央近くに、力強く先端の撥(は)ねた口髭が印象的な、ひとりの人物が座っていた。小柄だが、全身から威厳を放っていて、とても眼光の鋭い方である。

部屋の入口で両膝を床につくようにアルメイダに促され、そのようにした。続いて、私は彼に倣って、両手をついて頭を下げた。

「大友殿(オオトモドノ)。某(ソレガシ)、以前お会いした(イゼンオアイシタ)、修道士(イルマウン)ルイス・デ・アルメイダ、也(ナリ)。本日(ホンジツ)、この者(コノモノ)、神父(パードレ)ルイス・フロイス、を、お連れしました」

紹介されて私は顔を上げ、アルメイダから事前に教えてもらい暗記した表現も採り入れて、挨拶した。

「大友殿。我、ルイス・フロイス、也。お会いでき、光栄に存ずる。どうか、お見知りおきを」

私のたどたどしいジャパウン語は、この高貴な殿に、きちんと伝わるであろうか。私が見つめると、彼は、うなずいてくださった。その声は、外見から想像されるものより穏やかだった。

「よう参られた、伴天連殿、伊留満殿。さあ、こちらへ。近う」

手招きされて、私たちは大友殿に少し近づき、座った。大村純忠殿や籠手田安経殿もそうであったが、大友殿は、とてもよく通る声で、その声には、家臣を従える力強い響きもあった。彼ら殿は、いくさ場で大軍の指揮を執るので、そのような資質が自然と求められるのであろう。

「結構な品々、忝い」

大友殿は表情を和らげ、我らに微笑みかけてくださった。その表情からは、いかなる敵意も打算も感じられない。その後、アルメイダを通訳者として、大友殿と少し話をした。

「大友殿は、かつてお会いになったパードレ・メストレ・フランシスコ（・シャヴィエール）のことが、とても強く印象に残っておられるようです。彼の影響で我らイエズス会の活動に興味を示し、我らを支援してくださるようになってから、子を何人も授かり、いくさでは連戦連勝している、と、たいへん喜ばれています」

「デウスの恩寵を、感じていらっしゃるのですね」

私の言葉に、「いかにも（イカニモ）。デウスの恩寵じゃ（ノガラサジャ）」と、大友殿（オオトモドノ）が膝を打って反応した。日本人（ジャプネーシュ）たちは恩寵（グラーサ）のことを「ガラサ」あるいは「ガラシャ」などと発音しているようである。

「大友殿（オオトモドノ）は、デウス、および、その代理人である我らに心から感謝しており、そのお気持ちの表れとして――なんと、パードレ・ルイス！　都（ミヤコ）の高貴な方々に我らを紹介する書状（ショジョウ）を、殿（トノ）はご用意くださっているそうです！」

通訳しながら、途中からアルメイダの声が弾んだ。私も、思わず腰を上げ「Sim!（シン）」（＝やった！）と叫んで両手を突き上げたくなるほどに、気持ちが高揚した。我らにとって、それは、何よりの支援であり、いかなる金品より貴重な贈り物であった。

我ら異国の者が珍しい献上品を持って都（ミヤコ）を訪れても、それだけで内裏（ダイリ）や公方様（クボウサマ）に会えるとは限らない。かつて、フランシスコ・シャヴィエールも、都（ミヤコ）には行ったものの、内裏（ダイリ）や公方様（クボウサマ）には会えず、失意の中で引き返すことになったのである。大友殿（オオトモドノ）は、九州島（イーリャ・デ・キュウシュウ）では最大の存在であり、ジャパウン全土を見渡しても、おそらく、そう何人もいない、指折りの有力者であろう。その方が我らを都（ミヤコ）の貴人に紹介してくださるというのは、それこそ、デウスの恩寵（グラーサ）なくしては、決して起こりえないことだ。

「有り難き幸せ（アリガタキシアワセ）、に（ニ）、ございまする（ゴザイマスル）！」

アルメイダと私は平伏し、声をそろえて感謝の意を述べた。

大友殿（オオトモドノ）は最後に、「自分も機が熟せば、大村殿（オオムラドノ）のようにキリシタン（クリスタウン）となるつもりだ」という意思を、アルメイダに伝えてくれたそうだ。「ただし、そのためには、いろいろと整理しないといけないこともあるので、今しばらく待ってほしい」、とも。

島原純茂殿（シマバラスミシゲドノ）も同じようなことを言ってくださっていたが、今後もし大友殿（オオトモドノ）がキリシタン（クリスタウン）となってくだされば、その影響は測り知れないであろう。度島（タクシマ）がそうであったように、いずれは九州島（イーリャ・デ・キュウシュウ）全体が「キリシタンの島（クリスタウン・イーリャ）」となる日が来るかもしれない。そして、その先には都（ミヤコ）のある本州島（イーリャ・デ・ホンシュウ）や、その南の四国島（イーリャ・デ・シコク）も……と、イエス・キリスト（ジェズーシュ・クリーシュトウ）の「愛の教え」がこの国の隅々まで拡散していく素晴らしい未来を、私は想像した。そのためにも、まずは大友殿（オオトモドノ）の書状（ショジョウ）を携えて、都（ミヤコ）へ行かねばならない。

大友殿（オオトモドノ）は、御館（オヤカタ）の外まで我らを見送ってくださった。そして、府内（フナイ）に帰る我らを豪奢な輿（リテイラ）に乗せ、護衛までつけてくださった。あとで気づいたが、これも大友殿（オオトモドノ）一流の計らいだったのである。

大友殿（オオトモドノ）の家臣団（ヴァッサルス）に護衛され、立派な輿（リテイラ）に乗って府内（フナイ）に戻った我らは、市中（シダーデ）の人々から驚きと畏敬をもって迎えられた。本来であれば、心の小さき者たちが己の自尊心を満たすために為すこのような行為は重大な罪（ペカードゥ・モータウ）の一つ、高慢（スペールビア）に該当し、我らの教えに反する。だが、それを見た者たちが我らの教えを信頼し、関心を持ってくれるかもしれない効果を考えれば、今回に限っては甘んじて受ける価値のあることだった。我らは大友殿（オオトモドノ）の意図を察し、改めて、この九州島（イーリャ・デ・キュウシュウ）の覇者（コンキスタドール）へ、強い感謝の念を抱いた。

大友殿（オオトモドノ）へのご挨拶も無事に済ませたので、いよいよ我らが府内（フナイ）を——つまりは、九州島（イーリャ・デ・キュウシュウ）を——発つべき時がやってきた。思えば、ジャパウンに到着してからの一年四か月、私は、九州島（イーリャ・デ・キュウシュウ）とその周囲の島々（イーリャス）だけで生活してきた。今までの私にとっては、この九州島（イーリャ・デ・キュウシュウ）こそがジャパゥンのすべてであるかのような錯覚さえあった。だが、地図（マーパ）を見れば明らかなように、九州島（イーリャ・デ・キュウシュウ）は、この国全体の中では西の端に位置する島であり、それ以外の土地のほうが本当は多いのである。東に広がっているまだ見ぬ土地への私の興味と期待は、非常に大きなものであった。

　私たちは府内（フナイ）の港（ポルトウ）で船の手配をして、キリシタン（クリスタウン）たちに見送られて出発する——はずだった。ところが、いざ港（ポルトウ）に着くと、東へ向かうには今は風向きが逆だと言われ、私たちは、そこで足止めされることになった。九州島（イーリャ・デ・キュウシュウ）の東は潮流が強く、逆風の時には、出港できないようである。

「我らには都（ミヤコ）へ向かう使命（ミッサウン）があるというのに……パードレ・ルイス、これは、悪魔の妨害（インテツフエレンスイア）でしょうか……」

　アルメイダの表情にも、次第に焦りが見えるようになった。

「あるいは、我らには計り知れないデウスの摂理（プロヴイデンスイア）でしょうか」

　風向きが変わる兆しがない日には港（ポルトウ）から教会（エクレーシア）に戻ることもあり、それが三度目を数えた時、ついに、キリシタン（クリスタウン）たちの何人かがアルメイダに真実を告解（コンフイツサウン）した。通訳してもらったその内容に、私は驚かされた。

「パードレ・ルイス、彼らは私たちに降誕祭（フエスタ・ドウ・ナターウ）（＝クリスマス）までは何とか府内（フナイ）にいてほしいと願い、毎日、デウスにそう祈り続けていたそうです」

「なんと……では、向かい風は、彼らの祈りにデウスが応えられたものであったのかもしれませんね」
キリシタン(クリスタウン)たちの気持ちは嬉しく、感激もしたが、各地のキリシタン(クリスタウン)たちに引き止められるがままになっていたら、我々は、いつまで経っても都(ミヤコ)に近づくことができない。状況が整えば私たちはすぐに出立する必要がある。ただし、逆風の時は出港できないのであれば、我らの旅立ちの時期は、デウスにお任せするしかない。

その後、もし風向きが変わることがあれば、すぐにでも出港する予定は変わらなかったが、キリシタン(クリスタウン)たちの祈りがデウスに通じたのか、不思議なほどいっこうに風向きが変わらないまま、ついに我らは府内(フナイ)の地で、その年の降誕祭(フェスタ・ドウ・ナターウ)を迎えることになった。この予期せぬ展開に、キリシタン(クリスタウン)たちだけでなく、ジョアウン・バプティスタや、ベルショール・フィゲイレドも、喜んでくれた。私自身も、早く旅立ちたいという気持ちと裏腹に、彼らと降誕祭(フェスタ・ドウ・ナターウ)の神聖なミッサを挙げられることは望外の悦びでもあった。

一年前には、度島(タクシマ)でジョアウン・フェルナンデスと私のふたりで降誕祭(フェスタ・ドウ・ナターウ)のミッサを挙げた。度島(タクシマ)は素晴らしい環境であったが、小さな島(イーリャ)だったので、ごくささやかな規模のものだった。

今年の降誕祭(フェスタ・ドウ・ナターウ)はジョアウン・バプティスタ、フィゲイレド、アルメイダの三人と豊後(ブンゴ)の府内(フナイ)の地でミッサを挙げられることになった事実から、我らイエズス会(クンパニア・デ・ジェズーシュ)の目標に向けて私たちが着実に前進していることを実感できた。今回の逆風によってそのことを教えてくださったデウスに、我らは改めて感謝の祈りを捧げた。

第八章　東へ、波濤を越えて

E porque naquelle caminho havia muitos ladrões, forão-se em companhia de outro navio que seguia a mesma rota, mas no meio do caminho se apartou delles; e assim prosseguindo elles o céu, era mui grande o risco e temor em que todos hião, por arecearem de se encontrar com alguma armada de ladrões.

（＝そこには多くの盗賊【ラドラウン】（海賊【ピラータ】）たちがいるので、彼らは同じ航路を辿る舟と行動を共にしていた。しかし、その途中で、互いに見失ってしまった。武装した盗賊【ラドラウン】たちに襲われる危険に晒され、彼らはデウスに祈った）

府内(フナイ)での降誕祭(フェスタ・ドウ・ナターウ)から数えて八日目となる、一五六五年一月一日——永禄(エイロク)七年十一月二十九日、ようやく逆風が途絶え、風の凪いだ好天の日に、我らは出港することができた。ルイス・デ・アルメイダと私のほかに、道案内と世話役を務めてくれる日本人(ジャプネーシュ)のキリシタン(クリスタウン)が三名、ジャパゥン語で「同宿(ドウジク)」(dojiku)と呼ばれる見習い修行中の少年が五人、そして、荷物運搬役のインディア人(インディアーヌ)とシナ人(シネーシュ)も伴っていた。

私にとって嬉しかったのは、博多(ハカタ)出身のカトク・ジョアゥン(Cátocu João)という日本人(ジャプネーシュ)のキリシタン(クリスタウン)が我らの一行に参加してくれたこと。大友宗麟殿(オオトモソウリンドノ)の領土である博多(ハカタ)で六年前(一五五九年)に叛乱があり、我らの同志(クンパニエール)たちが無頼漢たちに略奪され、殺されそうになったことがあった。その時に助けてくれたのがカトク・ジョアゥンで、我らの恩人として、彼の名はイエズス会(クンパニア・デ・ジエズーシュ)で知られている。そのカトク・ジョアゥンが、我らの出立が遅れていた期間に府内(フナイ)の教会(エクレーシア)を訪ねてきて、「伴天連様(バテレンサマ)たちが都(ミヤコ)まで行かれるのでしたら、ぜひお供をさせていただきたい」と、名乗り出てくれた。我らの出立が風待ちで遅れたのは、彼を合流させるためのデウスのお導き(オリエンタツサウン・デイヴィーナ)であったのかもしれない。

カトク・ジョアゥンは、ポルトガル語もかなり話せるようで、ルイス・デ・アルメイダと共に、通訳者(インテールプレーテ)としての働きにも期待できる。本当は私自身が通訳者(インテールプレーテ)なしでも話せるようになることが理想だが、その境地に至るまでには、日々努力していても、まだかなり時間を要すると思われる。ルイス・デ・アルメイダだけでなく、カトク・ジョアゥンという通訳者(インテールプレーテ)をも我らに遣わしてくださったデウスには感謝したし、我らの都(ミヤコ)への遠征が間違っていないことも、確信できた。

我らが目ざす都は、ジャパゥン最大の島である本州島の中央に位置している。しかしながら、本州島へ向かう船が見つからなかったため、我らが雇ったのは、四国島行きの船であった。定員三十人ほどのその船には、我らと船員たちの他に、全身を白装束に包み、網のような帽子を被り、杖を持った奇妙な集団がいた。この国に来てから初めて見る出で立ちだ。

「カトク・ジョアゥン、あの者たちは、どのような輩ですか？」

露骨にならないよう横目で見ながら、私は声を潜めて尋ねた。最初はアルメイダに質問したのだが、彼は知らなかった。カトク・ジョアゥンは、視線を私のほうに向けたまま、ポルトガル語で答えてくれた。

「彼らは、遍路（henro）と呼ばれる、仏の寺院を巡り歩く巡礼者（peregrino）。四国島には、仏の聖地が八十八か所あり、それを巡る者たちです」

遍路や仏、四国という単語だけを取り出せば日本人たちにも理解できるだろうが、それらの単語もポルトガル語の音の中に混ざっているので、言葉によって遍路たちの注意を集めてしまうことはなかった。だが、日本人のカトク・ジョアゥンがポルトガル語を話しているのは、遍路たちの目にも奇異に映ったようで、遠慮がちに我らのほうを見ている者たちが、明らかに何人もいた。遍路の存在は日本人には当たり前の情報なのかもしれないが、我らエウロパ人にはわからないことも多いので、カトク・ジョアゥンが同行してくれて良かった、と、さっそくデウスの恩寵に感謝した。

「なるほど、我らにおける、サンティアゴへの道（caminhos de Santiago＝サンティアゴ・

デ・コンポステーラへの巡礼路）のようなものでしょうか」

それにしても、仏(ホトケ)の聖地が八十八か所もあるとは……これから私たちが赴こうとしている四国島(イーリャ・デ・シコク)は、悪魔(デイモーニウ)が君臨している恐るべき土地なのかもしれない。どのような悪魔の妨害(インテッフェレンスィア)が我らを待ち受けているかわからないので、気を引き締めておいたほうが良さそうである。

遍路(ヘンロ)たちの白装束に対して、我らは黒装束なので、見た目は、とても対照的だ。遍路(ヘンロ)たちは不審そうに我らを見ていて、その視線には敵意に似た警戒すら感じられた。だが、幸いなるかな、さして広くない船上で争いが生じることはなく、船旅は続いた。


最初の二日は好天だったものの、航海三日目は分厚い雲が頭上を覆い、雨と風が強まり始めた。海が怒っているかのように波は荒々しさを増し、船は大きく揺れ、何人もの者が塗れた甲板(コンヴェシュ)で足を滑らせ転倒した。途中からは土砂降りの大雨となり、我らを押し戻そうとする悪魔(デイモーニウ)の手であるかのように強風が立ちはだかり、悲鳴や絶叫も船内から聞こえた。

波間には沈没した別の船の荷物らしき物が流れてゆくのが見え、白装束の者たちは我らを指差し、憤りを露わに、我らを罵倒した。私には、その言葉の意味はわからなかったが、アルメイダによると、「この嵐(テンペシュターデ)は、お前たちのせいだ！」ということを言われたようだ。私たちの立場からすれば、デウスが与えてくださったこの試練は、彼ら仏(ホトケ)の信奉者たちの存在こそが原因だとわかっているのだが、それを彼らに説教(セルマウン)する余裕すらないほどの嵐(テンペシュターデ)であった。デウスと、イエス・キリスト(ジェズーシュ・クリーシュトゥ)と、航海を守護してくださる存在でもある聖母マリーア(ヴィルジエン・マリーア)に、私たちは祈り続けた。

突風に舞い飛ばされる木の葉のように無力に波間で翻弄されながら、我らを乗せた船が四国島(イーリャ・デ・シコク)のどこかの港(ポルトウ)へ辿りついたことは、まさしく、デウスのご加護(アジューダ・デイヴィーナ)だった。嵐(テンペシュターデ)が猛威をふるう夜の暗がりの中、たいまつ(トーシャ)を手に港(ポルトウ)へ下り立った白装束の遍路(ヘンロ)たちも安堵の表情を浮かべ、我らへの敵意は少しだけ和らいだようにも感じられた。もっとも、彼らは、すぐに何処かへ消えた。仏(ホトケ)の信奉者である遍路(ヘンロ)たちと我らが握手を交わすことは、決して容易ではないだろう。

船乗りたちには、あらかじめ、宿の世話も依頼してあった。嵐(テンペシュターデ)の荒波に翻弄されながらも、我々は当初の予定通り、堀江(ホリエ)(Foriye＝愛媛県松山市)と呼ばれる港(ポルトウ)に辿り着いたようだ。船頭はこの堀江(ホリエ)という村(アウディア)の出身らしく、すぐに、我らの宿を手配してくれた。その間も、ずっと雨風が強かったので、建物の中に入るだけで、色身(コルプス)が休まるのを感じた。我らは濡れていない服に着替え、宿で出された簡単な食事も食べた。

「イルマウン・ルイス、堀江(ホリエ)を訪れるのは初めてですか?」

「はい。ですが、この港(ポルトウ)の名は聞いた憶えがあります。伊予(イヨ)(Iyo＝愛媛県)と呼ばれる国の港(ポルトウ)のひとつだったはずです」

アルメイダの説明に、カトク・ジョアウンも、うなずいている。そのカトク・ジョアウンにも質問した。

「四国島(イーリャ・デ・シコク)の『シコク』というジャパウン語は、たしか、『四つの国(クアトウル・パイーセス)』(quatro paises)を意味するのでしたね。カトク・ジョアウン、伊予(イヨ)、というのは、その四つの国のひとつなのですね?

国《パイス》(pais)――というより、正確には州《プロヴィンスイア》かもしれませんが」

「その通りです、パードレ・ルイス。四国島《イーリヤ・デ・シコク》の四つの州《プロヴィンスイア》の名は、伊予《イヨ》、讃岐《サヌキ》(Sanuqui＝香川県)、阿波《アワ》(Awa＝徳島県)、土佐《トサ》(Tosa＝高知県)で、ここ伊予《イヨ》は、四国島《イーリヤ・デ・シコク》の北西を占める州《プロヴィンスイア》です」

「ということは、イルマゥン・ルイス、九州島《イーリヤ・デ・キュウシュウ》の豊後《ブンゴ》から、四国島《イーリヤ・デ・シコク》の伊予《イヨ》へ――我々は、海峡の最短距離を渡れたわけですね？」

「最短――ではないかもしれませんが、デウスの恩寵《グラーサ》により、かなり理想的な航路になったのは間違いありません。出発点平戸《ヒラド》から最終目的地都《ミヤコ》までの全旅程の半分ほどまで、我らは辿りついたことになります」

まだ半分――あるいは、もう半分――という両方の気持ちがある。いずれにしても、平戸《ヒラド》や横瀬浦《ヨコセウラ》からずいぶん東まで来たわけだ。遍路《ヘンロ》たちと争いになることもなく、嵐《テンペシュターデ》もひとまず乗り切ることができたので、安堵の気持ちが強くあった。

私たちが宿に腰を落ちつけて数時間《オーラ》もしないうちに、意外な来訪者があった。上等な着物《キモノ》を着て、丈の高い帽子をかぶった人物が、我らの到着を知り、わざわざ訪ねてくださったのである。

何人かのお供をつれたその人物は、我らに会うと顔を輝かせた。

「コレハコレハ、伴天連殿《バテレンドノ》、伊留満殿《イルマンドノ》。コノヨウナバショデ、お会いでき《オアイデキ》、いと嬉し《イトウレシ》。尊き《タットキ》デウスの《ノ》、恩寵《ガラサ》ゾヨ」

独特の甲高い声で話す彼は、マヌエル(Manuel)こと賀茂在昌殿《カモアリマサドノ》という名で、都《ミヤコ》で内裏《ダイリ》に仕える公家《クゲ》(kuge)と呼ばれる高貴な立場の方だった。アルメイダが、彼の話を通訳してくれた。

「賀茂在昌殿《マヌエル》は、この国で知られた天文学者《アシュトローヌム》(astrónomo)でもあるようですが、都《ミヤコ》で会った我らの同志《クンパニエール》――おそらく、パードレ・ガスパル・ヴィレラ――と日蝕《エクリプシ・ソラール》(eclipse solar)や月蝕《エクリプシ・ルナール》(eclipse lunar)など天文のことについて話をした際、我らの持つ知識に感銘を受けて、キリシタン《クリスタウン》となられることを決意されたそうです」

アルメイダの話に、賀茂在昌殿《マヌエル》は「左様《サヨウ》、ヴィレラ殿《ドノ》」と、嬉しそうに相槌を打っていた。都《ミヤコ》で布教活動中のガスパル・ヴィレラは、我らの同志《クンパニエール》たちの中でも最も聡明な人物のひとりである。天文学者《アシュトローヌム》の賀茂在昌殿《マヌエル》を心服させることができたのは、ヴィレラなればこそであろう。もちろん、その数奇な出逢いもまたデウスの摂理《プロヴィデンスィア》であり、その延長線上に、今夜の巡り合わせもあるわけだ。

ヴィレラのことについて私がアルメイダと話をしているあいだも、賀茂在昌殿《マヌエル》は、話し続けていた。その通訳は、カトク・ジョアゥンが引き継いで、伝えてくれた。

「賀茂在昌殿《マヌエル》は、二年ほど前に都《ミヤコ》でパードレ・ガスパルから洗礼《バウティズモ》を受けられたそうです。今は、彼の夫人《シュポーザ》の出産が近づいていて、夫人《シュポーザ》の郷里である豊後《ブンゴ》まで都《ミヤコ》から移動している旅路の途中とのことです」

都《ミヤコ》からはるか離れたこの堀江《ホリエ》の地で、内裏《ダイリ》の家臣《ヴアッサル》で、ヴィレラから洗礼《バウティズモ》を受けたキリシタン《クリスタウン》の方にお会いできるというのは、まさしく奇蹟《ミラーグリ》と呼ぶに値するデウスのみわざ《アートゥ・ディヴィーヌ》である。我らはデウスの恩寵《グラーサ》に感謝せずにはいられなかった。

賀茂在昌殿(マヌエル)と彼のお供の者たちは真のキリシタン(クリスタウン)で、我らの教理(ドウトリーナ)に驚くほど通暁していることが、その後の彼らからの質問でわかった。我らは旅の疲れもあったはずなのだが、嬉々として語る彼らにつきあっていると、時間の経過も忘れるほどであった。そのまま我らは朝までデウスについて語らい、夜が明ける頃には、雨が綺麗に上がっていた。我らの出逢いをデウスが祝福してくださっているかのように、空は澄み渡っていた。

賀茂在昌殿(マヌエル)は、朝、いったん自分たちの宿に帰ったが、昼頃には、今度は身重の夫人(シュポーザ)や息子(フィーリョ)(filho)、娘(フィーリャ)(filha)たちも連れて、また我らの宿を訪ねてくれた。

「伴天連殿(バテレンドノ)。彼らにも(カレラニモ)、お話(オハナシ)タマワリタク、何卒(ナニトゾ)、お頼み申し奉る(オタノミモウシタテマツル)」

私たちは出産を控えた夫人(シュポーザ)をねぎらい、心が安らぐような説教(セルマウン)を、いくつか聞かせた。彼らは熱心に話を聴いており、夜には、とても幸せそうに宿へと帰っていった。誰もが幸せな雰囲気に満ちていて、私の脳裡には、聖母マリーア(ヴィルジエン・マリーア)の微笑が浮かんでいた。

翌朝、つまり堀江(ホリエ)滞在三日目の朝のこと。私たちは、朝早く駆け込んできた賀茂在昌殿(マヌエル)のお供の者の声で起こされた。

「伴天連様(バテレンサマ)、伊留満様(イルマンサマ)！　赤子が(アカゴガ)、生まれましたぞ(ウマレマシタゾ)！」

我らが祝福したその夜に子が生まれた、というのは、熱心なキリシタン(クリスタウン)である賀茂在昌殿(マヌエル)をデウスも愛しておられる証拠であろう。今度は我らが祝福のために、賀茂在昌殿(マヌエル)たちの宿を訪れた。

賀茂在昌殿(マヌエル)は赤子(ベーベ)を愛おしそうに抱きながら、目を潤ませ、「デウスの恩寵じゃ(ノガラサジャ)」と、しきりに繰り返していた。

賀茂在昌殿（マヌエル）の夫人（シュポーザ）は出産のために憔悴（しょうすい）していたが、元は医師（メーディク）でもあるアルメイダが適切な薬を与えたところ、その日のうちに、ずいぶん回復した。

我らと会った途端に賀茂在昌殿（マヌエル）の夫人（シュポーザ）が赤子（ベーベ）を産んだ、という話は、小さな村（アウディア）である堀江（ホリエ）中にすぐに知れ渡り、多くの村人たちが私たちの宿を訪れた。この国の貴人である公家（クゲ）の賀茂在昌殿（マヌエル）が我らを敬ってくださっていることにより、宿主も含めて、他の者たちも皆、我らに畏敬の念を示していた。もっとも私たち個人は、とるにたらない存在なのだが、我ら「神父（パードレ）」はデウスの代理人として機能する存在なので、人々が我らの中にデウスを見て崇敬するのは善きことである。

嵐（テンペシュターデ）が過ぎ去ったので、本来であれば、我らはすぐ次の目的地へ出立するはずだった。ところが、劇的な出産の一件もあり、賀茂在昌殿（マヌエル）や村人たちから熱心に引き止められ、結果的に堀江（ホリエ）の滞在は八日間にも及んだ。その間、アルメイダと私は人々に説教（セルマウン）することに終始し、充分に教理（ドウトリーナ）を理解した六人の者に洗礼（バウティズモ）を授けた。その内のひとりは、現在十一歳だという、いかにも利発そうな賀茂在昌殿（マヌエル）の息子（フィーリョ）で、彼の今後は、特に楽しみに思えた。

一五六五年一月十日——永禄（エイロク）七年十二月八日、賀茂在昌殿（マヌエル）や多くの村人たちに見送られて、我ら一行は堀江（ホリエ）を出港し、四国島（イーリヤ・デ・シコク）と本州島（イーリヤ・デ・ホンシュウ）のあいだを流れる、瀬戸内（セトウチ）（Setouchi）と呼ばれる内海を東へ向かった。

賀茂在昌殿一家のおかげで堀江での滞在は我らにとって幸せなものとなったが、瀬戸内を東に進むにつれて寒さは厳しくなり、雪の降る日が続いた。私も、同行者たちも、予備の衣類にくるまっていても色身の震えが止まらないほどの寒さで、何度も悲鳴を上げるほどだった。

「イルマウン・ルイス、ジャパウンの冬は、かくも厳しいものなのですか？」

「いえ……この国のさまざまな土地を訪れましたが、私も、ここまでの寒さは体験したことがありません。パードレ・ルイス、これは、我らを都へ向かわせまいとする、悪魔の妨害でしょうか……」

「あるいは、順境で己を過信するなかれ、というデウスからの戒めかもしれませんね」

寒さで震えて歯が鳴り、そんな短い会話をするだけでも大変だった。

カトク・ジョアウンによれば、冬の海上は特に冷え込みが厳しいので、日本人は、冬の航海は好まないそうだ。島原の殿である島原純茂殿は、我らが冬に都を目ざすことを驚かれていたが、このような海上の過酷な寒さを彼も知っておられたのであろう。

雪が降りしきる中での航海が六日続いた末に、我らは、塩飽（Xivacu＝香川県丸亀市の塩飽諸島本島の泊港）と呼ばれる港へ到着した。

小さな宿に入ってからも、骨の髄まで氷のように冷えた色身は、なかなか温まらず、震えがおさまるまで、ずいぶん時間がかかった。口が痙攣したように歯は噛み合わず、うまく話せないほどだった。

私と同行者たちが宿で休息しているあいだ、アルメイダは外へ出て村人たちから情報を集めてきてくれた。彼も寒さで疲れきっているが、かつて医師（メーディク）であり商売人（コメルシアンテ）でもあった彼は頑健で万事に如才なく、都（ミヤコ）への同伴者として、これ以上の適格者は望めない最上の同志（クンパニエール）であるに違いない。

アルメイダが戻ってくる頃までには、ようやく色身（コルプス）の震えがおさまり、言葉も、だいぶ普通に発せられるようになった。

「イルマゥン・ルイス、この塩飽（シワク）は、どのあたりなのですか？」

地図（マーパ）をアルメイダのほうへ向けて、私は尋ねた。我らの地図（マーパ）には瀬戸内（セトウチ）の島々（イーリヤス）も描かれているが、小さな島（イーリヤ）には名前が記されていないため、自分が今、どこにいるのか、把握できていなかったのだ。

アルメイダが「ここです」と指先を置いたのは、四国島（イーリヤ・デ・シコク）の北東に位置する讃岐（サヌキ）という州（プロヴィンスィア）の少し上——そこにある小さな島（イーリヤ）だった。

「地図（マーパ）を信ずるなら、このあたりは、ちょうど、豊後（ブンゴ）と堺（サカイ）（Sacai＝大阪府堺市）の中間にあたるようです」

堺（サカイ）は、我らが目ざす本州島（イーリヤ・デ・ホンシュウ）の港（ポルトウ）で、ジャパゥンでも有数の商売人（コメルシアンテ）たちの町（ヴィーラ）だと聞いている。堺（サカイ）を経由して都（ミヤコ）へ向かう、というのが、アルメイダの想定している旅程のようだった。しかし、この時の同志（クンパニエール）に笑みはなく、難しい顔をしていた。

「パードレ・ルイス、少し困ったことになりました。我らをここまで運んでくれた船は、また西へ戻るという話をしていたので、港（ポルトウ）で聞いてみたのですが、堺（サカイ）へ向かう予定の船がないらしいのです」

新たな試練の予感に、寒さで停止していた思考が、急に動き始めた。このような問題が生じる時、我らはデウスから試されている、と感じる。寒さに負けて考えることをやめていた我らへの、これは戒めでもあるはずだ。

「東へ向かう船は、一隻もないのですか？」

「小舟で良ければ、ここから北東方向となる、本州島（イーリャ・デ・ホンシュウ）の坂越（サコシ）（Xacoci＝兵庫県赤穂（あこう）市）という港（ポルトウ）へ向かうものが二艘あるそうです。坂越（サコシ）なら、堺（サカイ）へ行く船が見つかるはずだ、とも」

「それでしたら、何も問題はないでしょう」

「ただ、パードレ・ルイス、この地方は海賊（ピラータ）が非常に多いようなのです。小舟だと逃げ切れない恐れがある、と警告されました」

アルメイダの話を聞いて、これが試練であることを、いっそう確信した。我らが直接、堺（サカイ）へ赴けないのは、決意と覚悟を試されているのだ。ここから西へ引き返す選択肢はないから、選ぶべき道は、ひとつ。

「私はデウスを信じますし、我らイエズス会（クンパニア・デ・ジエズーシュ）には、航海を守護してくださる聖母マリーア（ヴィルジエン・マリーア）のご加護（アジューダ）もあります。イルマウン・ルイス、その舟で坂越（サコシ）へ行きましょう」

そう決意したものの、不安がなかったわけではない。イエズス会（クンパニア・デ・ジエズーシュ）の同志（クンパニエール）の中にも、海賊（ピラータ）に襲われ、いのちを落とした者が多くいる。私自身も、ジャパウンに来る前の航海で幾度か海賊（ピラータ）から襲撃されたことがある。ただ、その時には戦闘用帆船（ナヴイウ・デ・ゲーハ）の聖十字号（サンタ・クルス）に乗っていたので、そのつど、撃退することができたのだ。

海賊（ピラータ）は、武装している大型船に対しては無謀な攻撃は仕掛けないが、小さな舟が相手であれば、容赦なく襲いかかってくる。小舟で移動中に襲われれば、いのちを落とす可能性が高い。我らは霊魂（アニマ）の永遠を信じているので、色身（コルプス）の滅びへの恐怖はないが、志の半ばでデウスから死を賜わることは、無念が遺ってしまいそうで、そのことを私は恐れる。横瀬浦（ヨコセウラ）の悪夢のあと、度島（タクシマ）、平戸（ヒラド）、島原（シマバラ）、朽網（クタミ）、府内（フナイ）、堀江（ホリエ）では、布教の確かな成果を実感できた。だからこそ、私が歩むこの道には、堺（サカイ）、都（ミヤコ）へと道が続いていることを信じたいし、それを見てみたい想いも、強くある。

「カトク・ジョアウン、あなたは、どう思いますか？　私は無謀ですか？」

彼は少し考えてから、首を左右に振った。

「いえ、パードレ・ルイスのおっしゃる通り、私たちは、自分の歩む道を信ずるべきかと存じます。イエス・キリスト（ジェズーシュ・クリーシュトウ）は、かつて、嵐（テンペシュターデ）の中で怯える使徒（アポストウル）たちをお叱りになりました」

うなずいて、私は、その時のイエス（ジェズーシュ）のお言葉を暗唱した。

「Modica fidei, quare dubitasti?（モディカ・フイデイ　クアレ・ドウビタスティ）」（＝信仰の薄き者よ、なぜ疑ったのか？）

「そう……そのように、我らも今、試されている気がするのです」

カトク・ジョアウンの言葉は、彼自身の考えというだけでなく、聖霊（シュピリトウ・サントウ）から我らへの伝言でもあるはずだ。

それによって、我らの迷いは完全に消えた。

デウスを信ずるなら、前へ進むのみだ。

二日後、また雪が降る中、我らを乗せた一艘の小舟は、もう一艘の舟と一緒に塩飽（シワク）を出港し、瀬戸内（セトウチ）を東へ向かった。雪はどんどん強くなり、視界も利かなくなる。船員が慌てたような声を上げていたのでアルメイダに尋ねると、もう一艘の舟と、はぐれてしまったようだ。はぐれてしまったのは相手の舟なのか、それとも自分の舟なのか。一艘だけで孤立した我らは、波間を漂流しているかのようですらあった。

寒さに震えながら、自分は海賊（ピラータ）の恐怖に震えているのだろうか、と考えた。海賊（ピラータ）への恐怖は死への恐怖と通底し、それは、霊魂（アニマ）の永遠への不信にもつながる。今の私に必要なのは強い信仰（フイーデス）であることを自覚し、恐怖心を克服すべく、ひたすら祈り続けた。

降りしきる雪は、我らの霊魂（アニマ）まで凍りつかせるほどの冷たさであったが、我らにとっては、それすらもが、実は、デウスの恩寵（グラーサ）であった。雪に護られたおかげで海賊（ピラータ）に襲われることもなく、我らは本州島（イーリヤ・デ・ホンシユウ）の坂越（サコシ）の港（ポルトウ）へと無事に辿りついたのである。

坂越（サコシ）の港（ポルトウ）に到着した私は、初めて本州島（イーリヤ・デ・ホンシユウ）の土を踏んだことになる。地図（マーパ）で平戸（ヒラド）から都（ミヤコ）までの旅路を確認すると、ここ坂越（サコシ）から目的地の都（ミヤコ）までは、もうずいぶん近くに見えた。平戸（ヒラド）から高瀬（タカセ）までと同じくらいの距離かもしれない。

「大きな帆船（ナウ）が停まっていますね。あれで堺（サカイ）へ行けると良いのですが」

到着して早々にアルメイダは、坂越（サコシ）の港（ポルトウ）に停泊していた大きな帆船（ナウ）の商売人（コメルシアンテ）たちと交渉していた。しばらく彼らと話をした末に、戻ってきた彼の表情には、失意が滲んでいた。

「イルマウン・ルイス、あの帆船(ナウ)は、堺(サカイ)へは行かないのですか？」

「いえ……堺(サカイ)へは向かうのですが、我らが布教のために赴くことを知ると、そんな奴らを乗せるわけにはいかない、と、拒絶されてしまいました。彼らは仏(ホトケ)の手先であったようです」

先日、同じ船に乗り合わせた遍路(ヘンロ)たちから敵意を示されたことはあったものの、そのように明確な形で拒絶されるのは、私にとっては初めての経験だった。失意よりも驚きのほうが、その時は強くあった。

「都(ミヤコ)まで、陸路で向かうわけにはいかないのでしょうか？」

「荷物も多いですし、陸路は厳しいかと思います」

「では、我らを乗せてくれる船が見つかるまで、デウスに祈りながら、待つしかありませんね」

それから我々は毎日、港(ポルトウ)まで様子を見に行ったが、我らを乗せてくれる船は、なかなか現れなかった。この坂越(サコシ)の町(ヴィーラ)にはキリシタン(クリスタウン)がおらず、我らは常に冷たい視線を向けられていた。我らを遠くから指差す者たちから、「南蛮人(ナンバンジン)」や「天狗(テング)」という言葉が聞こえてきたこともある。

キリシタン(クリスタウン)たちは、我らのことを敬愛を込めて「伴天連様(バテレンサマ)」、「伊留満様(イルマンサマ)」と呼んでくれるが、異教徒(ジエンテイウ)たちが我らを「南蛮人(ナンバンジン)」と呼ぶことは、平戸(ヒラド)や府内(フナイ)でも経験したことがある。この言葉は、「南からきた野蛮な者たち」という意味であったはずだ。

また、天狗(テング)というのは、日本人(ジャプネーシュ)が古くから信じているジャパウン固有の悪魔(デイモーニウ)だと聞いたことがある。それは彼らより背が高く、鼻が高いと考えられているらしく、我らが時に「天狗(テング)」と呼ばれるのは、そのためだろう。

我らが悪魔（デイモーニウ）の存在について説明した際、キリシタン（クリスタウン）たちから、「天狗じゃ（テングジャ）」と指摘されることが何度もあった。我らが罪（ペカードウ）を犯すのは、悪魔の誘惑（テンタサウン）が原因であることが大半である。悪魔（デイモーニウ）は物理的な実体のない霊的（シュピリツアル）な存在だが、この国の者たちは、天狗（テング）には実体があると信じているようだ。厳密には同じ存在ではないのだが、悪魔（デイモーニウ）にあたるジャパゥン語が存在しないため、キリシタン（クリスタウン）たちは、それを「天狗（テング）」と呼び理解している。

我ら神父（パードレ）はデウスの代理人なので、我らの妨害をするというのは、全能なるデウスへの叛逆を意味する。そこにデウスのお裁き（ジュイーズ・デヴィーヌ）が下されるのは必定であろう。

堺（サカイ）まで我らを乗せてくれる船が見つかったのは、滞在九日目のことだった。出立前日のその日から、我らは船内に荷物を運び込み、翌朝の出港に備えて船室で寝ていた。夜半、騒がしい声がして甲板（コンヴェシュ）に出ると、坂越（サコシ）の町（ヴィーラ）が巨大な炎に包まれていた。風の強い夜なので、火は、少し離れた家にも燃え移り、町（ヴィーラ）を焼き尽くしてしまいそうなほどであった。その中には、前日まで我らが泊まっていた宿もあり、船が見つかって船内に入っていなければ、我らは焼け死んでいたかもしれない。我らが船内に入ったその夜に我らを拒絶した人たちの町（ヴィーラ）が燃え尽きる、というのは、デウスのお裁き（ジュイーズ・デイヴィーヌ）と考えるよりほかはない。我らは十字を切り、デウスに祈りを捧げた。

翌朝、我らが出港するまでに燃え尽きた家々は、おそらく千戸は下らなかっただろう。朝になっても燃え続ける町（ヴィーラ）の風景が遠ざかっていくのを見ながら、我らは、堺（サカイ）への航路についた。

商取引が盛んに行われるジャパゥンの港としては、九州島の平戸と博多、それに、本州島の堺が、もっとも栄えているらしい。ポルトガルとの商取引では平戸が勝るものの、国内の商取引では、堺が最大の港だ、とも聞いている。

海上から見ると、本州島も山ばかりであることが、よくわかる。この国は、どの地域でも、山と海のあいだのわずかな平地、あるいは山間の盆地に、その面積に応じた規模の市や町、村、田畑がつくられている。そのため、広い平野というのは人がたくさん集まる中心地となりやすく、殿たちの覇権争いの舞台になりやすい。府内で私が感じたように、大名の本拠地だから栄えているわけではなく、栄えている場所を支配できているからこその大名なのである。

堺に近づくにつれて、そのあたりは府内以上に広い平野であるのがわかった。大きな船がいくつも並ぶ港は府内や平戸の何倍もの規模で、しかも、その向こうに広がる市は、城壁と堀で取り囲まれているようだ。その威容に、私は目を見張った。

「あれが堺ですか……想像以上の規模です。イルマゥン・ルイス、この市の殿は、何という方ですか？」

「堺には、殿がいません。商売人たちが治める自治領なのです。堺の商売人には、各地の殿たちに匹敵する財力を持つ者たちがおり、彼らの人脈は大名にも影響を及ぼすほどです。そして、この地における我らの最大の理解者が、ディオゴ（Diogo）という名の有力な商売人です」

「日比屋ディオゴ了珪――ですね」

その名は、定例報告で幾度か目にしていた。日比屋了珪という商人がキリシタンとなり、デイオゴの名を受けた。我らのあいだでは、ディオゴ——あるいは日比屋（ヒビヤ）ディオゴ了珪（リョウケイ）と呼ばれている。

堺（サカイ）の港（ポルトウ）に着いて、我らが下船の準備をする頃には、日比屋了珪（ディオゴ）殿の遣いの者が、舟で迎えに来てくれていた。

「彼らには、どうして我らの到着がわかったのでしょう？」

私は、カトク・ジョアウンに尋ねたが、彼も不思議そうに首を傾げていた。日本人（ジャプネーシュ）ですら答えられない質問に答えてくれたのは、我が同志（クンパニエール）だった。

「これが、堺（サカイ）の商売人（コメルシアンテ）の情報網です」

そう言って微笑するアルメイダの表情には、彼自身が商売人（コメルシアンテ）の出身であるという自負も、いくぶん見受けられた。

港（ポルトウ）から堺（サカイ）の町中へ、遣いの者の舟で、我らは堀を通って移動した。その道中、私は感慨で胸が熱くなった。最初に平戸（ヒラド）を発ってから七十九日目、九州島（イーリヤ・デ・キユウシユウ）の府内（フナイ）を発ってから二十七日目となる一五六五年一月二十七日——永禄（エイロク）七年十二月二十五日、都（ミヤコ）へ通じる海の玄関口とされる堺（サカイ）へ、私たちは、ついに辿り着いたのである。

堀を移動しているあいだも、この市（シダーデ）が非常に栄えていることを実感した。たくさんの人が往来を行き来しており、その表情はどれも明るく、活気に満ちている。九州島（イーリヤ・デ・キユウシユウ）最大の都市である府内（フナイ）と比較しても遜色ない、とても規模の大きな市（シダーデ）だ。

堀の途中で舟を下り、私たちは町中へ進んだ。府内(フナイ)もそうだったが、この町は東西南北に整然と配置された、多くの通り(ファ)が走っているようだ。人々は見るからに裕福そうだ。そして、美しい家々(カーザス)が立ち並ぶ中、とりわけ豪壮な屋敷に我らは通された。

遣いの者が屋内へ入ると、高価な着物(キモノ)を着た主人(セニョール)らしき男が、出てきた。彼は満面の笑みで、何度も頭を下げながら、我らに歩み寄ってくる。

「伴天連様(バテレンサマ)、伊留満様(イルマンサマ)、ようこそ(ヨウコソ)オイデデ。オマチモウシテオリマシタ。某(ソレガシ)、日比屋了珪(ヒビヤリョウケイ)ディオゴ、に(ニ)、ございます(ゴザイマス)」

「日比屋了珪殿(ディオゴ)、此方(コチラ)、パードレ・ルイス・フロイス、也(ナリ)」

彼とは旧知のアルメイダが私を紹介してくれると、日比屋了珪殿(ディオゴ)は「ルイス・フロイス様(サマ)」と私の名をつぶやき、笑顔のまま、うなずいていた。

「日比屋了珪殿(ディオゴ)、お迎え(オムカエ)、忝し(カタジケナシ)。お世話になり申す(オセワニナリモウス)」

私が挨拶すると、ディオゴは「伴天連様(バテレンサマ)、言葉(コトバ)が、タッシャデスナ」と驚き、いっそう嬉しそうな笑顔になった。

我らはディオゴの邸内の広い庭(ジャルディン)(jardim)を移動した。日比屋了珪殿(ディオゴ)とアルメイダが話をしながら並んで先頭を歩き、私とカトク・ジョアウン、そして、同行者たちが後ろから続く。商売人(コメルシアンテ)の出身であるアルメイダは、日比屋了珪殿(ディオゴ)とはとても話が合うように見えた。

手入れの行き届いた美しい庭(ジャルディン)は、それまで私が見たことのないつくりのもので、魅了された。植物は綺麗に刈り込まれ、石づくりの置物が絶妙に配置され、小さな橋のかかった池の中には、色鮮やかな鯉が泳いでいる。その庭（ジャルディン）の中には一軒の離れ（アネクス）(anexo)があり、我らが使用しても良いとのことであった。

私たちが離れ（アネクス）に荷物を置いて少し休憩していると、日比屋了珪（ディオゴ）殿の夫人（シュポーザ）や子供（クリアンサ）(criança)たちが挨拶に来てくれた。彼女たちは皆、貴族（フィダルゴ）のような品格と礼節を備えていて、育ちの良さと裕福さを窺わせる。今のところ日比屋了珪（ディオゴ）殿以外は洗礼（バウティズモ）を受けていないそうだが、我らの教えへの関心は強いようで、熱心な質問をいくつもしてきたので、私たちは喜んで答え続けた。

豊後（ブンゴ）から堺（サカイ）までの冬の航海は想像以上に寒さが厳しかったので、アルメイダも私も、色身（コルプス）が冷えきっていて、体調は良くなかった。堺（サカイ）に到着した安堵で、疲れが出た面もあるかもしれない。頑健なアルメイダですら、明らかに顔色が優れなかった。

「パードレ・ルイス、ここまでの長旅で、我らは少し体調を崩しています。都（ミヤコ）へ向かう前に、しばしこの地で静養するのは、いかがでしょうか？　この堺（サカイ）には、私が商売人（コメルシアンテ）時代から世話になっている者たちが何人かいますので、彼らへも挨拶したいと思っています」

アルメイダはそう言ったが、私は、都（ミヤコ）へと逸る気持ちを、とても抑えられそうになかった。我らイエズス会（クンパニア・デ・ジエズーシュ）の最終目的は、都（ミヤコ）において内裏（ダイリ）あるいは公方様（クボウサマ）から我らの教えを支持していただくことである。地図（マーパ）で見ると、都（ミヤコ）と堺（サカイ）は、もう目と鼻の先で、数日もあれば到着できるはずなのだ。都（ミヤコ）を目前にして、ここで足踏みをすることはできない。

「イルマゥン・ルイス、あなたの商売人（コメルシアンテ）としての人脈は我らイエズス会（クンパニア・デ・ジエズーシュ）にとっても貴重なものですので、あなたがしばしここに留まることに異存はありません。ですが、都（ミヤコ）地方では、パードレ・ガスパル・ヴィレラが、もう五年以上ものあいだ、おひとりで布教活動を続けておられます。一刻も早く彼と合流したいので、私は明朝には、ここを発つつもりです」

私の強い決意にアルメイダは驚きつつも、同意してくれた。

その夜は、我らのいる離れ(アネクス)を堺(サカイ)にいる多くのキリシタン(クリスタウン)が訪れてくれた。何人かの者は、私を都(ミヤコ)まで案内したい、と申し出てくれたので、そこは好意に甘えることにした。

堺(サカイ)到着の翌朝、朝食を済ませたあと、私は、数名のキリシタン(クリスタウン)と同宿(ドウジク)の少年たちを伴い、出立した。アルメイダと、日比屋了珪(ディオゴ)殿とその家族が、屋敷の外まで見送ってくれた。幾度か振り返ると、彼らは、我らが見えなくなるまで手を振ってくれているようだった。手を振り返しながらも、私の気持ちは、既に、まだ見ぬ都(ミヤコ)へと飛んでいた。

都(ミヤコ)において、内裏(ダイリ)あるいは公方様(クボウサマ)から我らの教えを支持していただくことが私の使命(ミッサウン)であるのなら、すべては、ここから始まる。そう考えると、今までの私の人生のすべてが凝縮されて、都(ミヤコ)へ向かう私の背中を押し、足を速めさせる。

十七年前、十六歳で故郷リスボン(リジュボア)を出港した時のこと——インド(インディア)のゴアでの日々——フランシスコ・シャヴィエールからジャパウンについて教えられた日のこと——シャヴィエールの遺体との対面——ジャパウンへの航海の一度目の失敗と二度目の成功——そして、ジャパウンでの今日まで一年六か月の日々のこと……

それらの過去の集積の上に現在の私があり、この先に待つ都(ミヤコ)で過ごす日々への期待も膨らむ。

デウス(オリエンタッツサウン・デイヴィーナ)のお導きを信じて、これからも邁進(まいしん)するのみ。

第九章　魔都大坂（オオザカ）

Foi o incendio bravíssimo, porque logo a fortaleza e os paços do Bonzo, que erão riquissimos, e um dos mais sumptuosos templos que havia em Japão, forão feitos e, cinzas, aonde juntamente se queimarão muitas riquezas do Bonzo; e em espaço de tres ou quatro horas, se queimarão como novecentas casas.

（＝それは凄まじい火災で、坊主（ボンズ）の首領の城砦（じょうさい）や住居も、すぐに焼き尽くした。豪奢なつくりで、日本でいちばん壮麗な宮殿群として知られていたものであるが、それらは、坊主（ボンズ）の首領の財宝と共に灰燼に帰した。三、四時間ほどのあいだに、九百戸もの住居が全焼したようである）

一五六五年一月二十八日——永禄七年十二月二十六日、堺を出発した私は、カトク・ジョアゥンら日本人のキリシタン数名と、同宿の少年数名を従えて、北へ向かった。これまでも、度島や平戸などにおいて自分ひとりで日本人に応対することはあったが、エウロパ人が私ひとりで長距離を移動するのは、この国に来てから初めてのことだ。もっとも、ジャパゥンでの滞在も一年半を超え、ジャパゥンと日本人のことをだいぶ理解できるようになりつつあるし、一年六か月ぶんの蓄積があるので、日常会話程度のジャパゥン語には、もう不自由しない。また、カトク・ジョアゥンに加えて、私に同行してくれることになった堺在住のバルナベ（Bernabé）というキリシタンもポルトガル語を話せるので、言語面での不安は、ほとんどなかった。

今の私には、期待だけがある。なぜなら、この先には海賊や嵐の不安もない。一歩進むごとに、着実に都へ近づいている。おのずと足は速まり、私より小柄な同行者たちから、

「伴天連様、お待ち下さい」と何度も懇願されるほどだった。

数時間進んで、我らは住吉（Sumiyoxi＝大阪府大阪市住吉区）という町に到着した。ここには不思議な存在感を放つ巨大な森が、ふたつあった。それについて、私は、バルナベに尋ねた。

「あれは、この地で古くから信仰されている神の社（＝住吉大社）です」

「神の教えは、仏に吸収されたのではなかったのですか？」

「たしかに、こんにちでは（神仏習合によって）神は仏と一緒に祀られている場合が多いのですが、この住吉のように、古くから続く大きな社の場合は、仏の教えから独立して存続していることもあります」

住吉《スミヨシ》の社《ヤシロ》の巨大な聖域を横目に通りすぎながら、往時には、神《カミ》の社《ヤシロ》も人々から真摯に信仰されていたのであろう、と推測できた。おそらく永き伝統に根づいているはずのこのような神《カミ》の教えも、現在では、仏《ホトケ》の教えに乗っ取られ、吸収されてしまっている、と聞いている。その意味で、異教ながら神《カミ》の教えには同情し、改めて、仏《ホトケ》の教えの恐るべき邪悪さを再認識した。イエス・キリスト《ジエズーシユ・クリーシユトウ》の教えでこの国の人たちをひとりでも多く救済せねば、との使命感が、また私の内側で強まる。

住吉《スミヨシ》の町の一角で、我ら一行は、日比屋了珪《ディオゴ》殿が手配してくれた豪壮な屋敷で、よく準備されて見た目の美しい料理を、ふるまわれた。貪欲《アワリーティア》や貪食《グーラ》は重大な罪《ペカードウ・モータウ》なので、我らが積極的にこのように豪華な料理を食することはないが、日比屋了珪《ディオゴ》殿のような高貴な方の我らへのご厚意を拒めば失礼にあたるので、ありがたくいただくのが、この国の礼儀である。かつて、ベタニアのマリーア (Maria de Betânia) が高価な香油をイエス・キリスト《ジエズーシユ・クリーシユトウ》に注いだ時、使徒《アポストウル》たちの中には怒る者もいたが、イエス《ジエズーシユ》は彼女を赦し、大いに讃えた。他人からの善意は、贅沢とは根本的に異なるものなのだ。

住吉《スミヨシ》は神《カミ》が今も栄えている町であるせいか、幸いなるかな、仏《ホトケ》の関係者たちによる悪魔の妨害《インテツフエレンスイア》はなく、食事を終えたあと、すぐに出立できた。堺《サカイ》から住吉《スミヨシ》までは何の波乱もなく進めたので、私には気のゆるみも生じていたかもしれない。それを戒めるように、住吉《スミヨシ》を発つ際に同行するバルナベが放った言葉は、私に不穏な予感をもたらした。

「パードレ・ルイス、我らはこれから大坂《オオザカ》（Ozaca＝大阪府大阪市）という大きな市《シダーデ》を通っていかねばなりませんが、そこでは、最大の用心が必要になるかと存じます」

「なぜです？　キリシタン(クリスタウン)が弾圧されている、ということですか？」

「いえ、それより悪い状況です。大坂(オオザカ)は、この国の坊主(ボンズ)たちの中で最大の権力を有する、顕如(ケンニョ)(Cenho)という人物が支配する市(シダーデ)なのです。大坂(オオザカ)には無数の坊主(ボンズ)がおり、すべての住民が仏(ホトケ)の教えを信じています。また、彼らは大名(ダイミョウ)ですら手を出せないほどの武力も有しており、とても危険です。我らがキリシタン(クリスタウン)であることに気づかれれば、殺される恐れもあります。特にパードレ・ルイスは、確実に殺されてしまうでしょう」

　バルナベの話を聞いただけで、私は歩きながら身構えた。そこへ行けば捕まって磔刑(クルスイフィカツサウン)になることを承知で、イエス・キリスト(ジェズーシュ・クリーシュトウ)がエルサレム(ジェルザレイン)(Jerusalém)に入城した時も、このような心境であったのだろうか。

「それは、たしかに、大きな問題ですね……。その市(シダーデ)を避けていくことはできないのでしょうか？」

「パードレ・ルイスもご承知の通り、この国の大半は山で、市(シダーデ)は平地にあります。大坂(オオザカ)を迂回するとなると、歩くことの困難な険しい山を、いくつも越えねばなりません。今の季節ですと、雪が降ると、山越えにも大きな危険が伴います」

　つまり、都(ミヤコ)へ到達する大目標を果たすためには、どうしても、何かの試練を受けねばならない、ということらしい。もちろん、これは、デウスが我らの覚悟を試しておられるのだ。

大坂(オオザカ)に入るか、それとも、山越えを選ぶか。

「バルナベ、あなたは、どちらがより危険だと思いますか？」

「我らは荷物も多いので、山越えのほうが、より危険であると思います。雪の心配もありますし、獣に襲われた時に荷物があると逃げられません。また、盗賊（ラドラウン）(ladrão）に襲われることも考えられます。大坂（オオザカ）も危険ですが、うまく身を隠すことさえできれば、平地ですので、移動は楽です」

私自身はこれまで、デウスのお導き（オリエンタツサウン・デイヴィーナ）によりキリシタン（クリスタウン）たちが優位な（少なくとも弾圧はされていない）土地のみを移動してきたので、坊主（ボンズ）や異教徒（ジエンテイウ）たちと直接対峙したことは、幸いなるかな、まだない。しかし、都（ミヤコ）を目前に控えて、ジャパウンの坊主（ボンズ）の頭領が支配する町を通過せねばならないとは……。今こそ、デウスが私の信仰（フィーデス）を試されているのは、間違いなさそうである。

「カトク・ジョアゥン、あなたは、どう思いますか？」

彼の答えは予想できたが、私は、確認の意味で尋ねた。

「これもデウスから賜わった試練なら、喜んで受けるべきかと存じます」

気持ちの良いほどまっすぐで迷いなきカトク・ジョアゥンの答えを聞いて、私の迷いも完全に消えた。この日本人（ジャプネーシュ）のように揺るぎない信仰（フィーデス）を持つ者は、デウスに見捨てられることはない。ましてや神父（パードレ）の私が道に迷うことなど、あってはならない。

「その通りです。では、行きましょう。仏の市（ホトケ シダーデ）、大坂（オオザカ）へ――」

我らは大坂（オオザカ）の近くで陽が暮れるのを待ち、夜の帳（とばり）が下りてから、市（シダーデ）に入った。同行したキリシタン（クリスタウン）が先に市（シダーデ）に入り、私ひとりのための宿を用意してくれていた。それは市（シダーデ）の外れにある、小さく粗末な宿であった。私は布を頭に巻いて顔を隠し、病人ということにして、その宿の狭い一室に身を落ち着けた。

宿を経営するのは、耳が遠く、目も悪い老婆だったが、念のため声を潜めて、バルナベは私に言った。

「パードレ・ルイス、窮屈でご不便な思いをさせてしまう非礼は、どうかお赦しください。明日の夜明け前にはお迎えに参ります。それまでのあいだ、ご辛抱いただけますでしょうか」

「バルナベ、もちろんです。我らは仏の市(ホトケ シダーデ)にいるのですから、このくらいの用心は当然、心得ています。我らの大志を思えば、ここでひと晩を過ごすことなど、何でもありません。あなた方は、何も気になさることはありません」

カトク・ジョアウンだけが私と共に宿泊し、バルナベは、他のキリシタン(クリスタウン)や同宿(ドウジク)の少年たちと一緒に、この町で世話になる日比屋了珪(ディオゴ)殿の知り合いの屋敷へ向かった。その屋敷は大坂(オオザカ)の市(シダーデ)の中心地にあるらしく、人目を引く私がそこへ近づくのは、さすがに危険すぎるために、私だけは町外れのこの粗末な宿に身を潜めたのである。

「カトク・ジョアウン、あなたまで、この粗末な宿につきあわせてしまい、すみませんね」

私は心から詫びたが、彼は穏やかに、首を左右に振った。

「何をおっしゃいますか、パードレ・ルイス。あなたおひとりをここに残して、私だけが小綺麗な屋敷に泊まることなど、できるはずがありません。私だけがこうしてご一緒させていただけて、むしろ光栄なのです。ありがとうございます」

彼の清らかな言葉を聞いて、私の目は潤んだ。

「ああっ、あなたこそ真のキリシタンです。あなたを我らに遣わしてくださったデウスに感謝しています」

堺から大坂まで長距離を歩いてきた疲れはあったが、薄暗い部屋の寝台で疲れた色身を休めていても、頭と目は冴えていて、いっこうに眠れなかった。

「……カトク・ジョアウン、起きていますか？」

となりの寝台に小声で話しかけると、彼も眠れないようだった。

「もちろんです。我らが無事に市を出られるように、デウスに祈っていました」

「そうですね。気をゆるめずに、朝まで祈りましょう」

都のすぐ近くまで来ていることによる高揚感もあるが、それ以上に、我らにとって極めて危険な仏の市のただ中にいることによる緊張感は消えない。もし私がこの地で殉教する運命をデウスから賜わるのなら受け入れねばならないが、色身が滅びて永遠の霊魂として生きる悦びよりも、都を訪れ、その地で布教したいという希望のほうが、今は勝っている。これは身勝手な願いだが、デウスのために都で奉仕したい想いは、純粋な気持ちだ。いのちを危険に晒している試練の中だからこそ、自分の真実の想いを発見することができた。そのことについて、私はデウスに感謝せずにはいられない。

暗闇の静寂と思索の中で私は夜明けまで祈り続けるつもりだったのだが、二、三時間が経過した夜の八時か九時ごろに、バルナベたちが私たちを呼びにきたので、驚かされた。

「パードレ・ルイス、お休みのところ申し訳ありません。あなたをこんな粗末な宿に残しながら、あのあと、私たちは日比屋了珪(デイオゴ)殿の知り合いの立派な屋敷で饗応を受け、我ら皆、強い罪悪感を抱きました。もう夜で、外は人通りもありませんので、パードレ・ルイスも、ぜひ我らの宿泊している屋敷にいらしてください。屋敷の主人も、強くそう希望されています。むろん、カトク・ジョアゥン、あなたもです」

罪(ペカードウ)を告解(コンフイツサウン)するような、バルナベの口調だった。

イエス・キリスト(ジエズーシユ・クリーシユトウ)の教えによれば、物事がこのような展開をする時には、我らの言葉は、自分の意思を超えて霊的(シユピリツアル)な存在の影響を受けている。自分で考えているつもりで、実は、語らされているものだ。重要なのは、それが、聖霊(シユピリトウ・サントウ)の影響を受けたものか、それとも、悪魔(デイモーニウ)によるものか、ということだ。

どちらにしても、私がデウスに試されているのは明らかだ。私はバルナベたちの心の奥底を見通したくて、彼らの目を見た。福音書(イヴアンジエリヨシユクリプトウム)の聖句にあるように、「Si oculus tuus fuerit simplex, totum corpus tuum lucidum erit. Si autem nequam fuerit, etiam corpus tuum tenebrosum erit.」(=目が澄んでいれば、あなたは光に満ちている。目が曇っている時、あなたは闇に侵されている)のである。

目という心の窓を覗いた印象として、彼らの申し出は純粋に聖霊(シユピリトウ・サントウ)の影響によるもので、悪魔の妨害(インテツフエレンスイア)が働いているわけではない、と、私は解釈した。

「バルナベ、あなたたちのお申し出に感謝します。では、私たちも、その屋敷にお世話になることにします」

そして、私はカトク・ジョアウンを伴い、バルナベたちが宿泊している屋敷に案内された。道中、顔は布で隠していたが、彼らが言っていたように、夜なのでほとんど人とすれ違うこともなく、少し安堵した。もっとも、明日の朝、この市(シダーデ)を無事に出立するまでは油断できない。

たしかに、その屋敷は、私が身を潜めていた宿より大きく、壮麗で、彼らが罪悪感を抱いたのは、とてもよく理解できた。屋敷の中に通され、廊下を移動する時、仏(ホトケ)を祀った立派な祭壇らしき物を見つけ、もしかしたらこれは罠かもしれない、との警戒心を強めた。だが、日比屋了珪(ディオゴ)殿の友人であるという屋敷の主人(セニョール)は、異教徒(ジエンテイウ)である私にも礼節をもって迎えてくださり、私は彼を疑ったことを恥じた。

我らに用意された部屋は広く、清潔で、少し前まで私がいた宿とは大違いだった。しかし、私は意識して気を引きしめた。ここが仏の市(ホトケ シダーデ)の中心地で、異教徒(ジエンテイウ)の屋敷の中であることは事実なのだ。この市(シダーデ)を出るまで、絶対に油断してはいけない。

警戒の意味もあり、我らは、その広い部屋の壁近くに身を寄せ合っていた。キリシタン(クリスタウン)や同宿(ドウジク)の少年たちは疲れもあり、横になって寝息を立てていたが、私とカトク・ジョアウンだけは、壁に背を預けて座ったまま、デウスに祈り続けていた。

私がその屋敷に到着してから、二、三時間(オーラ)ほど経過した、おそらく真夜中(メイア・ノイテ)(meia-noite)のころ――悪魔(デイモーニウ)の唸り声を連想させるような阿鼻叫喚(あびきょうかん)が遠くから聞こえてきた。しかも、その恐ろしい音は、次第に近づき、大きくなってくる……。

同宿(ドウジク)の少年たちは熟睡していたが、キリシタン(クリスタウン)たちは順番に目を開け、上半身を起こし、

「何事ぞ?(ナニゴトゾ)」と不安そうに顔を見合わせていた。廊下を駆けてくる音がして、屋敷の主人(セニョール)が慌てた顔をして、「火事じゃ(カジジャ)」と、我らに告げた。そのあとに何かを早口でまくし立てたが、聴き取れなかったので、バルナベに尋ねた。

「市(シダーデ)の外れのほうで火事が発生したそうです。ただ、この屋敷からはだいぶ離れているので、どうか安心されたい、と主人(セニョール)は申しております」

うなずきながら、私は、また火事か……と、思わずにはいられなかった。横瀬浦(ヨコセウラ)、度島(タクシマ)、平戸(ヒラド)――そして、先日の坂越(サコシ)も。まるで私の活動が次の舞台に進むしるし(スイナウ)(sinal)であるかのように、活動の節目ごとに火災が発生する。しかし、今回は今まで以上に、深刻であった。何しろ私は今、仏(ホトケ)の市(シダーデ)の中心地にいるのだ。この火事の影響で、大坂(オオザカ)からの脱出が困難にならないと良いのであるが……。

私の供のキリシタン(クリスタウン)に続いて同宿(ドウジク)の少年たちも、すっかり目が醒めたようだ。彼らは不安に顔を曇らせながら、十字を切り、祈禱文(オラーテイオ)を唱え、祈り続けていた。私とカトク・ジョアウンが庭(ジャルディン)へ出ると、大坂(オオザカ)が地獄(インフエルヌ)と化したかのように、人々が叫びながら駆け回る音が聞こえてきた。夜空は炎で赤く染まり、火の粉のにおいもはっきり嗅ぎ取れ、遠くから熱が近づいてくるような感覚もあった。風が強く、空気も乾燥しているので、この火災は簡単には治まらないかもしれない。

「大きな火事になりそうですね」

カトク・ジョアウンの口調は冷静だったが、彼の声も緊張感が強まっていた。我らが恐れるのは火事そのものではなく、火事の混乱で脱出できなくなることだ。彼の言葉にも、その言外の含みがあった。

私たちが庭（ジャルディン）から部屋へ戻ると、屋敷の主人（セニョール）とバルナベが険しい表情で何かを話しているところだった。主人（セニョール）は私を見ると、一瞬、非難するような表情になってから目をそらし、うつむいたまま退出した。

「バルナベ、何か新しい動きがあったのですか？」

「パードレ・ルイス、少々まずいことになりました。火事が発生したのは、あなたが泊まっていた宿のあたりのようなのです。もしあなたの姿が目撃されていたら、放火の犯人と見なされてしまう恐れがあります――」

彼の言葉に、私は耳を疑った。彼は悪魔（デイモーニウ）の影響を受けてしまっているのか、と、思わず訝ってしまったほどだ。反論する口調が、おのずと強くなってしまう。

「バルナベ、何を言うのです。あなた方と一緒に私はこの屋敷へ来て、それから外へは一歩も出ていません。どうして私に放火できるでしょうか」

「むろん、我らは誰よりも、パードレ・ルイスの潔白を承知しています。ですが、この町（ヴィーラ）の者たちは、そうは見ない可能性がある、ということです。なにしろ、この大坂（オオザカ）は、仏の市（ホトケ シダーデ）ですので……」

自身の置かれている境遇を彼に強調されて、私は思わず「O meu Deus!（オー・メウ・デウス）」（＝おおっ、我がデウスよ！）と、天を仰いだ。仏（ホトケ）の市（シダーデ）の中心地にいるだけでも危険極まりないところに、もし放火の嫌疑をかけられるとすれば……いよいよ状況は厳しくなる。

私が冷静さを失いそうになったその時、救ってくれたのは、またしても、カトク・ジョアウンだった。

「パードレ・ルイス、我らはデウスのご加護（アジューダ・ディヴィーナ）により救われましたね。最初の宿にいれば、今頃は、捕まっていたでしょう」

彼の言葉を通して、聖霊（シュリピリトゥ・サントゥ）に戒められたようだった。

「カトク・ジョアウン、その通りです。今こそ、我らは試されています」

それからも、火勢は衰えるどころか、ますます激しく燃え広がっている様子が、外の狂騒から容易に想像できた。その騒ぎは外だけではなく、ついに屋敷内にまで及び、多くの人が、我らのいる屋敷内に出入りするようになった。彼らは屋敷の主人（セニョール）の親族や関係者たちのようで、家財道具なども（おそらく火事から守るために）持参していた。何人かが私を見つけて、驚き目を丸くし、中には私を指差し、「天狗じゃ（テングジャ）」と叫んで逃げ出す者までいた。天狗（テング）とは、この国の人々が信じる悪魔（デイモーニウ）なので、そのように言われるのは心が痛むが、仏（ホトケ）に仕える者たちからすれば、デウスの民である我らこそが、そのように見えるのであろう。

「パードレ・ルイス、ここにあなたがいることが市（シダーデ）中に知られると、かなりまずいことになりそうですね……捕らえられたら、たとえ濡れ衣でも、放火犯として磔（ハリツケ）にされることは避けられません」

　磔（ハリツケ）——というのは、磔刑（クルスイフイカツサウン）を示すジャパゥン語である。エウロパ（ヨーロッパ）では現在では磔（ハリツケ）より首斬りの処刑が主だが、この国では今も罪人の磔（ハリツケ）が行われている、と聞いたことがある。

　イエス・キリスト（ジエズーシユ・クリーシユトウ）のように私がこの地で磔（ハリツケ）になる想像をして、その栄誉に甘美な魅惑を覚えてしまったことは事実だ。しかし、イエス（ジエズーシユ）に倣いたいとの理由から私がそれを望むことは不純であり、悪魔（テンタサウン）の誘惑ゆえであろう。私は慌てて十字を切った。

　屋敷の主人（セニヨール）は神妙な顔でバルナベを呼び出し、厳しい口調で何かを言っていた。彼は私とはもはや目を合わせようともせず、それどころか、我らが穢（けが）れた者であるかのように、意識して顔を背けていた。

「バルナベ、彼は、何と言っていたのですか？」

「この屋敷は主人（セニヨール）の関係者たちで溢れることが予想されるため、我らには出ていってほしい、とのことです」

「火事の中で——ですか？」

「我らを匿（かくま）っていたことが顕如（ケンニヨ）に知られると、彼自身も磔（ハリツケ）にされるので、それを恐れているのでしょう。彼は異教徒（ジエンテイウ）ですので、我らのために、いのちまで投げ出してはくれないのです」

「ですが、今、外に出れば、大勢の人に見つかって、我らは捕らえられてしまうでしょう。そうすれば、彼が匿っていたことも発覚するはずです」

「大きな混乱の中で、主人（セニヨール）も冷静さを失っているのです」

まさしくバルナベの言う通りで、しばらく待っても我らが立ち去らないと知った主人(セニョール)は、ついに悪魔(デイモーニウ)の憑依(ひょうい)を受け容れた。それまでの彼とは別人のように顔を赤く、醜く歪めて、我らに叫んだ。
「天狗(テング)ども(ドモ)、今すぐ(イマスグ)、立ち去れ(タチサレ)！　此処から(ココカラ)、出てゆけ(デテユケ)！」
主人だけなら、説得の余地があったかもしれない。だが、屋敷の他の者たちも「出てゆけ(デテユケ)！天狗(テング)！」と連呼しながら我らを取り囲み、棒のような物を手にして暴力に訴える気配も見せ始めたので、我らは荷物を抱えて屋敷を出るしかなかった。

私はまた頭を布で覆い、日本人(ジャプネーシュ)の中に入ると群を抜く長身であることが悟られないように、身を屈めた。他のキリシタン(クリスタウン)たちに囲まれるようにして外へ出る。火災は想像していた以上に規模が大きく、燃え盛る火柱に照らされて、火の近くは昼のように明るく、火の粉が花吹雪のように闇の中を舞っていた。風が強いので、火は、まだまだ収まりそうにない。通りには多くの人がいたが、皆、家財道具を運ぶのに必死の形相で、幸いなるかな、我らを見咎める者はいなかった。

人々は大坂(オオザカ)の外れにある小さな丘の上に避難しており、我らも、その人の流れに従った。丘の上には女や子供たちばかりが、たくさんいた。男たちは、荷物の運搬や消火活動に奔走しているようである。我らは男のみの集団だが、闇の中なので、さほど目立たずにいられた。だが、少しずつ東の空は明るくなり始めている。夜が明ければ、私の存在は見つかり、捕まって磔(ハリツケ)にされてしまうかもしれない……。

バルナベは私の近くに残り、カトク・ジョアウンら他のキリシタン(クリスタウン)たちは手分けして、我らの行く先を探しに出てくれた。バルナベと私は、他の者たちに正体を気取(けど)られないように、人の群れから少し離れたところで、念のため顔を布で覆ったまま、小声で話すようにしていた。また、同宿(ドウジク)の少年たちに周囲の様子を見張らせ、いつでも逃げられる心の準備もしていた。

世界が少しずつ明るくなるにつれて、焦りは強まる……こういう時こそ我らの信仰(フィーデス)が試される。これは、デウスより与えられし試練――。顔を覆った布の下で、私は祈禱文(オラーテイオ)を唱え続けた。


やがて、町中に出ていたカトク・ジョアウンが、我らの下へ戻ってきた。彼は、身なりの良い男性を伴っていた。その人物の顔を見て、我らは驚いた。坂越(サコシ)から堺(サカイ)に来る船に一緒に乗船していた人だったのである。

彼は私が変装するための着物(キモノ)や布を用意していて、私は、それに身を包んだ。その方とカトク・ジョアウンと三人で屋敷に移動したあと、その方は、他のキリシタン(クリスタウン)や同宿(ドウジク)の少年たちをみずから迎えに行き、荷物の運搬まで手伝ってくださった。屋敷で待機しながら、私は、カトク・ジョアウンから経緯を聞いた。

「我らを支援してくれそうな方を探して町中を駆け回っていた時、デウスのご加護(アジューダ・デイヴィーナ)により、この屋敷の主人(セニョール)と遭遇したのです。彼は坂越(サコシ)から堺(サカイ)への船の中でも我らに好意的でしたし、この広い市(シダーデ)の中で奇蹟的に遭うことができたのは、まさしくデウスの恩寵(グラーサ)でした。その証拠に、私が事情を打ち明けたところ、すぐに支援を約束してくれたのです――」

「そうでしたか。坂越(サコシ)の大火の際も、我らはデウスのご加護(アジューダ・デイヴィーナ)により難を逃れましたが、あの時、デウスは既に、この大坂（オオザカ）で我らの支援者となるべき方に、我らを引き合わせてくださっていたのですね」

「主人（セニョール）から聞いた話によれば、大坂（オオザカ）の支配者である顕如（ケンニョ）は、この火災を自分に敵対する何者かの仕わざと見なし、犯人を見つけるために、市（シダーデ）の出入口に兵士を多数配置しているそうです。大坂（オオザカ）をすぐに出ることは難しそうですが、出られるようになるまで、主人（セニョール）は我らを匿ってくださるそうです」

「ああっ、何たる美徳（ヴィルトゥーデ）でしょうか。そのような方を我らに遣わしてくださったデウスには、感謝しなくてはなりませんね」

すべての荷物を屋敷に運び入れ、全員がそろうと、主人は、屋敷の屋根裏（ソータウン）（sótão）を我らに提供してくださった。本来は物入れに使う空間のようだが、我ら全員が身を隠せるだけの広さがあった。

「主人（セニョール）は、このような窮屈なところに我らを押し込める非礼をお赦しください、と言っておられます。部屋を提供できないのは、顕如（ケンニョ）の配下の者たちに捜索される時に備えて、とのことです」

そう聞かされた私は、彼の真の美徳（ヴィルトゥーデ）に感激し、涙を流した。彼は異教徒（ジエンテイウ）だが、たとえ今は異教徒（ジエンテイウ）であっても、我らにここまで親切にしてくださる方は、デウスに選ばれし御方であるのは間違いない。我らは常に感謝と敬意を持って、彼に接した。

結局、大坂（オオザカ）の大火は九百戸ほどを全焼させたようであるが、火災の規模を思うと、より被害が甚大であった可能性もあった。市（シダーデ）全体が焼き尽くされる前に——昼までに鎮火したのは、顕如（ケンニョ）

の指揮の下、多くの者たちが消火活動に当たったからこそ、だという。そうした話を聞くだけでも、顕如（ケンニョ）なる人物が、絶大な権力を持っていることがわかる。

坂越（サコシ）出立直前の大火災もそうであったが、私が大坂（オオザカ）に滞在している夜にこのような大火災が発生するとは、私を都（ミヤコ）に行かせまいとする悪魔の妨害（インテツフェレンスィア）であるとも考えられる。その一方、この大坂（オオザカ）が悪魔（デイモーニウ）の教えが栄えている市（シダーデ）であることを考えると、あるいは、我らがこの地に遣わされたことを敵に示す意味での、デウスのお裁き（ジュイーズ・デイヴィーヌ）なのかもしれない。


屋敷の主人（セニョール）は、決まった時刻に我らに食事を持ってきてくれ、困ったことはないか、必要な物はないかと、常に気にかけてくださった。また、屋根裏（ソータウン）に隠れている我らには状況がわからないので、食事を運んでくる時に、最新状況も教えてくれた。

「パードレ・ルイス、主人によれば、顕如（ケンニョ）の怒りは大変なもので、大坂（オオザカ）の出入口に多数の兵士を配置するだけでなく、町中も兵士たちに捜索させているそうです。他の地方から来た者を泊めたり匿ったりした者は死罪に処するので、そのような者を知っていれば、申し出るように、との布告も出ているようです」

「カトク・ジョアウン、夜が明ける前に、あなたがこの屋敷の主人（セニョール）と遭ってくれたおかげで、何とか難を逃れました。むろん、デウスのご加護（アジューダ・デイヴィーナ）もあったわけですが、我らの導き人（ナヴェガドール）(navegador)としてデウスから選ばれ得たあなたの献身の数々にも、改めて感謝いたします」

「もったいないお言葉、ありがとうございます。とりあえず急場は凌げましたが、まだまだ状況は予断を許しません。放火した者を見つけるべく、顕如(ケンニョ)の配下の者たちは必死になっています。放火したのは我らではないものの、捕まれば我らが犯人と見なされ処刑されることは避けられません」

「我らにできることは、デウスを信じて、祈ることだけです」

その後、屋敷の主人(セニョール)の機転、そして、度胸に、我らは瞠目させられることになった。武器を持った坊主(ボンズ)たちが訪ねてきた時、彼は戸口のところで彼らを笑顔で迎え、何ら不自然なところのない口調で、いろいろと話をした。

あとになってカトク・ジョアゥンから教えられたところによると、彼は、「顕如(ケンニョ)様からの恩賞が欲しいので、某(ソレガシ)も、あやしい奴を見つけたいのです。そのような奴が潜んでいそうな場所にお心当たりがあれば、どうかご教示いただけないか。某(ソレガシ)も捜索に加わりたく存ずる」と、坊主(ボンズ)たちに質問される前に自分から問い質し、彼らを困らせ、ついには退散させたのだという。

さらに彼は、堺(サカイ)にいるルイス・デ・アルメイダやキリシタン(クリスタウン)たちも、大坂(オオザカ)大火のことを知れば我らの心配をするであろう、と、我らが無事であることを伝える秘密の使者まで送ってくださった。

仏(ホトケ)の市(シダーデ)であるこの大坂(オオザカ)で、彼ほど我らを護るのにふさわしい人が、ほかに見つかるとは思えない。最高の適格者と思えるその御仁と坂越(サコシ)の地で既に会わせてくださっていたデウスの摂理(プロヴィデンスイア)に、私は改めて畏敬の念を抱かずにはいられなかった。

大坂(オオザカ)での二日目の夜、数百名の兵士が通りを行き交い、市(シダーデ)は、ものものしい雰囲気に包まれていたようである。我らを捜しているのか、兵士たちが何かを怒鳴り合う声は屋敷の中まで響いてきて、同宿(ドウジク)の少年たちは怯え、祈り続けていた。我らを匿っていることが発覚すれば、この屋敷の者たちも、おそらく処刑されることになるのだろう。屋敷の主人(セニョール)は彼の夫人(シュポーザ)から我らを翌朝には追い出すようにと迫られたそうだが、あくまで我らを匿う姿勢を崩さなかった。もし彼が悪魔(デイモーニウ)の影響を受けて我らを差し出すことを決めれば、我らの命運は、この魔都大坂(オオザカ)で尽きる。だが、彼には聖霊(シュピリトウ・サントウ)の影響が働いているらしく、我らを庇護してくださる姿勢は一貫していた。デウスへの信仰(フィーデス)の証しとして、デウスに選ばれた彼を、我らは信じた。

顕如(ケンニョ)による放火の犯人探しは徹底的に行われたようだが、そこまでしても不審者が見つからなかったことで、三日目になると、捜索の人員は少し減り、警戒が弱まり始めたようであった。

屋敷の主人(セニョール)が食事を運んできた際に、カトク・ジョアウンやバルナベの通訳を介して、今後のことを相談した。

「パードレ・ルイス、大坂(オオザカ)からの人の出入りは今も厳重に取り締まられているようですが、私ども日本人(ジャプネーシュ)については、目立たない着物(キモノ)を着ることで、不審がられずに出られるだろう、とのことです。パードレ・ルイスは、そのままのお姿ですと、すぐに見つかって捕まってしまいますが、何か策を考えてくれる、と言っています。我らを必ずや都(ミヤコ)まで送り届けることを、主人(セニョール)は約束してくれました」

屋敷の主人(セニョール)は元より善き人であったに違いないが、今の彼が、我らを都(ミヤコ)まで安全に送り届ける使命(ミッサウン)に燃えてくださっているのは、聖霊(シュピリトウ・サントウ)の働きかけに、ほかならないだろう。であれば、彼からの提案はデウスのお導き(オリエンタッサウン・デイヴィーナ)だと解釈し、信じて従うのみだ。

一五六五年一月三十一日——永禄(エイロク)七年十二月二十九日の朝、屋敷の主人(セニョール)は私に綿帽子を目深にかぶらせ、我ら一行全員に商売人(コメルシアンテ)ふうの着物(キモノ)を着させた。そして、彼らの供の者たちも一緒に、荷物を台車に載せて歩き始めた。我らは大人数の集団で、しかも大荷物だったので、当然ながら人目を引いたが、主人(セニョール)は、被災した親戚の荷物を都(ミヤコ)の縁戚まで届けなければならないのだ、といった説明を道行く人たちにしていたようである。

黙々と歩いていたら、我らほど怪しい集団はなかっただろう。だが、主人(セニョール)とその供の者たちが大きな声で、笑顔で話しながらであったので、幸いなるかな、我らが怪しまれることはなかった。

大坂(オオザカ)の町を出るところには城門があり、そこは坊主(ボンズ)の兵士たちが警護していた。主人(セニョール)は彼らとも顔見知りらしく、彼らの名前を「様(サマ)」をつけて呼び、歩み寄って何かを渡し、労をねぎらっていた。

「其方らも(ソナタラモ)、ご苦労である(ゴクロウデアル)。通って良いぞ(トオッテヨイゾ)」

坊主(ボンズ)の兵士たちは、我らにそうやさしく声をかけるほどで、何の尋問もなく、笑顔で通してくれた。デウスのご加護(アジューダ・デイヴィーナ)があるとはいえ、聖霊(シュピリトウ・サントウ)の力を味方につけた主人(セニョール)の大胆かつ賢明な行動に、我らは感銘を受けずにはいられなかった。

大坂(オオザカ)の城門を出ると、悪魔(デイモーニウ)の影響下から脱したことを我らは実感し、次々に安堵の声を洩らしながら、互いの目を見て、笑顔でうなずきあった。歓喜の叫びを上げたいところだったが、そのまま歩き続けた。

大坂（オオザカ）の城門が見えなくなり、もう声も届かないくらい移動したところに一軒の藁小屋があった。先行していた主人（セニョール）の召使（パジェム）いが、そこで、我らのための食事を用意してくださっていた。

「イヤア、善きこと（ヨキコト）、善きこと（ヨキコト）。我らの（ワレラノ）、大勝利じゃ（ダイショウリジャ）」

主人（セニョール）は終始、笑顔で、我らが感謝して食事する様子を嬉しそうに見ていた。聖霊（シュピリトウ・サントウ）の善き影響を受けたこの人物は、食後、同宿（ドウジク）の少年たちが荷物と一緒に舟で都（ミヤコ）まで行けるように手配し、しかも、私とキリシタン（クリスタウン）の同行者のために前日手配してくれていたという馬を受け取りに、どこかへ出ていった。

同宿（ドウジク）の少年たちが荷物を持って舟に乗り込んだのを見送ったあと、我らは用意してもらった馬で、さらに北へと移動を開始した。主人（セニョール）は徒歩で私の乗る馬の手綱を引き、名残惜しそうにしばらくついてきたが、空が曇ってきたので、途中で引き返すことになった。

我らはいったん馬を下り、彼に謝意を伝えた。

「ご主人（ゴシュジン）、貴殿のご支援（キデンノゴシエン）、真（マコト）、感謝申し奉る（カンシャモウシタテマツル）。有り難き幸せ（アリガタキシアワセ）」

主人（セニョール）は我らひとりひとりの肩を叩き、都（ミヤコ）で我らの布教が成功するように、内裏（ダイリ）か公方様（クボウサマ）に会えることを祈っている、と言ってくれた。異教徒（ジエンテイウ）である彼が本来、祈る対象は仏（ホトケ）であるはずだが、この時の彼は明らかに聖霊（シュピリトウ・サントウ）の影響を受けていたので、それは、デウスが我らに贈ってくださった励ましのお言葉にも聞こえた。

我らはふたたび馬に乗り、都（ミヤコ）への移動を開始した。途中、何度か振り返ると、主人（セニョール）は、我らが見えなくなるまで同じ場所で我らを見送っていて、手を振ってくれていた。我らを護るためにこのように素晴らしい異教徒（ジエンテイウ）を遣わしてくださったデウスへの強い感謝の気持ちを胸に、私は、都（ミヤコ）への到着が近いことに、また胸の高鳴りを覚え始めていた。

都（ミヤコ）は大坂（オオザカ）から見ると北東方向にあるようで、そのあいだは平野が続いている。馬での移動なので、徒歩以上の速さで都（ミヤコ）が向こうから近づいてくるように感じられる。魔都大坂（オオザカ）での窮地を脱した今、我らの前には、もはや、いかなる障害もないことが期待された。

ところが、都（ミヤコ）の方面では前日から雪が降り続いているようで、都（ミヤコ）が近づくにつれてどんどんその勢いは強くなり、地面に積もっている雪の量は信じられないほどの量で、我らの前に立ちはだかる壁のようにすら思えた。

途中の村（アウデイア）では、屋根まで雪に埋もれている家さえあった。ついには、馬でも徒歩でも少しも進めないほどになった。これまで辿ってきた旅路を考えると、都（ミヤコ）は、もう本当に目と鼻の先であるはずなのだが、この期（ご）に及んで、まさか雪に進路を阻まれるとは、予想できたはずもない。私に同行しているキリシタン（クリスタウン）たちも、皆、驚きを口にしていた。このあたりに詳しいバルナベが言った。

「パードレ・ルイス、我らはこの地方出身ですが、これほどの大雪は誰も見たことがない、人生で初めて体験する大雪だ、と申しております」

私が間もなく都（ミヤコ）に到着しようかというこのタイミングで、数十年に一度あるかないかという大雪が行く手を阻んでいるのは、悪魔の妨害（インテツフエレンスイア）か、我らには想像もつかない理由による、摂理（プロヴイデンスイア）の一部であるに違いあるまい。

「馬か徒歩以外の手段……となると、舟は使えないでしょうか？」

カトク・ジョアウンがそう提案してくれて、我らは川岸に移動した。そこには一艘の小舟があり、人々が舟の中の雪を手分けして掻き出しているところだった。我らは船頭に交渉し、何とか乗せてもらうことができた。その小さな舟は、人々の重みで沈んでしまうのではないかと思えるほどの満席状態だった。

あとわずか二レグア（約十キロメートル）ほどで都（ミヤコ）だと聞いていたのだが、大雪で視界が利かないことに加えて、悪魔（デイモーニウ）がその力を増す夜の暗闇に包まれて、我らの乗る舟は浅瀬に乗り上げ、身動きが取れない状況となってしまった。

大雪と暗闇と寒さの中で我らが耐え忍ぶこと八時間にも及んだ翌朝、雪がやんで夜が明け始めるにつれて悪魔（デイモーニウ）の影響（オーラ）はようやく弱まり、我らの舟は浅瀬を脱し、ふたたび川を進み始めた。

川から都（ミヤコ）へ入るというのは、航海を守護する聖母マリーア（ヴィルジエン・マリーア）のご加護（アジューダ）の証しだろう。そのことに思い至ると、我らは、この試練にも納得し、満足できた。

そうして、平戸（ヒラド）を出発してから八十四日目となるその日、一五六五年二月一日——聖母マリーアのお浄めの祝日（ピューリフィカッサウン・デ・ノッサ・セニョーラ）（Purificaçao de Nossa Senhora）の前日、私は、ついに都（ミヤコ）へ辿り着いたのである。

第十章　都（ミヤコ）にて

Os Padres tambem havião de hir ò Cubosama, qe depois do Dairi hé a suprema dignidade em Japão entre todos os reys e fidalguia, o qual não somente hé vizitado naquellas dias dos senhores propinquos e principes remotos, mas juntamente dos bonzos e superiors dos mosteiros, e athé as feiras o vão vizitar.

（＝神父(パードレ)たちも公方様(クボウサマ)を訪問できることになった。公方様(クボウサマ)は、日本のすべての領主や貴族たちの中で最高の権威たる内裏(ダイリ)に次ぐ存在である。親族の貴族や遠方の領主だけでなく、寺院(モステイル)の上長である坊主(ボンズ)たちも一斉に、その日に訪問するのだ）

ジャパウンの中枢であり、最大の市である都は、北と東と西の三方を山に囲まれた広大な盆地で、その東端と西端の近くにある二本の川のあいだが、さらに中心地として栄えているようである。都の東と西を流れる川は南のほうで交わって大きな河となり、大坂まで続いていた。我らは大坂から都まで、この河を遡ってきたことになる。

上流で二本に枝分かれしている川の、東の川のほうを我らはさらに遡り、都の中心地らしき場所に着いた。都は今朝まで降り積もった雪で辺り一面、白く化粧していたが、今日は我らの到着をデウスが祝福してくださっているかのように雲ひとつない快晴で、雪原や雪溶け水が陽光を反射して輝いているさまは、デウスが我らの到着を喜んでくださっているように感じられる、美しい景色であった。

幅広の河原で舟から降り立った我らは、東西と南北に数十もの通りが走り、多くの居館が整然と密集している都の威容に目を見張った。これまで府内、堺、大坂という大きな市を見てきたが、規模と格式の高さにおいて都が群を抜いていることは一目瞭然である。

我らが目指すべき住所は、あらかじめ書簡で受け取っていた。土地鑑のあるバルナベを先頭に、我らは、都の教会を目ざす。私を見て奇異な目をしたり指差して何事かを囁いたりする者もいたが、都の人々は雪かきで忙しくしていたので、幸いなるかな、大きな注目を集めることはなかった。

河原から、四条（Xijo）と呼ばれる東西に走る大通りに出て西へ進み、南北に走る烏丸(Carasuma) と呼ばれる大通りに差し掛かったあたりで、「パードレ・ルイス！」と私を呼ぶ声がした。目をやると、我らより先に到着していた同宿（ドウジク）の少年たちに囲まれて、ガスパル・ヴィレラ・デ・アヴィシュが、涼しげで知的な笑みを浮かべて、手を振りながら私のほうへと歩いてくるところだった。

「パードレ・ルイス、マラッカ（マラーカ）で別れて以来、十年ぶりですね。あの時には、まさかあなたと十年後にジャパゥンの都（ミヤコ）で再会するとは、夢にも思っていませんでした」

抱擁（アブラース）を交わす我らを、キリシタン（クリスタウン）たちの歓声が包む。

ガスパル・ヴィレラ・デ・アヴィシュは私の七歳年長で、今年、四十歳。私より少し小柄で痩身だが、その聡明さで知られた方で、ジャパゥン語の能力においても、現在、我らの同志（クンパニエール）たちの中では頭抜けていると聞いている。少し早口なのも、彼の頭の回転の速さゆえであろう。五年以上ものあいだ、たったひとりでこの都（ミヤコ）地方のキリシタン（クリスタウン）を統括できていたのは、彼の卓越した能力あればこそ、だ。

ヴィレラと私は、十一年前（一五五四年）の五月、ジャパゥンを目ざして、インド（インディア）のゴアを一緒に旅立った。ヴィレラはその頃には既に司祭（サセルドーテ）の位階にある神父（パードレ）であったが、当時、私はまだ修道士（イルマウン）だった。風待ちのためマレーシア（マラージア）のマラッカ（マラーカ）で冬を越したあと、一五五五年四月にヴィレラたちはジャパゥンへ旅立ったが、私は任務を与えられてマラッカ（マラーカ）にとどまり、その後、ゴアに戻って、司祭（サセルドーテ）に叙された。それからふたたびジャパゥンへと旅立つまで八年も待たされたわけだが、ヴィレラは一五五六年七月にジャパゥンに到着したあと、こんにちまで布教を続けてきた。彼が都（ミヤコ）に入ったのは、たしか一五五九年十一月のことだから、それ以降の五年二か月、彼は、この地方で布教していることになる。

　布教活動においても、ジャパゥン語の習得においても、彼は、私の歩むべき道の先を行く理想の先達である。私の善き指標であり師範でもある彼と都（ミヤコ）の地で再会することをデウスがお認めくださったことが本当に嬉しく、ここから始まる新たな日々への期待が高まった。たとえどんな困難があろうとも、ヴィレラが共にいてくださるなら、乗り切っていける予感があった。

「パードレ・ガスパル、あれから十年……あなたとの再会で私が今、どれほど感激しているか、デウスに感謝しているか、とても言葉にできないほどです」

「言葉にできない――とは、詳細な記述と言語の才で知られた、あなたらしくもない」

　ヴィレラの知的な微笑は、旅の疲れを忘れさせるものだった。我らは、踏み固められて氷のようになった通り（ファ）を教会（エクレーシア）まで歩いた。

「今、あなた方が通ってこられた四条（シジョウ）や烏丸（カラスマ）は都（ミヤコ）の目抜き通り（ファ・プリンシパウ）（rua principal）のひとつで、このあたりは、まさに都（ミヤコ）の中心地（セントゥル）（centro）と呼べる場所です」

　たしかに、通り（ファ）沿いには隙間なく家々（カーザス）が立ち並んでいて、この地域の人口の多さを窺わせた。

　これまでも、平戸（ヒラド）や府内（フナイ）、堺（サカイ）、大坂（オオザカ）などは栄えていたが、都（ミヤコ）は規模が大きく、また、通り（ファ）を行き交う人々も、その洗練された身なりから地方都市より裕福そうな印象を受ける。

　都（ミヤコ）における我らの教会（エクレーシア）は、平戸（ヒラド）や府内（フナイ）で見た仏（ホトケ）の寺院（モスティイル）のようなつくりだった。通り（ファ）に面して門があり、少し入ったところに横長の本堂がある。十字架（クルス）は屋根の上ではなく、屋根に近い壁につけられている。私にとっては、初めて見るつくりだ。立ち止まり、観察する私の心を読んだように、ヴィレラが説明した。

「パードレ・ルイス、珍しい意匠なので驚かれたかもしれませんが、都（ミヤコ）は建築の規制が厳しく、このような形になってしまいました。異教徒（ジェンテイウ）たちは、我らの教会（エクレーシア）を南蛮寺（ナンバンデラ）——つまり、南蛮人（ナンバンジン）の寺院（モステイル）と呼びます。彼らの中には、イエス・キリスト（ジェズーシュ・クリーシュトゥ）の教えも仏（ホトケ）の教えのひとつの宗派だと誤解している者が多くいます」

たしかに、これまでも南蛮寺（ナンバンデラ）という言葉は幾度となく耳にしてきたが、実際に我らの教会（エクレーシア）が仏（ホトケ）の寺院（モステイル）に似せてつくられているのを見るのは初めてだった。それが教会（エクレーシア）であるとは思えず、居心地の悪さは、どうしても拭えない。

「パードレ・ガスパル、それは我らの教会（エクレーシア）に対応するジャパウン語がないことが原因でしょう。キリシタン（クリスタウン）たちは『エケレジア』と呼んでいますが、正式なジャパウン語ではないため、異教徒（ジェンテイウ）たちは『寺（テラ）』——あるいは『南蛮寺（ナンバンデラ）』と呼ぶしかないのです。何か適切な語があれば良いのですが」

「Deus erat Verbum.（デウス・エラットウ・ウエルブム）——つまり、『言葉はデウスであった』（O Verbo era Deus.）（ウ・ウエルボ・エラ・デウス）のですが、パードレ・ルイスのご協力も得て、我らの教会（エクレーシア）が言葉の上では仏（ホトケ）という悪魔（デイモーニウ）の支配下にあるのは、憂慮すべき事態です。パードレ・ルイスのご協力も得て、今後の布教では、人々をより啓蒙できたら、と願っています」

教会（エクレーシア）の門柱の近くに、目を引く立て札があった。数年が経過して傷み、色褪せていたが、それは、群衆の前で説教（セルマウン）する同志（クンパニエール）の姿のように、どこか誇らしげに立っているように見えた。立て札に書かれた文章は、私には読めない漢字（カンジ）のみで記されていたものの、それが何であるのかは、察しがついた。

「パードレ・ガスパル、これが公方様（クボウサマ）の特許状（パテンテ）ですね。何と書かれているのか、教えていただけないでしょうか」

「当地において次のことを禁ずる。ひとつ、ここに立ち入ること、また、乱暴を働くこと。ふたつ、ここを宿とすること、また、悪口を言うこと。みっつ、労働などの義務を課すこと。――といったことが書かれています。この特許状（パテンテ）のおかげで、我らは都（ミヤコ）の異教徒（ジエンテイウ）たちの暴力から護られているのです」

それ以前は過激な乱暴や狼藉（ろうぜき）に日常的に晒されていた、という事実を承知していたので、私は改めて、ヴィレラの功績に感じ入った。異教徒（ジエンテイウ）たちからの暴力の脅威を私が初めて実感したのは大坂（オオザカ）での滞在時だが、元々は、あの大坂（オオザカ）のような環境が当たり前なのであり、フランシスコ・シャヴィエール、コスメ・デ・トルレス、ガスパル・ヴィレラら先人たちの献身によって、ここまで状況が改善されたということなのだ。それを引き継ぐ私は最初から楽をさせていただいているぶん、自分にできることには、粉骨砕身して励まねばならない。私が今ここにいることはデウスのお導き（オリエンタツサウン・デイヴィーナ）であるから、私にもこの都（ミヤコ）で果たすべき使命（ミツサウン）が、必ずや、あるはずだ。

私が到着したその日は、夜遅くまで、教会（エクレーシア）を訪れるキリシタン（クリスタウン）たちが途切れず、この都（ミヤコ）においても我らの教えが根づいていることを実感できて、とても嬉しく思った。ヴィレラも流暢（りゅうちょう）なジャパウン語を話すし、カトク・ジョアウンやバルナベも通訳してくれるので、日本人（ジャプネーシュ）たちとの意思の疎通は、まったく問題ない。ただし、この環境に甘んじることなく、いずれは私もジャパゥン語でもっと話せるようになりたい、という気持ちは、いっそう強くなっている。

「パードレ・ルイス、あなたが到着されたこの時期は、まさに最適でした」

「パードレ・ガスパル、それは、明日が聖母マリーアのお浄めの祝日（ピューリフィカッサウン・デ・ノッサ・セニョーラ）だからですか？」

聖母マリーア（ヴィルジエン・マリーア）は、我らイエズス会（クンパニア・デ・ジエズーシュ）の守護聖人（パドゥルエイル）なので、彼女が生まれて間もないイエス（ジエズーシュ）を連れて初めてエルサルム神殿（テンプル・デ・ジエルザレイン）（Templo de Jerusalém）を訪れた聖なる祝日の前夜に都（ミヤコ）に到着できたことは、これ以上は望めないほどの大きな喜びである。

「むろん、それもありますが、今日は、このジャパゥンの暦（カレンダーリウ）においては、永禄（エイロク）八年の一月一日にあたります。この国の者たちが一月を正月（ショウガツ）と呼び、特別に高揚した気分で過ごすことは知っていますか？」

言われて、度島（タクシマ）でのことを私は思い出した。

「はい。ちょうど一年前になりますが、度島（タクシマ）のキリシタン（クリスタウン）たちは、正月（ショウガツ）ということで、着飾って私を訪れてくれたのです。そう言えば、今日も上等な着物（キモノ）姿の者が多かったように見受けられましたが、あれは都（ミヤコ）だからではなく――」

「今日が正月（ショウガツ）の一日目だから、という事情もあります。加えて、あなたへの歓迎の意味も、当然、あったはずです。実は、正月（ショウガツ）の最初の三日間のあいだに、人々が公方様（クボウサマ）にご挨拶することが習わしとなっています。あなたが今日、到着してくれたことで、明日、公方様（クボウサマ）にお会いできるはずです」

私は「明日ですか！」と、興奮して声を高めずにはいられなかった。私はこれまでもデウスの恩寵（グラーサ）に日々、感謝してきたが、都（ミヤコ）に到着した翌日に公方様（クボウサマ）にお会いできるというのは、卑小なる我が身にはとてもつりあわない、畏（おそ）れ多いほどの僥倖であった。

「パードレ・ルイス、私と一緒に行ってくれますね？」

「もちろんです。そのために、私は都（ミヤコ）へ来たのですから」

「では明日、公方様（クボウサマ）にお会いしましょう」


ミヤコに到着したその日、すなわち、一五六五年二月一日――永禄（エイロク）八年一月一日の夜は、これまでの人生と、明日に待ち受けている大きな出来事が頭を離れず、まんじりともできなかった。デウスの摂理（プロヴィデンスイア）は過去、現在、未来のすべての歴史時間を包み込む。生まれ育ったリスボン（リジュボア）を旅立った十七年前のあの日の時点で既に、今日、私が都（ミヤコ）に辿り着いて、明日、公方様（クボウサマ）にお会いすることは定められていたはずだ。もちろん、人生のその時々においては、私自身が下した大きな決断が無数にあるが、私が歩むべき道から大きく逸れないよう、ここに至るようにとデウスのお導き（オリエンタツサウン・デイヴイーナ）とデウスのご加護（アジユーダ・デイヴイーナ）があったのは間違いない。人にはそれぞれ与えられた役割があり、朝長新助（ドン・ルイス）殿のように殉教（マルテイル）という形で使命（ミツサウン）をまっとうする場合もある。私自身、殉教（マルテイル）を使命（ミツサウン）としてデウスから賜わる場合には、いつでも謹んで殉ずる心構えはできているが、デウスが私を生かし続け、新しい大きな役割を与えてくださったことに、震えるほどの喜びを感じずにはいられなかった。

眠ることは途中であきらめた。居館（カーザ）から教会（エクレーシア）に移動して、未明の早い時間から私が跪いて祈りを捧げていると、「眠れなかったのでしょう」と不意に頭上から声をかけられて、私は一瞬、それが、デウスか聖霊（シュピリトウ・サントウ）によるものだと錯覚した。我に返ると、すぐとなりにガスパル・ヴィレラが立って、やさしく私を見下ろしていた。

「パードレ・ガスパル、Bom dia.（ボンディア）（＝おはようございます）ご推察の通り、今日のことを考えると気持ちが高ぶって、昨夜は片時も眠れませんでした。でも、眠くはありません」

眠くない、というのは弁明のつもりだったが、私の言葉は、ヴィレラにはいささかの感銘も与えなかった。

「Crastinus enim dies sollicitus erit sibi ipsi.（クラスティヌス・エニム・ディエス・ソリシトゥス・エリット・シビ・イプシ） Sufficit diei malitia sua.（サフィシットトウ・ディエイ・マリティア・スア）（＝明日は、明日自身が心配します。今日が終わった気になることは、今日の罪悪です）パードレ・ルイス、毎日が特別な一日であることを忘れずにいましょう」

ヴィレラは、彼らしい冷静さで、そう諭してくださった。それは彼を通して語られたデウスの戒めだ。私は、平常心を取り戻した。

「そうですね。パードレ・ガスパル、ご助言に感謝します。デウスを信じて、今日も特別な一日であることを忘れず、せいいっぱい奉仕（セルヴィッス）に励みましょう」

私たちが朝の祈りを捧げていると、キリシタン（クリスタウン）や同宿（ドウジク）の少年たちも起き出してきた。簡単な朝食を済ませたあと、彼らの手伝いも得て、公方様（クボウサマ）にお会いするための支度をした。

「パードレ・ルイス、この国では高貴な方たちにお会いする際、最上の礼服を身につけなければならないことは、ご存じですね」

「はい。かつて、パードレ・メストレ・フランシスコ（・シャヴィエール）は、我らのいつもの質素な身なりをしていたため、当時の山口《ヤマグチ》の殿《トノ》（大内義隆）にお会いできなかったのでしたね」

「その通りです。パードレ・メストレ・フランシスコは、その後、礼服を着て貢ぎ物を携えて参上したところ、山口《ヤマグチ》での布教を許可されました。それが、我が国での布教のはじまりとなったのです。本日も、パードレ・メストレ・フランシスコの教訓に学び、礼服で、貢ぎ物を携えて参りましょう」

ヴィレラは、オルムシュ製の刺繍《ボルダードウ》（bordado）を施した祭服《カーパ・デ・アシュペルゲシュ》（capa de asperges）を着て、黒の角帽《バレッテ》（barrete）をかぶった。私は、法服《ホウパウン》（roupão）とマントゥ（manto＝マント）を身にまとっている。公方様《クボウサマ》への贈り物としては、大きな水晶の鏡《シュペーリヨ・デ・クリスタウ・グランデ》（espelho de cristal grande）、黒の帽子《ソンブレロ・プレートウ》（sombrero preto）、香料の麝香《アウミーシュカ》（almiscar）、ベンガル製の杖《カーナ》（cana）を用意した。ヴィレラと私は、それぞれ輿《リテイラ》に乗り込み、十五人から二十人ほどのキリシタン《クリスタウン》を従えて、出立した。

二条《ニジョウ》（Nijo）の武衛陣《ブエイジン》（Buejjin）と呼ばれているらしい公方様《クボウサマ》の御館《オヤカタ》は、我らの教会《エクレーシア》の真北にあたるようだ。烏丸《カラスマ》の大通りに出て北へしばらく進むと、丸太町《マルタマチ》（Marutamachi）と呼ばれる東西の大通りに出る。武衛陣《ブエイジン》は、その交差点の北西に広がっており、堀と城壁に守られていた。同じ交差点の北東には緑の森に囲まれた一角があり、その森の奥に御所《ゴショ》（Goxo）と呼ばれる内裏の御館があるそうである。

　ジャパゥンにおける象徴的な権威の内裏と、事実上の最高権力者である公方様の御館が向かい合う一角に身を置いた私は、ここまで辿り着いた達成感と同時に、これから自分が果たすべき使命の大きさに、改めて、気を引きしめていた。


　武衛陣と御所の周囲は、立派な身なりをした人々で賑わっていたが、我らは、そこを迂回して、近くにある美作進士殿（Mimasaca Xinjidono）という高貴な殿の屋敷へ向かった。美作殿は、我らの支援者で、公方様の義父（sogro）にあたる方だという。

　我らが到着した時、美作殿は一時的に不在であったが、彼の長男が我らを丁重に迎えてくれた。我らが彼と挨拶していると、美作殿が帰宅された。ヴィレラは美作殿と親しげにジャパゥン語で挨拶を交わし、私のことも紹介してくださった。

「美作殿、此方の者、ルイス・フロイス、と申す者也。昨日、都に、着いて候。新しき、伴天連」

「某、ルイス・フロイス、と、申し奉る。何卒、お見知りおきを」

　美作殿は「ルイス殿、と、申されるか。よう参られた」と、うなずき、私の肩を叩いた。持参した細い伽羅の香木（pão de aquila）を私から美作殿に進呈し、我らは支度を整え、共に移動を開始した。

美作殿、ヴィレラ、私を乗せた三つの輿は、この順番に通りを進む。美作殿の乗る豪奢な輿を見ると人々は道を空け、我らは割り込む形となり、恐縮すると同時に、公方様の義父である美作殿の影響力を実感した。この国で最高の権力を有する方（公方様）に影響を及ぼしうる美作殿が、我らの味方になってくださった。それがデウスのご加護であることは明らかだが、デウスから賜わった好機を活かしたヴィレラにも、敬意と感謝の念を抱いた。ヴィレラが美作殿との良い関係を築けていなければ、都に到着した翌日に私が公方様にお会いできることはなかっただろう。

武衛陣は、幅広の堀に囲まれていて、その入口には木造の大きな反り橋が架かっている。邸内から烏丸の大通りまで人の列が続いていて、四百名ほどはいたであろう。その群衆が我らの前進に合わせて左右に分かれ、我らの通過後にまた元に戻るさまは、モーセの出エジプト（Êxodo）で葦の海（Mar Vermelho＝紅海）が割れた伝説を想起させるものであった。

我らは邸内の控え室のようなところに通され、そこで少し待つように言われた。会う人が皆、見るからに上等の着物を着ているのは、正月に公方様にご挨拶するため、でもあるのだろうが、それだけではなく、この都の特権階級にある方たちだからだろう。こうした高貴な方たちが我らの味方となってくだされば、この国での布教の希望が大きくなる。

まず、美作殿とヴィレラが別室に通され、私は控え室で待たされた。しばらくして、ヴィレラだけが私を呼びに戻ってきた。

この屋敷はまだ完成して間もないようで、廊下には木材の良い香りがして、歩くたびに床が軋む音も、計算して設計されているようだった。

　私たちが通された大広間には、二百人ほどの人たちが整然と並んで座っており、その最後尾にヴィレラと私も座った。私たちは背が高いので、最後尾からでも、いちばん前まで見通せる。その大広間の前方には一段高くなった場所があり、五十人ほどは座れるその広い空間に座っているのは、ただひとりの御方だった。高くなった場所の手前には、美作殿（ミマサカドノ）が座っており、彼は我らと目が合うと、うなずいてくださった。

「パードレ・ガスパル、あの壇上の御方が公方様（クボウサマ）ですか？」

　ほかに話をしている人はいないので、私はヴィレラの耳元で囁いた。ヴィレラも私の耳元に顔を近づけ、返答した。

「そうです。人々は順番に公方様（クボウサマ）にご挨拶するのですが、長く話すことは許されていません。なので、名乗るだけで構いません。我らの存在が知られることが大切で、知っていただければ、次の機会につながります」

「わかりました。では、憶えていただかないといけませんね」

　私は神妙に言ったのだが、ヴィレラは声を殺して笑った。

「我らは目立ちますから、その点は、だいじょうぶです」

　その後、会話はなく、我らは順番が来るのを待った。大広間にいる者たちは、ひとりずつ順番に公方様（クボウサマ）の前に出て、頭を下げて挨拶していた。私たちも、そのようにすれば良いのであろう。

待つあいだ、公方様（クボウサマ）を観察していた。この国の事実上の統治者とされる御方は、たしかに、私が今までに会ったどの殿（トノ）よりも高貴で、威厳に満ちた雰囲気をまとっているように感じられた。だが、それは、この大広間で高貴な方たちを次々に平伏させている、という舞台設定も影響しているのかもしれない。そうだとしても、公方様（クボウサマ）が人々を絶対的に支配していることは明らかに理解できた。もし彼がイエス・キリスト（ジエズーシュ・クリーシュトウ）の教えを理解し、支持してくだされば、かつてローマ帝国（インペーリウ・ロマーヌ）でそうなったように、我らの教えはジャパゥンの国教となることだろう。

大広間には、横十列、縦に二十列ほどの人が座っていて、最前列の者たちが順番にひとりずつ前へ出て挨拶し終えると、次の列が前に出る仕組みだった。我らの列の順番が来て、日本人（ジャプネーシュ）たちが全員挨拶を終えたあと、案内の者に指示されて、まず、ヴィレラが前に出た。美作殿（ミマサカドノ）がヴィレラを紹介し、ヴィレラと公方様（クボウサマ）が言葉を交わしていたのだが、私は緊張して彼らの言葉は耳に入らなかった。失敗できない場面なので、うまくいくように、デウスに祈り続けていた。

「伴天連殿（バテレンドノ）、前へ出られよ（マエヘデラレヨ）」

案内の者が私に寄ってきて耳打ちしたので、我に返り、うなずいた。既に退室したヴィレラが廊下から私を見守ってくれている。私は、ほかの者がしていたように、座ったまま、両手で床をかくようにして前へ出た。立ち上がってはいけないのは、公方様（クボウサマ）を見下ろさないためであろう。

「此なる者（コレナルモノ）、新しき伴天連（アタラシキバテレン）、にて候（ニテソウロウ）」

美作殿（ミマサカドノ）が、そう私を紹介してくださった。

「公方様（クボウサマ）、謹んで（ツツシンデ）、ご挨拶申し奉る（ゴアイサツモウシタテマツル）。某（ソレガシ）、ルイス・フロイス、に（ニ）、ございまする（ゴザイマスル）。恐悦至極（キョウエツシゴク）、にて候（ニテソウロウ）」

頭を下げたまま、はっきりと発音して、そう言上（ごんじょう）した。

何も言葉が聞こえないので顔を上げると、公方様（クボウサマ）と目が合う。

「苦しゅうない（クルシュウナイ）。大儀じゃ（タイギジャ）」

気のせいか、公方様（クボウサマ）は、かすかに微笑んでくださったように感じられた。私は、自分のジャパウン語がきちんと彼に届いたことに感動した。

「——有り難き幸せ（アリガタキシアワセ）！」

私はもう一度、頭を下げ、静かに廊下に出た。公方様（クボウサマ）にご挨拶したのは、わずか数十秒ほどの時間だったはずだが、それは永遠のようにも一瞬のようにも感じられる、不思議な時間であった。

「パードレ・ルイス、ご苦労さまでした」

廊下に出ると、ヴィレラが、ねぎらってくれた。しばらく私は息をすることも忘れていたようで、息を吐くと、ようやく肩の力が抜けた。

案内の者に先導されて移動しながら、私たちは言葉を交わした。

「パードレ・ガスパル、私の挨拶に失態はなかったでしょうか」

「だいじょうぶです。公方様には、充分に印象づけられたはずです。のちほど、我らの贈り物を御覧になる際、思い出してくださることでしょう」

「だとすれば、ありがたいのですが……公方様とは、短い言葉を交わすだけでも大変なのですね。我らの教えを支持していただくのが簡単でないことを実感しました。パードレ・ガスパルの数年来のご苦労が理解できました」

「その通りですが、私が公方様にご挨拶するのは、これで五度目となり、少しずつ心を開いてくださっていると感じられます。パードレ・ルイスには、お会いする機会を積み重ねていただきたいです」

「私には――と言われますと？」

「私は、都地方に、ずいぶん長くいました。今後、都地方での布教はあなたに任せて、私は別の地方にも赴きたいと思っています」

「私ひとりで都地方を担当するのですか？」

私は驚いて足を止め、声が大きくなった。案内の者が私を振り返り、「お静かに」と注意されたので、頭を下げた。

都地方は、このジャパウンの中心であり、この地域での活動がジャパウン全体での布教の鍵を握る。この地方で失敗すれば、我らの同志（クンパニエール）全員に迷惑が及ぶことになる。

「私に、それが務まるでしょうか……」

その言葉は、ヴィレラにではなく、私自身に向けられていた。

「パードレ・ルイス、信じなさい。あなたは選ばれたのです。デウスに――」

ヴィレラの言葉を聞きながら、屋外へ出た。


ちょうどその時、いったん雲間に隠れていた太陽が姿を現し、目がくらむほどまぶしい輝きが、我らふたりを包み込む――。その輝きの中に、私は、デウスの無限の愛を感じ、感謝と歓喜の念が込み上げてきた。


「あなたを信じて、歩き続けます。我が身、朽ち果てるまで」

それは、ヴィレラに対しての返答ではない。

デウスへの誓いだった。

《主要参考文献》

HISTORIA DE JAPAM　P. Luís Fróis, S.J.　BIBLIOTECA NACIONAL DE LISBOA
『日本史』（全12巻）ルイス・フロイス著　松田毅一、川崎桃太訳　中央公論新社
『ヨーロッパ文化と日本文化』ルイス・フロイス著　岡田章雄訳注　岩波文庫
『フロイスの日本覚書　日本とヨーロッパの風習の違い』松田毅一、E・ヨリッセン著　中公新書
『フロイスの見た戦国日本』川崎桃太著　中公文庫
『霊操』イグナチオ・デ・ロヨラ著　門脇佳吉訳・解説　岩波文庫
『教会ラテン語への招き』田淵文男監修　江澤増雄著　サンパウロ
『長崎版　どちりな　きりしたん』海老沢有道校註　岩波文庫
『日本初のキリシタン大名　大村純忠の夢　～いま、450年の時を超えて～』活き活きおおむら推進会議
『キリシタン大名　大村純忠の謎　没四〇〇年記念シンポジウム「西洋との出会い」レポート』西日本新聞社
『キリシタン伝来地の神社と信仰　―肥前国大村の場合―』久田松和則著　富松神社再興四百年事業委員会
『大村キリシタン史料　アフォンソ・デ・ルセナの回想録』アフォンソ・デ・ルセナ著　ヨゼフ・フランツ・シュッテ編　佐久間正、出崎澄男訳　キリシタン文化研究会
『九州のキリシタン大名』吉永正春著　海鳥社
『大村純忠　長崎の精神風土と文化の礎を築いたキリシタン大名』外山幹夫著　静山社
『大村純忠伝　付・日葡交渉小史』松田毅一著　教文館

装画　横山明
装幀　多田和博
文字画像　HISTORIA DE JAPAM

この作品は書き下ろしです。

〈著者紹介〉
清涼院流水　1974年兵庫県生まれ。小説の既存ジャンルにこだわらない「大説家」を自称するエンターテインメント作家。「The BBB」編集長。英訳者。マンガ原作者。京都大学在学中の96年『コズミック』で第2回メフィスト賞を受賞しデビュー。日本人の小説家やビジネス書著者の作品を英訳して全世界に発信するサイト「The BBB」を2012年12月にオープンし、著者、英訳者、編集者として、以降130作品以上の電子書籍を刊行。TOEICスコア：990（満点）を5回獲得。本書と同時刊行された歴史長編『純忠　日本で最初にキリシタン大名になった男』（WAVE出版）、ヒロ前田氏との共著で世界初のTOEIC小説『不思議の国のグプタ』（アルク）、実在の英語学習者たちを描いたノンフィクション『社会人英語部の衝撃』（KADOKAWA）、マイケル・ジャクソンの人生を描いた小説『キング・イン・ザ・ミラー』（PHP研究所）ほか著書多数。

ルイス・フロイス戦国記
ジャパウン
2018年1月25日　第1刷発行

著　者　清涼院流水
発行者　見城 徹

発行所　株式会社 幻冬舎
〒151-0051 東京都渋谷区千駄ヶ谷4-9-7

電話：03(5411)6211(編集)
03(5411)6222(営業)
振替：00120-8-767643
印刷・製本所：株式会社 光邦

検印廃止

Printed in Japan
ISBN978-4-344-03248-4 C0093
幻冬舎ホームページアドレス　http://www.gentosha.co.jp/

この本に関するご意見・ご感想をメールでお寄せいただく場合は、
comment@gentosha.co.jpまで。